John Maddox Roberts

Tod eines Centurio

Sehr verehrte Leserin, sehr verehrter Leser,

unsere Welt wird immer schnelllebiger, unser Alltag immer hektischer. Gerade deshalb sind die schönen, unbeschwerten Momente, in denen wir innehalten und uns zurücklehnen, so kostbar.

Ich persönlich greife in solchen Momenten gerne zu einem guten Buch. Eine spannende und unterhaltsame Geschichte hilft mir, schnell abzuschalten. Beim Lesen vergesse ich die Sorgen des Alltags.

Doch manchmal ist es gar nicht so einfach, ein gutes Buch zu finden. Dabei gibt es so viele Autorinnen und Autoren, die mit ihren Geschichten die Leser in ihren Bann ziehen. Solche Highlights der Unterhaltungsliteratur bringt jetzt die vielseitige UNIVERSO-Taschenbuchreihe zusammen. Die von uns sorgfältig ausgewählten Bücher reichen von frechen Frauenromanen über spannende Krimis bis hin zu großen Liebesgeschichten und historischen Romanen.

Die kleine, aber feine UNIVERSO-Auswahl möchten wir gerne auch mit Ihnen teilen. Mir bleibt nur, Ihnen viel Spaß und Entspannung beim Lesen und Träumen zu wünschen.

Herzlichst
Ihr

Siegfried Lapawa
Verleger Karl Müller Verlag

John Maddox Roberts

Tod eines Centurio

Ein Krimi aus dem alten Rom

Aus dem Amerikanischen
von Kristian Lutze

Genehmigte Lizensausgabe
Universo ist ein Imprint des Karl Müller Verlages – Silag Media AG
Liebigstraße 1-9, 40764 Langenfeld

Copyright © der Originalausgabe 1995 by John Maddox Roberts
Copyright © der deutschsprachigen Ausgabe 1995
by Wilhelm Goldmann Verlag, München
in der Verlagsgruppe Random House GmbH
Einbandgestaltung: Atelier Versen, Bad Aibling
Druck und Bindung: GGP Media GmbH, Pößneck
Printed in Germany 2011

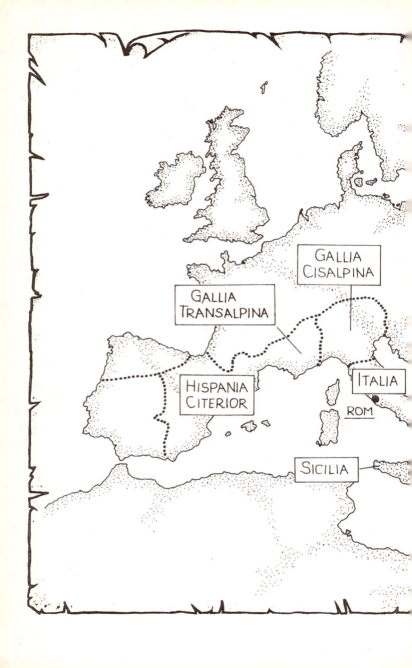

I

Meiner Ansicht nach ist Alexander der Große an allem schuld. Seit dieser kleine makedonische Idiot beschlossen hat, die ganze Welt zu erobern, bevor er alt genug war, sich zu rasieren, hat jeder Narr mit einem Schwert und einem vernünftigen Paar Stiefel versucht, es ihm nachzutun. In den Tagen meiner Jugend gab es eine ganze Reihe von Möchtegern-Alexandern. Marius hat einen Anlauf genommen. Sulla hat sich versucht. Genau wie Lucullus. Es gab andere, denen es nicht einmal gelungen ist, sich auch nur annähernd einen Namen wie einer dieser Männer zu machen.

Pompeius hätte es fast geschafft. Da Rom eine Republik war und er seine Armee nicht einfach erben konnte wie Alexander, er jedoch auch zu faul war, sich mit den öffentlichen Ämtern abzumühen, deren Bekleidung Voraussetzung für einen militärischen Oberbefehl war, ließ er seine ihm verpflichteten Tribunen kurzerhand ein paar Gesetze durch die Volksversammlungen peitschen, die ihm die entsprechenden Vollmachten einräumten und einen Notstand behaupteten, der es ihm unmöglich machte, nach Rom zurückzukehren und für ein Amt zu kandidieren. Für den Notstand sorgte Pompeius für gewöhnlich selbst. In den meisten Fällen verliehen ihm die Tribunen einen Oberbefehl, nachdem ein besserer Mann den Großteil der zu schlagenden Schlachten bereits gewonnen hatte, so daß Pompeius dem Feind nur noch den Todesstoß versetzen und die Beute kassieren mußte. Doch das zeigt nur, daß Pompeius intelligenter war als Alexander. Römer sind eben in der Regel intelligenter als Ausländer.

Die feindlichen Heerführer boten römischen Feldherren nur selten Paroli, das wurde von ihren politischen Gegnern

Zuhause erledigt. Interne Machtkämpfe waren der Fluch der Republik, aber wahrscheinlich haben sie uns auch mehr als zwei Jahrhunderte vor der Monarchie bewahrt.

Im übrigen kämpfte Alexander normalerweise gegen die Perser, was ihm unglaublich geholfen hat. Die Römer hatten es nie mit einem Darius zu tun. Alexander stand ihm zweimal gegenüber, und beide Male rannte Darius nach der ersten Feindberührung, seine Armee, sein Lager, die Gepäckwagen und seine Ehefrauen zurücklassend, davon wie ein geprügelter Pavian. Alle unsere Feinde hingegen waren zähe und brutale Kämpfer, die sich erst nach mehrmaligem heftigem Blutvergießen einverstanden erklärten, vernünftig zu sein, sich friedlich niederzulassen und ihre Steuern zu bezahlen. Mit einem Hannibal mußte sich Alexander nie auseinandersetzen. Wenn, wäre er wahrscheinlich schnurstracks zurück nach Makedonien marschiert, um Schafe zu zählen, was sowieso das einzige ist, wozu Makedonier wirklich taugen.

Der unwahrscheinlichste Bewerber um die herrschaftliche Krone Alexanders aber war Gaius Julius Caesar, und doch war er derjenige, der diesem Ziel am nächsten kam. Zu meinem bleibenden Entsetzen habe ich ihm auch noch dabei geholfen.

Es war eine lange Reise und eine schlechte Zeit, sie zu unternehmen. Der späte Winter bringt der italischen Halbinsel das schlimmste Wetter, und in Gallien ist es nicht besser. Natürlich wäre es schneller gegangen, wäre ich von Ostia nach Massilia gesegelt; doch wie jeder halbwegs vernünftige Mensch hasse ich Seereisen. Also machte ich mich mit meinem Sklaven Hermes und zwei Packeseln auf den Weg von Rom die Küste entlang durch Etrurien und Ligurien in die Provinz.

Ich muß wohl kaum extra betonen, daß es nicht das Streben nach militärischem Ruhm war, was mich trieb. Ich mußte

Rom verlassen, weil Clodius, mein Todfeind, für dieses Jahr ein Tribunat errungen hatte und damit in der Lage war, unkalkulierbaren Schaden anzurichten. Für die Dauer seiner einjährigen Amtszeit konnte niemand etwas dagegen unternehmen. Außerdem sah mich meine Familie für ein höheres politisches Amt vor, und ich brauchte noch ein paar Feldzüge mehr auf meinem Militärgürtel, um mich für eine Kandidatur als Praetor zu qualifizieren. Und wenn die Patriarchen meiner Familie Befehle gaben, gehorchte jeder, der den Namen Caecilius Metellus trug.

In jenen Jahren war meine Familie die bei weitem wichtigste plebejische Familie Roms. Das Gens der Caecilier war uralt, unglaublich vielköpfig und unsagbar vornehm, mit einer Ahnengalerie von Konsuln, die bis zur Gründung der Republik zurückreichte. Mein Vater hatte jedes Amt auf dem Cursus honorum innegehabt, zusätzlich noch einige nicht obligatorische wie die Ämter des Militärtribunen, des Aedilen, des Volkstribunen und des Zensors.

Natürlich bestand die Möglichkeit, daß ich bei der Erlangung der notwendigen militärischen Qualifikationen getötet wurde. Aber wie schon gesagt, meine Familie war so seuchenhaft weitverzweigt, daß sich zweifelsohne ein Ersatzmann auftreiben lassen würde.

Also machte ich mich auf den Weg die Küste entlang und ließ mir Zeit dabei; ich hielt wo immer möglich Station bei Freunden, übernachtete nur, wenn es unvermeidlich war, in Gasthöfen und nahm an den örtlichen Spielen und Feierlichkeiten teil, wo immer sich die Gelegenheit bot. Ich hatte es nicht eilig, zu Roms jüngstem Kriegsschauplatz zu gelangen. Selbst als sehr junger Mann habe ich, im Gegensatz zu vielen frisch eingezogenen Rekruten, nie unter dem Gedanken gelitten, daß die ganze Aufregung schon vorüber sein könnte, bevor ich am Ort des Geschehens eintraf.

Von Ligurien kommend, passierten wir die Ausläufer der maritimischen Alpen und erreichten die Provinz, die älteste unserer Eroberungen außerhalb Italiens, deren herausragender Vorzug darin bestand, daß wir fortan nach Spanien gelangen konnten, ohne zu ertrinken. Die Straße führte durch eine Reihe von griechischen Kolonialstädtchen und erreichte schließlich Massilia, eine wunderschöne Stadt, wie so viele in den Kolonien. Wenn man eine Stadt vom ersten Spatenstich an plant, kann man sich um Dinge wie Ordnung, Proportionen und Harmonie kümmern. Städte wie Rom, die im Laufe der Jahrhunderte einfach gewachsen sind, wuchern in alle Richtungen, Tempel, Mietskasernen und Fischmärkte bunt durcheinandergewürfelt. Außerdem war Massilia der nördlichste Ort, in dem man ein vernünftiges Bad finden konnte. In jenen Tagen noch eine unabhängige Stadt, hieß Massilia Massalia, weil die Griechen sich mit der Rechtschreibung schwertaten.

Technisch gesehen, befand sich das gesamte Gebiet im Kriegzustand, so daß ich die Zeit für gekommen hielt, mich möglichst soldatisch zu präsentieren. Meine Militär-Tunika und -Stiefel trug ich bereits, und als wir jetzt von unseren Rössern stiegen, beeilte sich Hermes, meine Rüstung von einem der Packesel zu holen. Er war ein gut gewachsener Junge von damals achtzehn Jahren mit ausgeprägten kriminellen Neigungen. Jeder Offizier, der an einem Feldzug teilnimmt, braucht einen versierten Dieb an seiner Seite, der ihn mit den Notwendigkeiten und Annehmlichkeiten des Lebens versorgt.

Zunächst streifte ich die leicht gepolsterte Kampftunika mit ihren mit Lederfransen besetzten Schultern und den dazu passenden, mit Lederriemen verzierten Rock über. Dann legte Hermes mir meine Rüstung an. Es gibt zwei Möglichkeiten, kräftige Muskeln zu bekommen: Entweder man plagt sich in jahrelangem Training, oder man kauft sie von einem Waffenschmied. Ich hatte mich für letzteres entschieden. Meine Rüstung war mit Muskeln ausgestattet, um die Herkules mich beneidet hätte, komplett mit silbernen Brustwarzen und einem filigran gearbeiteten Bauchnabel. Zwischen den kräftigen Brüsten prangte ein furchterregender Gorgonen-Kopf, um alles Böse abzuschrecken.

Hermes befestigte meinen roten Militär-Umhang an den Ringen, die das Gorgonen-Haupt flankierten, packte meinen Helm aus und steckte ihm behutsam den Helmbusch aus wehendem weißem Pferdehaar auf. Es war ein Helm im griechischen Stil mit einer Spitze, die direkt über meinen Augen hervorragte, die Bronze war auf Hochglanz poliert und überall mit silbernen Akanthusblättern verziert. Vielleicht war es auch Efeu oder möglicherweise sogar Eiche oder Olive. Ich habe vergessen, bei welchem Gott ich mich gerade einschmeicheln wollte, als ich die Rüstung kaufte.

Hermes befestigte den Wangenschutz unter meinem Kinn und trat einen Schritt zurück, um die Gesamtwirkung zu bewundern. »Herr, du siehst genau aus wie Mars!«

»In der Tat«, gab ich ihm recht. »Ich mag ja ein unverbesserlicher Zivilist sein, aber ich kann zumindest aussehen wie ein Soldat. Wo ist mein Schwert?«

Hermes fand mein Paradeschwert, und ich schnallte es wie ein homerischer Held an meine mit Bronze gepanzerte Hüfte. Mein genauer Rang war noch unklar, so daß ich die Schärpe der befehlshabenden Offiziere sicherheitshalber fürs erste wegließ. Wir bestiegen wieder unsere Pferde und ritten in die Stadt, wo ich mit gebührendem Respekt empfangen wurde. Der erste römische Beamte, den wir trafen, hatte allerdings beunruhigende Nachrichten für uns. Caesar war gen Norden in die Berge weitermarschiert, um sich mit ein paar Helvetiern herumzuschlagen. Sie waren in einer Stadt mit dem Namen Genava am See Lemannus. Alle Offiziere und Verstärkungstruppen sollten sich unverzüglich im römischen Lager melden.

Das war eine unerwartete Entwicklung. Ich hatte noch nie von einer Armee gehört, die sich mit einer solchen Geschwindigkeit vorwärts bewegte wie Caesars Truppen. Sie hatten den ganzen Weg von Mittelitalien bis zum See Lemannus in der Hälfte der üblichen Reisezeit zurückgelegt. Caesar hatte zeit seines Lebens als faul und träge gegolten, so daß ich das als ominöses Zeichen betrachtete.

Also ritten wir ohne Bad und eine Nacht gesunden Schlafes weiter. Die Tage des Müßiggangs waren vorüber, weil Caesar vorausschauend Verbindungsposten eingerichtet hatte, in denen sich seine Offiziere mit frischen Reittieren versorgen konnten, so daß sie keine Entschuldigung für eine weitere Verzögerung ihrer Ankunft vorbringen konnten. Die Strafe war nicht genauer definiert, doch man durfte getrost den sicheren Tod erwarten, denn nur ein Diktator verfügt über ähnliche Macht wie ein Prokonsul in seiner Provinz.

Unser Weg führte uns durch das Rhonetal am östlichen Ufer flußaufwärts. Die Landschaft war durchaus reizvoll, doch ich war nicht in der Stimmung, sie entsprechend zu würdigen. Selbst Hermes, der für gewöhnlich unerträglich fröhlich ist, wurde immer gedrückter. Massilia war noch ein zivilisierter Ort gewesen, doch jetzt bewegten wir uns in gallischem Kernland, das mit Ausnahme einiger fahrender Händler vor uns nur wenige Menschen betreten hatten.

Wir kamen durch eine Reihe kleiner adretter Dörfer. Die meisten Gebäude waren runde reetgedeckte Lehmhütten. Nur die repräsentativeren Bauwerke hatten einen Rahmen aus massivem Holz, die Zwischenräume waren mit Flechtwerk, Ziegel- oder Sandstein gefüllt und weiß getüncht, was einen angenehmen Kontrast zu dem dunklen Holz bildete.

Die Felder waren ordentlich angelegt und durch flache Bruchsteinmauern voneinander getrennt, jedoch ohne die geometrische Strenge, die einem von römischen oder ägyptischen Äckern so vertraut ist.

Die Leute musterten uns mit neugierigem Interesse ohne jede Feindseligkeit. Die Gallier lieben bunte Farben; ihre Kleidung war lebhaft mit kontrastierenden Streifen und Karos gemustert. Vertreter beiderlei Geschlechts trugen Schmuck, die Armen aus Bronze, die Wohlhabenden aus massivem Gold.

»Die Frauen sind häßlich«, beschwerte sich Hermes, ihre sommersprossige Haut, ihre Stupsnasen und ihre runden Gesichter bemerkend, die sich markant von den langen, ausgeprägten Gesichtszügen unterschieden, die wir Römer so bewundern.

»Glaub mir«, versicherte ich ihm, »je länger du hier bist, desto besser werden sie dir gefallen.«

»So furchteinflößend sehen sie gar nicht aus«, meinte er in dem Versuch, sich selbst Mut zu machen. »Nach allem, was die Leute so reden, hatte ich wilde Riesen erwartet.«

»Das hier sind in der Hauptsache Bauern und Sklaven«, erklärte ich ihm. »Die militärische Kaste macht sich die Hände kaum mit bäuerlicher oder anderer Arbeit schmutzig. Warte, bis du die Krieger siehst. Die werden deine schlimmsten Befürchtungen bestätigen.«

»Wenn die Gallier schon so schlimm sind«, sagte er, »wie müssen dann erst die Germanen sein?«

Die Frage hing wie eine dunkle Wolke vor der Sonne. »Über die Germanen möchte ich nicht einmal nachdenken«, erwiderte ich.

Caesars Lager war nicht schwer zu finden. Ein römisches Lager auf barbarischem Territorium ist wie eine Stadt, die vom Himmel in die Wildnis gefallen ist. Das Lager lag unweit des reizvollen Lemannus-Sees, rechteckig wie ein Ziegelstein, wobei das Wort »Lager« dem nicht gerecht wird, was eine römische Legion überall dort errichtet, wo sie auch nur für eine Nacht Station macht. Zunächst trifft eine Vorhut ein, die etwa eine Stunde vor der eigentlichen Legion marschiert, um ein geeignetes Gelände abzustecken sowie die Tore, die Hauptstraßen und das Praetorium zu markieren. Die Plätze, wo die einzelnen Kohorten campieren, werden mit kleinen bunten Fähnchen gekennzeichnet.

Wenn die Legion selbst eintrifft, stapeln die Soldaten ihre Waffen und packen ihre Werkzeuge und Körbe zur Erdbewegung aus. Sie heben einen Graben um die gesamte abgesteckte Fläche aus und schütten dahinter einen Wall auf. Auf diesem Wall wird eine Palisade errichtet; die Pfähle dafür tragen die Legionäre den ganzen Weg auf dem Rücken mit sich. Wachposten werden aufgestellt, und erst dann begeben sich die Soldaten in das solcherart gesicherte Lager, um ihre Zelte aufzuschlagen; eine achtköpfige Einheit pro Zelt, zehn Einheiten pro Centurie, sechs Centurien pro Kohorte und zehn Kohorten pro Legion, alles nach einem unveränderlichen Muster angelegt, so daß jeder Mann bei einem nächtlichen Alarm genau weiß, in welche Richtung er sich wenden und wie viele Straßen er passieren muß, um den ihm zugewiesenen Platz am Schutzwall zu erreichen. In gewisser Weise lebt jeder römische Legionär, ganz egal wo er sich aufhält, immer am selben Fleck in immer derselben Stadt.

Allein der Anblick eines Militärlagers macht mich stolz, ein Römer zu sein, solange ich nicht darin leben muß. Angeblich haben barbarische Armeen schon kapituliert, nachdem sie nur zugesehen hatten, wie eine Legion ihr Lager aufschlägt. Neben Caesars Legionärs-Lager befand sich das nicht ganz so strenge, aber noch immer disziplinierte und ordentliche Lager der Hilfstruppen, die von unseren Verbündeten gestellt oder als Söldner angeheuert wurden: Bogenschützen, Katapultisten, Reiter, Plänkler und so weiter. Römische Bürger kämpfen nur als Infanteristen, behelmt und gepanzert, mit einem großen ovalen Schild, dem schweren Pilum, das man aus kurzer Entfernung sauber durch den Schild eines Feindes schleudern kann, sowie dem Kurzschwert ausgerüstet, das in den Händen eines Fachmannes eine grausam effektive Waffe sein kann.

»Guck dir das an!« rief Hermes überschwenglich. »Ein so gut gesichertes Lager werden diese Barbaren nie angreifen!«

»Ein Abbild römischer Stärke«, erklärte ich, um seinen Optimismus nicht unnötig zu dämpfen. Innerlich war ich weniger überzeugt. Eine einzelne Legion plus in etwa die gleiche Anzahl an Hilfstruppen war keine besonders große Streitmacht, um gegen eine ganze Nation von Barbaren ins Feld zu ziehen. Vielleicht, überlegte ich, waren die Helvetier kein besonders großes Volk, eine Vermutung, die mich auf der Stelle als Augur disqualifiziert hätte. Gerade diese beruhigenden Fiktionen waren es, die mir oft genug in meinem Leben den klaren Blick auf die Realitäten verstellt haben.

Jenseits von Caesars Lager konnte ich in dunstiger Entfernung gerade noch eine wuchernde, unordentliche Siedlung erkennen, zweifelsohne Genava. Die Männer im Lager waren überdies mit einem weiteren Projekt beschäftigt, einem Erddamm, der sich vom See aus zum nächstgelegenen Gebirgsausläufer erstreckte und sich in der Ferne verlor. Er lag genau zwischen Lager und Stadt, so daß ich vermutete, daß er die Gallier abschrecken sollte, das Lager mit ihrer bevorzugten Taktik, dem frontalen und ungeordneten Ausfall, zu überrennen. Diese Maßnahme fand meine volle Zustimmung. Je mehr Barrieren zwischen mir und diesen Wilden errichtet wurden, desto besser.

Unser Weg führte uns zu einem Fleck etwa eine Viertelmeile vom Legionärslager entfernt, wo ein Arbeitstrupp unter Aufsicht eines Offiziers auf der Kuppe des Damms schuftete. Ihre Speere waren in Tripoden aufgestellt, die Helme auf den Speerspitzen, die Schilde seitlich dagegen gelehnt. Die schlanken Wurfspeere und die schmalen flachen Schilde identifizierten die Männer als Plänkler. Der Offizier grinste breit, als er uns sah.

»Decius!« Es war Gnaeus Quintilius Carbo, ein alter Freund.

»Carbo! Ich kann dir gar nicht sagen, wie froh ich bin, dich hier zu treffen! Jetzt weiß ich, daß wir gewinnen werden.« Ich glitt von meinem Pferd und ergriff seine Hand, die so fest war wie die irgendeines gewöhnlichen Legionärs. Carbo war langjähriger Berufssoldat, ein Abkömmling des Landadels aus der Gegend von Caere, und so altmodisch, wie man sich einen Römer nur wünschen konnte. Alte Betrüger wie mein Vater und seine Spießgesellen machten stets ein großes Gewese um ihr traditionsverbundenes Römertum, doch Carbo war echt, ein Mann wie aus den Zeiten des Camillus.

»Ich hatte so eine Ahnung, daß du auftauchen würdest, Decius. Als ich gehört habe, daß Clodius Tribun geworden ist und du mit Caesars Nichte verlobt bist, wußte ich, daß es nur eine Frage der Zeit wäre, bis du dich uns anschließt.« Carbo, gesegnet sei sein eisernes Kämpferherz, nahm an, daß ich begierig auf Kampfgetümmel und Schlachtenruhm war.

»Was machst du denn hier draußen?« fragte ich ihn. »Bist du für die Befestigungsanlagen zuständig?«

»Nein, ich kommandiere auf diesem Feldzug eine der Hilfstruppen.« Er nickte in Richtung der Truppe, die auf dem Damm zugegen war. »Das sind einige meiner Männer.«

»Du?« fragte ich überrascht. »Du bist doch mit Lucullus kreuz und quer durch Asien gezogen und bei seinem Triumphzug mitmarschiert! Du solltest den Oberbefehl über eine reguläre Legion haben. Warum sollte Caesar einen Mann von deinem Rang und deiner Erfahrung als Kommandeur einer Plänklertruppe einsetzen?« Ich dachte, er würde das als Beleidigung auffassen, doch er schüttelte den Kopf.

»Diese Armee ist anders, Decius. Caesar handhabt die Dinge nicht so wie andere Befehlshaber. Er hat einige seiner erfahrensten Männer als Kommandeure der Hilfstruppen eingesetzt. Hast du das Gelände gesehen, diese Wälder? Glaub mir, es wird noch schlimmer, wenn wir auf den Rhenus zumarschieren. Es ist völlig unmöglich, die Legionäre in irgendeiner Art von Schlachtordnung da durchmarschieren zu lassen. Man muß sie durch die Täler führen, und dafür braucht man jede Menge flankierender Hilfstruppen, die die Wälder zu beiden Seiten des Zuges von Feinden säubern. Außerdem kämpfen die Gallier gerne im Laufen, so daß die Vorhut aus den besten Plänklern bestehen muß, sonst greifen einen diese Barbaren schon an, bevor man sie kommen sieht. In diesem Krieg sind die Hilfstruppen überaus wichtig.«

»Ich meine, jeder Soldat ist wichtig, wenn das Caesars gesamte Streitmacht ist.«

»Da hast du allerdings recht. Ich nehme nicht an, daß du Verstärkung mitbringst?«

Ich wies mit dem Daumen über meine Schulter. »Nur meinen Leibsklaven Hermes. Gibt es irgend etwas, was du gestohlen haben möchtest?«

Er verzog das Gesicht. »Das stand ja auch nicht zu erwarten. Angeblich soll Pompeius zwei weitere Legionen für uns ausheben, aber wir haben noch nichts von ihnen gesehen.«

Pompeius und Crassus, Caesars Kollegen, hatten ihm seinen außerordentlichen fünfjährigen Oberbefehl über Gallien gesichert und versprochen, ihn zu unterstützen. Wenn er den beiden vertraute, dachte ich still für mich, konnte er lange auf seine Verstärkung warten.

Mit ausgesprochen säuerlicher Miene musterte Carbo mich von Kopf bis Fuß. »Und, Decius, tu dir, mir, der Armee und den unsterblichen Göttern einen Gefallen und zieh diese Parade-Uniform aus, bevor du dich bei Caesar meldest. Diese Armee ist anders als die Armeen, in denen du vorher gedient hast.«

»Meinst du? Ich finde mich eigentlich ganz stattlich so.« Erst jetzt bemerkte ich, daß Carbo ein schlichtes gallisches Kettenhemd und einen topfförmigen Bronzehelm bar jeder Verzierung trug und aussah wie ein gewöhnlicher Legionär, mit Ausnahme seines Schwertes, das nicht an der rechten, sondern an der linken Seite hing, und einer purpurnen Schärpe, die er als Insignum seines Kommandos um die Hüfte gewickelt hatte. Ich wunderte mich noch darüber, als wir aus dem Lager eine Reihe von Trompetenstößen hörten.

»Zu spät«, sagte Carbo. »Das ist der Offiziers-Appell. Du mußt dich unverzüglich melden. Mach dich auf ein paar Hänseleien gefaßt.«

Wir gingen zu Fuß ins Lager, während Hermes die Tiere hinter uns herführte.

»Wie lang ist denn dieser Schutzdamm, den ihr da baut?« fragte ich Carbo.

»Er erstreckt sich über etwa neunzehn Meilen vom See bis an die Berge, um die Helvetier abzuschrecken.«

»Neunzehn Meilen?« sagte ich fassungslos. »Sprechen wir hier über denselben Gaius Julius Caesar, den ich in Rom gekannt habe? Ein Mann, der, wenn er sich tragen lassen konnte, nie einen Schritt zu Fuß gegangen ist und nie eine schwerere Waffe erhoben hat als seine Stimme?«

»Du wirst einen völlig anderen Caesar kennenlernen«, versprach er mir. Und das sollte ich wirklich.

Wir betraten das Lager durch das Südtor und gingen die Via praetoria hinunter, die gerade wie der Flug eines Pfeiles in die Mitte des Lagers zum Praetorium führte; das innere Lager mit dem Zelt des Kommandostabs war von einem eigenen niedrigen Erdwall umgeben. Die Via praetoria wurde im rechten Winkel von der Via principalis gekreuzt, jenseits davon lagen die Quartiere der höheren Offiziere und anderer Truppenteile, die sie von den regulären Legionären, Decurios und Centurios getrennt untergebracht wissen wollten. Normalerweise waren das die Extraordinarii, Männer mit mehr als zwanzig Dienstjahren auf dem Buckel, die keine anderen Pflichten mehr hatten außer dem Kämpfen selbst. Mir fiel auf, daß um das Praetorium eine ungewöhnlich hohe Zahl kleinerer Zelte gruppiert war, und fragte Carbo danach.

»Eine spezielle praetorianische Wache, die Caesar eingerichtet hat. Sie besteht in der Hauptsache aus Hilfstruppen, sowohl zu Fuß als auch zu Pferde.« Andere Generäle verwendeten praetorianische Wachen normalerweise als Leibwächter während eines Feldzuges, oft jedoch auch als besondere Reserve, die sie im entscheidenden Moment in die Schlacht werfen konnten. Ich nahm an, daß Caesar die vielen Männer für letzteres vorsah.

Die Via principalis wurde in ganzer Länge bis vor das Praetorium von den Zelten der Praefekten und Tribunen gesäumt. An der Kreuzung der beiden Straßen war der Schrein der Legion aufgebaut, ein Zelt, in dem die Standarten aufbewahrt wurden. Davor war eine Ehrengarde aufgezogen, und da gutes Wetter herrschte, steckten die Standarten unbedeckt in ihren Holzständern. Die Wachen standen regungslos und mit gezogenem Schwert da. Wegen ihrer Kettenhemden und der kleinen runden Schilde, die sie trugen, hätte man annehmen können, daß es sich um Plänkler der Hilfstruppen handelte, doch ihre Position und das Löwenfell, das von den Helmen über ihren Rücken hing, kündete davon, daß sie Signifer und Aquilifer waren und somit zu den bedeutendsten Offizieren der Legion gehörten, die als die Tapfersten der Tapferen aus dem Mannschaftsstand befördert worden waren.

Im Vorbeigehen salutierten wir dem Adler, und ich bemerkte ein darunter angebrachtes rechteckiges Schild mit Eckfransen aus Pferdeschwänzen, auf dem stand: LEGIO X. Das war beruhigend, denn die Zehnte galt allgemein als die beste, eine Meinung, die nur von den anderen Legionen nicht geteilt wurde. Ich kannte eine Reihe von Männern, die bei der Zehnten gedient hatten, sowohl als Offiziere als auch in den Mannschaftsrängen. Wenn ich schon allein mit nur einer einzigen Legion in der Wildnis verweilen mußte, hätte ich mir keine bessere aussuchen können.

Zwei Mitglieder der Praetorianer-Wache versperrten den Durchgang in dem etwa hüfthohen Wall, der das Praetorium umgab; sie waren mit Lanzen bewaffnet und trugen Schilde und nur eine leichte Rüstung. In der Mitte des Ostwalls befand sich die hohe Plattform, von der der General seine Ansprachen zum Forum hielt, einem freien Platz, auf dem sich die Legion versammeln konnte und der an bestimmten Tagen als Marktplatz für Händler und einheimische Bauern diente, die mit der Legion Handel trieben.

Natürlich waren wir die letzten, die eintrafen. Vor dem Zelt des Generals war ein großer Tisch aufgestellt worden, um den alle höheren Offiziere saßen. Das waren die Tribunen, die Präfekten, die Offiziere der Hilfstruppen und ein einzelner Centurio. Letzterer mußte der Centurio der Ersten Centurie der Ersten Kohorte sein, in jeder römischen Legion als Primus pilus oder auch der »Erste Speer« bekannt. Er war der einzige Offizier, der sich bronzene Beinschoner vor die Schienbeine geschnallt hatte, eine archaische Ausstattung, die von allen anderen Fußsoldaten schon vor Jahrhunderten aufgegeben worden war, jedoch vom Centurio als Zeichen seines Ranges weiter getragen wurde. Als wir hinzutraten, wies er gerade mit seinem Stab, einem knapp ein Meter langen Stock von der Dicke eines menschlichen Daumens, den er als weiteres Insignum seines Ranges trug, auf irgend etwas auf dem Tisch. Er blickte auf und erstarrte, als er uns sah.

Caesar stand über den Tisch gelehnt und studierte die Karte, die dort, wie ich jetzt erkannte, ausgebreitet war. Hinter ihm standen, auf ihre Fasces gestützt, die zwölf prokonsularischen Liktoren. In Rom trugen die Liktoren Togen, doch jetzt hatten sie ihre Feldkleidung angelegt: rote Tuniken mit breiten, schwarz gefärbten und mit bronzenen Dornen besetzten Ledergürteln, eine Sitte, die bis in die Zeiten der etruskischen Könige zurückreichte. Als der Stab in Schweigen verfiel, hob Caesar den Blick und richtete sich auf, bevor er sich in seine priesterhafte Pontifex-maximus-Positur warf. Langsam und feierlich bedeckte er seinen Kopf mit einer Falte seines Militärmantels.

»Meine Herren«, verkündete er, »bedeckt eure Häupter. Es ist eine Erscheinung direkt vom Olymp. Der Sieg ist zweifelsohne unser, denn der Gott Mars selbst ist zu uns herabgestiegen.«

Die Versammlung brach in ein rauhes Gelächter aus, das so ohrenbetäubend war, daß es wahrscheinlich die Wachen alarmierte. Selbst Carbo lachte so heftig, daß er einen Schluckauf bekam. Ich hoffte, mein Helm bedeckte das meiste meines feuerrot angelaufenen Gesichts, während ich wie ein Idiot mit zum Gruß ausgestrecktem Arm dastand.

»Ich nehme nicht an, daß du Verstärkung mitgebracht hast, Decius?« sagte Caesar und wischte sich mit seinem Umhang die Tränen aus dem Gesicht.

»Ich fürchte nicht, Prokonsul.«

»Nun, es war eine ohnehin kühne Hoffnung. Wie dem auch sei, einen herzhaften Lacher können wir auch alle gut brauchen. Gesell dich zu uns, Decius. Titus Vinius wollte uns gerade einen Bericht über den Stand der Arbeit an den Kastellen und die feindlichen Gegenaktionen geben. Fahre fort, Erster Speer.«

Feindliche Gegenaktionen? dachte ich. Ich hatte keinerlei Zusammenrottung entdecken können, wie es für die Gallier vor einer Schlacht typisch war. Eine feine Linie zog sich über die gesamte Karte von den Bergen bis zum See hinunter, und genau dorthin wies der Centurio mit seinem Stab.

»Der schwächste Punkt ist die Stelle, wo wir den See erreichen. Der Boden dort ist sumpfig, und sie kommen durch das flache Wasser um den Damm herum, richten so viel Zerstörung an wie möglich und verschwinden auf demselben Weg wieder. Sie könnten den Damm genauso leicht von der Bergseite her umgehen, doch sie sind zu faul, so weit zu laufen. Außerdem können wir sie in den Sümpfen nicht mit der Kavallerie jagen.«

Caesar sah Carbo an. »Gnaeus, ich möchte, daß du aus den Reihen der Hilfstruppen eine kleine Kampfeinheit ausgesuchter Männer zusammenstellst; gute Schwimmer, die keine Angst vor dem Wasser haben. Keine Rüstung, nicht mal Helme. Nur Waffen und leichte Schilde. Ich will, daß die Angriffe dieser schwimmfüßigen Gallier ein Ende haben.«

»Sie werden heute nacht in Stellung sein, General«, sagte Carbo. Ich räusperte mich.

»Mars wünscht das Wort«, sagte Lucius Caecilius Metellus, ein entfernter Verwandter von mir, der wegen einiger ausgeprägter Geschwulste im Gesicht den Spitznamen »Knubbel« trug. Über seine schlichte Rüstung hatte er die Schärpe eines Tribunen gewickelt.

»Nett, dich hier zu treffen, Knubbel«, sagte ich und schenkte ihm ein strahlendes Lächeln. »Was ist mit den hundert Sesterzen, die du mir seit den Cerealis-Rennen vor zwei Jahren schuldest?« Das brachte ihn zum Schweigen.

»Du hast eine Frage, Decius?« sagte Caesar.

»Ich bitte um Verständnis, General, da ich gerade erst angekommen bin, aber vor unseren Wällen lagert keine Barbarenarmee, also nehme ich an, daß die Helvetier nach wie vor in Verhandlungen mit uns stehen. Wie kommt es, daß sie trotzdem Angreifer losschicken, die uns belästigen?«

»Wir haben es hier nicht mit Galliern von der Küste zu tun, die sich wie halbwegs zivilisierte Menschen zu benehmen wissen«, erklärte Caesar. »Ihre Gesandten sprechen für das Volk als Ganzes, halten es jedoch für selbstverständlich, daß einige der jungen Krieger des Nachts losziehen, um Pfeile und Wurfspeere in unser Lager zu schießen und zu werfen. Sie betrachten das als ein Kavaliersdelikt, so als würde man auf einem Pferd über den Zaun des Nachbarn springen und über sein Feld reiten.«

»Sie machen sich einen Spaß daraus, Wachen und Patrouillen zu überfallen«, sagte Titus Vinius, der Erste Speer. »Sie sind Kopfjäger, weißt du. In den dichten Wäldern bei ihren heiligen Hainen wirst du riesige Schädelhaufen finden.«

Er war der typische altgediente Militär, der einem jungen Rekruten angst machen wollte, doch er verschwendete nur seine Zeit. In Spanien hatte ich weit Schlimmeres gesehen.

»Decimus Varro«, sagte Caesar, »wie steht es um unsere Vorräte?« Ich bemerkte, daß Caesar sich einer kurzen prägnanten Sprache befleißigte, die sich deutlich von dem langatmigen Stil unterschied, den er in Rom pflegte.

»Die Vorräte an Getreide, getrockneten Früchten, Fisch und Fleisch reichen noch für gut zehn Tage, bei halber Ration für etwa zwanzig. Der Versorgungszug aus Massilia müßte jederzeit eintreffen.«

»Decius, hast du auf dem Weg hierher einen Vorratszug überholt?«

»Nein, Prokonsul.«

»Quaestor, kaufe mehr Lebensmittel von den hiesigen Bauern. Ich möchte mir keine Gedanken wegen knapper Vorräte machen müssen, wenn die Helvetier sich entscheiden, uns anzugreifen.«

»Sie werden Wucherpreise für minderwertige Ware verlangen, Prokonsul.« Der Quaestor war ein ernst aussehender junger Mann, der mir vage bekannt vorkam.

»Bezahle, was sie verlangen, ohne groß zu feilschen«, sagte Caesar. »Der Zustand der Staatsfinanzen ist einem Kämpfer im Feld herzlich egal, der Zustand seines Magens hingegen bedeutet ihm alles.«

»Jawohl, Caesar.« Der Name des Quaestors fiel mir wieder ein: Sextus Didius Ahala. Er hatte vor zwei Jahren dasselbe Amt in Rom ausgeübt, und ich beneidete ihn nicht um seine Position. Der Quaestor des Prokonsuls bekleidet zwar eine verantwortungsvolle Position, doch die Buchhaltung und die Führung der Amtsgeschäfte einer Provinz und ihrer militärischen Einrichtungen ist so ziemlich die langweiligste Arbeit, die man sich vorstellen kann.

Nach etwa einer Stunde, ausgefüllt mit Berichten, Befehlen, der Ausgabe einer neuen Parole und dergleichen, löste sich die Runde auf. Caesar machte mir ein Zeichen, daß ich zusammen mit Vinius noch bleiben sollte.

»Erster Speer, wir brauchen einen Platz, an dem wir Decius Caecilius Metellus den Jüngeren einsetzen können. Was schlägst du vor?«

Der Mann musterte mich mit dem Desinteresse, das Berufssoldaten gegenüber jüngeren Teilzeitoffizieren für gewöhnlich an den Tag legen. Den Respekt dieser Männer verdiente man sich nur durch besondere Tapferkeit in der Schlacht.

»Wir haben bereits mehr Offiziere als wir benötigen, Prokonsul. Was wir brauchen, sind mehr Legionäre.«

»Wir werden in Kürze ein paar von beiden verlieren«, bemerkte Caesar. »In der Zwischenzeit braucht Decius eine Einheit.«

Vinius bückte sich, um seinen Helm aufzuheben, der unter dem Tisch lag. »Die Reiterei«, sagte er. Er wollte mich aus dem Weg haben, was ich ihm nicht übelnehmen konnte. Unerfahrene Offiziere, vor allem grüne Tribunen, sind der Fluch eines jeden Centuriolebens. Ich hätte ihm sagen können, daß mir das Militär und Feldzüge nicht völlig unvertraut waren, doch das hätte ihn wohl kaum beeindruckt.

»Ausgezeichnet. Decius, du kannst dich bei der praetorianischen Ala melden. Ihr momentaner Kommandant ist ein Gallier namens Lovernius, doch er braucht einen römischen Vorgesetzten. Als Praetorianer gehörst du zu meinem persönlichen Stab, so daß du wahrscheinlich deutlich mehr Zeit mit mir als mit deiner Ala verbringen wirst.«

»Ich nehme nicht an, daß es sich um eine spanische Reiterei handelt?« In der spanischen Kavallerie konnte ich auf nicht unbedeutende Erfahrung verweisen.

»Gallier«, sagte Caesar. »Doch sie sind Todfeinde der Helvetier.« Was nicht allzuviel zu bedeuten hatte, da sich die Gallier ständig untereinander befehdeten. Nun, jede Kavallerie mußte besser sein als eine römische, die historisch gesehen so kläglich war wie unsere Infanterie beeindruckend. Die Kriegsführung zu Pferde ist wie die Seefahrt eines der Dinge, für die wir Römer einfach kein Talent haben.

»Prokonsul, mit deiner Erlaubnis werde ich jetzt gehen und die Wachposten inspizieren.« Vinius verknotete die Bänder seiner die Wangen bedeckenden Gesichtspanzer unter seinem glatt rasierten Kinn. Sein Helm war so schlicht wie alle anderen, die ich in dieser Legion gesehen hatte, mit Ausnahme des Helmbuschs aus Pferdehaar, der nicht von vorne nach hinten, sondern von links nach rechts verlief, ein weiteres markantes Symbol seines Ranges.

»Tu das«, sagte Caesar, seinen Salut erwidernd. Als der Mann gegangen war, wandte er sich wieder mir zu.

»Du erlaubst ihm zu viele Freiheiten, Gaius Julius«, sagte ich, jetzt unter vier Augen einen weniger formellen Ton anschlagend.

»Ich lasse den meisten meiner Centurionen mehr Freiheiten als den meisten meiner Offiziere. Centurionen sind das Rückgrat der Legion, Decius, nicht die anderen mit den Schärpen, die aus politischen Gründen ihre Zeit abdienen. Oh, ein paar von ihnen wie Carbo oder Labienus sind exzellente Soldaten, aber bei meinen Centurionen weiß ich, daß ich mich auf sie verlassen kann.«

»Kannst du dich auch noch auf andere verlassen?«

Er begriff sofort, was ich meinte. »Was sprach man in Rom, als du die Stadt verlassen hast?«

»Na ja, ich war nicht direkt in Rom. Die Stadt ist meiner Gesundheit zur Zeit ziemlich abträglich, so daß ich mich auf dem etruskischen Anwesen meines Vaters aufgehalten habe, bevor ich ...«

Caesar wischte meine Bemerkung mit einer ungeduldigen Handbewegung beiseite. »Es ist mir egal, ob du in Athen oder sonstwo warst. Du bist ein Caecilius Metellus, also weißt du, was auf dem Forum gesprochen wird. Und was sagt man?«

»Daß deine Feinde in Rom dir diesen außerordentlichen Oberbefehl im vollen Vertrauen darauf bewilligt haben, daß du scheitern wirst. Daß Crassus und Pompeius die Genehmigung dieses Kommandos aus denselben Gründen am Senat vorbei durch die Volksversammlungen gedrückt haben. Daß du und deine Armee hier in der Wildnis verdörren werdet wie Trauben an einem Weinstock, dessen Wurzeln von Maulwürfen angeknabbert wurden.«

Er sah mich aus tiefliegenden Augen an. »Ich bin noch nicht bereit, mich in mein Schicksal als Rosine zu ergeben.

Mit dem ersten Teil liegst du sicherlich richtig, aber der Rest ist falsch. Ich genieße nach wie vor die volle Unterstützung von Pompeius und Crassus, keine Angst.«

»Und was hast du davon, Gaius Julius? Du weißt doch, wie Pompeius arbeitet. Er wird dich alle Schlachten schlagen lassen und dir dann in der letzten Minute deine Armee wegnehmen.«

Caesar lächelte frostig. »Das wiederum ist Politik, und darin bin ich weit besser als Pompeius.«

»Nun ... das ist wohl wahr«, räumte ich ein.

»Decius, warum, glaubst du, habe ich so hart gearbeitet, mir dieses Prokonsulat zu sichern?«

»Weil die Gallier seit Jahren Unruhe stiften und wahrscheinlich den Germanen erlauben, den Rhenus zu überqueren«, sagte ich. »Es ist der einzige größere Krieg im Angebot, und Kriege bedeuten Ruhm, Beute und Triumphzüge.«

Er lächelte jetzt ein wenig freundlicher. »Das ist reichlich unverblümt ausgedrückt. Du glaubst nicht, daß mein Motiv auch Patriotismus sein könnte?«

»Ich würde deine Intelligenz nie mit einer derartigen Vermutung beleidigen.«

»Gut. Die meisten meiner Tribunen sind Speichellecker.« Er trat auf mich zu und faßte meinen Arm. »Decius, bei diesem Kommando geht es um weit mehr als die Befriedung der Helvetier. Hier in Gallien eröffnen sich ungeheure Möglichkeiten! Die Leute Zuhause in Rom denken, man müsse nichts weiter tun als ein paar brutale, halbnackte Wilde zu erledigen, doch sie irren. Crassus will einen Krieg mit Parthia, weil er glaubt, daß nur die Unterwerfung wohlhabender und zivilisierter Feinde ihn und Rom bereichern wird. Doch auch er irrt.«

»Ich bin fest entschlossen, Crassus' Feldzug zu meiden, falls er seinen Oberbefehl erhält.«

»Gut. Bleib hier bei mir in Gallien! Ich sage dir, Decius: Die Männer, die mich in den nächsten fünf Jahren hier unterstützen, werden Rom in den folgenden dreißig Jahren beherrschen, genau wie die Männer, die Sulla unterstützt haben, die Stadt in den vergangenen dreißig Jahren beherrscht haben!« Das waren große Worte, vorgetragen mit großer Eindringlichkeit.

Natürlich sprach er nicht zu mir als Person, er sprach zu dem Gens Caecilia, dessen Unterstützung er verzweifelt suchte. Außerdem hatte er sein Ansinnen nicht übermäßig subtil vorgebracht. Meine Familie hatte sich zu den Anhängern Sullas gezählt, was sich wohltuend auf unsere politische Bedeutung ausgewirkt hatte.

»Du weißt, ich bin kein großer Soldat, Gaius.«

»Na und? Rom bringt hinreichend Soldaten hervor. Du bist ein Mann von ungewöhnlicher Qualität und einzigartigen Talenten, wie ich schon häufig in unterschiedlichster Gesellschaft festgestellt habe.« Letzteres stimmte in der Tat. Caesar hatte bei Menschen, die mich für einen bloßen Exzentriker, wenn nicht einen kompletten Trottel hielten, schon des öfteren ein gutes Wort für mich eingelegt.

Dies war jedenfalls nicht der Caesar, den ich aus Rom kannte. Er klang wie ein Mann, der von dem Drang zu erobern geradezu besessen war. Dabei sah er bestimmt nicht aus wie ein Eroberer. Hager und mit sich rapide lichtendem Haupthaar wirkte er viel zu zerbrechlich, um die Last einer ganzen Armee auf seinen schmalen Schultern zu tragen. Er trug eine schlichte weiße Tunika, und nur seine Legionärsstiefel und sein Sagum verrieten seinen Status. Zwischen Stiefeln und Tunika sahen seine Beine so dürr aus wie die eines Storches. »Ich werde nachdenken über das, was du gesagt hast«, erklärte ich, wobei ich innerlich gelobte, so schnell wie möglich wieder aus Gallien zu verschwinden.

»Ausgezeichnet. Und jetzt melde dich bei deiner Ala. Sie ist an der nordöstlichen Ecke des Lagers untergebracht. Besorge dir alles, was du an Ausrüstung brauchst, aus den Materialzelten. Dann komm zum Abendessen wieder her. Alle meine Offiziere, die keinen Wach- oder sonst einen Dienst haben, speisen in meinem Zelt.«

Ich salutierte. »Ich ziehe mich jetzt zurück, Prokonsul.«

Er erwiderte meinen Salut, und ich wandte mich zum Gehen.

»Und, Decius ...«

Ich drehte mich um. »Prokonsul?«

»Sieh zu, daß du aus der lächerlichen Kostümierung rauskommst. Du siehst aus wie ein Denkmal auf dem Forum.«

Mit einem Mal wurde mir klar, wie albern Caesar in einer Paradeuniform aussehen würde, wie die Parodie eines Generals in einer Komödie von Plautus. Deswegen bestand er wahrscheinlich auch auf soldatischer Schlichtheit. Caesars Eitelkeit war so berüchtigt wie seine Schulden und sein Ehrgeiz. In seiner näheren Umgebung würde er bestimmt niemanden dulden, der besser aussah als er.

II

In der Legion beginnt der Tag viel zu früh. Von irgendwoher dröhnte eine Tuba wie ein Ochse unter Todesqualen. Ich erwachte auf meinem Feldbett und versuchte mich, zu erinnern, wo ich war. Der Geruch des ledernen Zeltes verriet es mir. Ich griff schlaftrunken nach Hermes, der auf einer Pritsche neben mir schlief.

»Hermes«, sagte ich todmüde, »geh und bring den Idioten

um, der auf diesem Horn bläst. Du kannst mein Schwert nehmen.« Er grummelte nur und drehte sich um. Irgend jemand warf den Eingangsvorhang zur Seite. Draußen war es noch dunkel, doch vor dem schwachen Licht eines in der Ferne glimmenden Lagerfeuers konnte ich vage eine menschliche Gestalt erkennen.

»Zeit für die Morgenpatrouille, verehrter Hauptmann.« Es war einer meiner gallischen Reiter.

»Ist das dein Ernst? Die Pferde sind doch in dieser Düsternis genauso blind wie wir.« Ich richtete mich auf und trat nach Hermes. Er murmelte etwas Unverständliches. »Es wird alsbald heller werden, und die kleinen Vöglein werden ihren Gesang anstimmen. Du kannst dich in dieser Sache auf mein Wort verlassen, Geliebter.« Er duckte sich unter dem Eingang und ließ den Vorhang wieder sinken. Es ist mir schlechterdings unmöglich, die Redeweise der Hinterland-Gallier auch nur halbwegs angemessen zu beschreiben, aber dies war ein Beispiel dafür. Ich packte Hermes mit beiden Händen, richtete ihn auf und schüttelte ihn so heftig, wie ich konnte.

»Wach auf, du kleines Ferkel! Ich brauche Wasser!« Mein Kopf war von einem dumpfen Pochen erfüllt. Caesars Tafel war karg, doch mit dem Wein war er großzügig gewesen. Auch Hermes war es gelungen, sich den einen oder anderen Becher abzuzweigen.

»Aber es ist doch noch dunkel!« beschwerte er sich.

»Daran solltest du dich besser gewöhnen«, riet ich ihm. »Die Tage, an denen du bis Sonnenaufgang herumfaulenzen konntest, sind vorbei. Von heute an stehst du vor mir auf und hast heißes Wasser und das Frühstück fertig, wenn ich aufwache.« Die Einnahme eines Frühstücks war eine jener exotischen und degenerierten Angewohnheiten, wegen derer ich in Rom stets kritisiert worden war.

Ich schnürte meine Stiefel, erhob mich und riskierte einen

Blick nach draußen. Überall um mich herum erwachte das Lager zum Leben. Die Höhe unseres Lagerplatzes und die Jahreszeit machten die Morgenluft schneidend kalt, so daß ich mein Sagum, das mir gleichzeitig als Decke diente, enger um meinen Körper wickelte. Wenig später kehrte Hermes mit einem Eimer eiskalten Wassers zurück, und ich benetzte meine verklebten Augen und spülte den üblen Geschmack aus dem Mund. Danach fühlte ich mich geringfügig besser.

»Hol mir meine Ausrüstung«, befahl ich Hermes, doch er hatte sie bereits in der Hand. Er half mir, das Kettenhemd über den Kopf zu ziehen, und die zwanzig Pfund miteinander verbundener Eisenringe glitten an meinem Körper hinab und bedeckten ihn von den Schultern bis knapp über die Knie. Ich gurtete mein Schwert und zog den Gürtel fest, um einen Teil des Gewichts von meinen Schultern zu nehmen. Den Helm unter den Arm geklemmt, machte ich mich auf die Suche nach meiner Schwadron.

Ich fand sie um ein Lagerfeuer versammelt, einen Korb mit Brotlaiben in ihrer Mitte, daneben ein Stapel Holzbecher. Über dem Feuer dampfte ein Bronzekessel. Ein junger Mann mit rötlichem Haar fiel mir ins Auge, als ich näher kam.

»Gesell dich zu uns, Hauptmann«, sagt er. »Nimm einen Schluck Pulsum. Es wird den Nebel in deinem Kopf lichten.«

»Guten Morgen, Lovernius. Wenn es nichts Besseres gibt, nehme ich einen Becher.«

Er hob einen der schalenartigen Holzbecher auf, tauchte ihn in den Kessel und gab ihn mir. Ich nahm einen Schluck, zuckte zusammen und muß wohl ein komisches Gesicht gezogen haben, denn Lovernius und die anderen lachten. Man muß Jahre in der Legion zubringen, damit einem heißer Essig mit Wasser tatsächlich schmeckt, aber zumindest macht das Gebräu wach.

Lovernius war ein allobroginischer Aristokrat, der auf römischen Schulen erzogen worden war. Er war glatt rasiert und trug sein Haar nach römischer Art kurz, doch sein Gesicht war mit horizontalen blauen Streifen tätowiert. Es wurde, wie geweissagt, heller, und in dem trüben Licht musterte ich die Männer. Eine praetorianische Ala umfaßte ungefähr einhundert Männer, davon gehörten zwanzig zu dieser speziellen Schwadron. Die meisten hatten langes Haar und fransige Schnurrbärte, die zivilisierte Menschen abstoßend finden. Sie waren phantasievoll tätowiert, aber wenigstens war keiner von ihnen bemalt. Über ihren leuchtend karierten oder gestreiften Tuniken trugen sie kurze ärmellose Kettenhemden. Die Gürtel über den Hemden waren mit Bronzeplaketten in komplizierten Mustern verziert. Alle trugen wunderbar gearbeitete Eisenhelme, auf deren Spitze neckische kleine Hörner und aufrecht stehende Räder prangten. Ich gebe es nur ungern zu, doch die Gallier sind bei weitem bessere Schmiede als die Römer. Außerdem trug jeder der Männer einen offenen aus Gold, Silber oder Bronze geflochtenen Halsreif.

Trotz ihrer Tätowierungen, Schnurrbärte und barbarischen Ornamente waren sie ein gutaussehender Haufen, wie von Galliern nicht anders zu erwarten. Alle überragten den Durchschnittsrömer an Länge, und ihre Größe wurde durch ihre aufrechte, pfeilgerade Haltung noch betont. Sie waren sozusagen geborene Krieger. Und als Reiter dünkten sie sich jedem einfachen Fußsoldaten überlegen.

Im Gegensatz zu dem weit verbreiteten Glauben sind nicht alle Gallier blond oder rothaarig, obwohl helles Haar vorherrschend ist. Etwa die Hälfte der Männer hatte eine Haarfarbe, die wir für gallisch halten würden, ansonsten gab es alle möglichen Schattierungen von Braun, und zwei Männer hatten trotz ihrer hellen Haut pechschwarzes Haar wie die Ägypter.

Die Laibe in dem Korb waren Legionärsbrot, schwer,

grobkörnig und trocken. Ich brach mir eine Hälfte ab und tauchte sie in das Pulsum, um sie genießbarer zu machen, während die Männer mich genauso musterten, wie ich sie gemustert hatte.

»Möchtest du zu den Männern sprechen, bevor wir ausreiten, Hauptmann?« fragte Lovernius.

»Also gut«, sagte ich. Ich würgte einen letzten Bissen Brot hinunter und warf meinen Becher zur Seite. »Hört mir gut zu, ihr haarlippiger Abschaum. Ich bin Senator Decius Caecilius Metellus der Jüngere, und durch den Willen des Senates und des Volkes von Rom habe ich Macht über Leben und Tod eines jeden von euch. Ich verlange wenig außer absolutem Gehorsam, und wenn ihr versagt, verspreche ich wenig außer Tod. Wenn ihr im Feld auf mich aufpaßt, werde ich im Praetorium auf euch aufpassen. Solange ich euer Hauptmann bin, wird es euch nie an Beute mangeln, genausowenig wie an Bestrafung, wenn ihr nicht die beste Schwadron der besten Ala dieser Legion seid. Haltet meinen Rücken frei von Pfeilen, dann halte ich euren Rücken frei von Striemen. Ist das klar?«

Soldaten mögen es, wenn man so mit ihnen spricht. Es gibt ihnen das Gefühl, rauh und männlich zu sein. Sie grinsten und nickten. Ich machte einen guten Eindruck.

Die Pferde waren für römische Augen ein wenig zu klein und ungepflegt, aber wir sind die Paraderösser der Wagenrennen gewohnt. Die Gallier stutzen weder Mähne noch Schwanz ihrer Pferde, und diese Exemplare trugen noch die Reste ihres zotteligen Winterfells, so daß der erste Eindruck nicht besonders ästhetisch war. Doch ich erkannte sofort, daß diese Tiere ideal geeignet waren für das Gelände, das wir durchqueren würden.

Die Männer begannen ihre Pferde zu streicheln und mit ihnen zu reden. Die Gallier lieben ihre Pferde bis zur Vergötterung. Es gibt sogar tatsächlich eine Pferdegöttin namens Epona, eine Gottheit, die uns Römern schmerzlich fehlt. Auch die meisten Feiertage der Gallier drehten sich auf die eine oder andere Weise um Pferde.

Der jüngste der Krieger, ein Junge namens Indiumix, hatte den Auftrag bekommen, sich um mein Pferd zu kümmern, es zu pflegen und zu satteln. Stolz präsentierte er mir das Tier und zählte seine zahlreichen Tugenden auf, während er es liebevoll streichelte. Als ich mit dem Zustand meines und der anderen Pferde zufrieden war, stieg ich in den Sattel. Sofort schob sich das Kettenhemd unbequem um meine Hüfte zusammen. Ich nahm mir vor, mir bei einem Waffenschmied Seitenschlitze nach Art der Kavallerie machen zu lassen.

Wir verließen das Lager durch die Porta decumana, das Nordtor. Ich hatte mich bisher für einen ausgezeichneten Reiter gehalten, doch in Gesellschaft dieser Gallier kam ich mir regelrecht ungelenk vor. Sie ritten allesamt wie die Zentauren, jeder hatte sein Langschwert, seine Lanze und einen Köcher mit Wurfspeeren an den Sattel gebunden und den ovalen Schild über den Rücken geworfen. Ich sollte vielleicht erwähnen, daß die Namen, mit denen wir sie riefen, nur Annäherungen an ihre wirklichen Namen waren, die für uns unaussprechlich und unmöglich zu buchstabieren waren. Die gallische Sprache kennt Laute, für die es keine lateinischen Buchstaben gibt. Deswegen kann ein gallischer Häuptling bis zu einem Dutzend verschiedener Namen haben, je nachdem, welcher Geschichtsschreiber über ihn berichtet.

Wir wandten uns gen Osten in Richtung des Sees. Lovernius erklärte, daß unsere morgendliche Pflicht darin bestand, den großen Erdwall zu inspizieren und die Berichte der Wachoffiziere entgegenzunehmen. Glücklicherweise mußten wir nicht die ganzen neunzehn Meilen abreiten. Die Offiziere der Westseite würden uns entgegenkommen und uns irgendwo in der Mitte treffen. Auf der gesamten Länge des Walls hatten Männer der Hilfstruppen im Abstand von jeweils einer Meile Posten bezogen. Diese Männer waren zweifelsohne nervös, denn ihre Unterstände waren bei einem Angriff sehr viel verwundbarer als das große Legionärslager. Andererseits war es nur gut, wenn die Wachposten nervös waren.

Die Wachen am sumpfigen, zum See hin gelegenen Ende des Damms meldeten, daß es in der vergangenen Nacht keine feindlichen Übergriffe gegeben hatte, und so ging es die nächsten sieben, acht Meilen weiter. Keinerlei Angriffe außer ein paar Flüchen und Verwünschungen, die aus der Dunkelheit jenseits des Walles gerufen worden waren. Die Wachen sprachen voller Verachtung von diesen lächerlichen Aktionen, doch jetzt war es auch heller Tag. Ich wußte, daß es in der zurückliegenden Nacht ganz anders gewesen war, als dieselben Männer ihre Waffen ergriffen und mit weit aufgerissenen Augen angestrengt in die Finsternis gestarrt hatten, aus der die unheimlichen Stimmen kamen.

Gegen Mittag errreichten wir einen klaren Teich und stiegen ab, um die Pferde zu tränken. Ich gab Indiumix meine Zügel und umrundete den Teich zu Fuß, um mir die Beine zu vertreten. Meine Oberschenkelmuskeln waren vom Druck auf die Flanken des Pferdes völlig steif. Ich wollte gerade zu meinem Pferd zurückkehren, als ein Schimmer im Wasser meine Aufmerksamkeit erregte.

Ich trat auf einen flachen Fels im Wasser und bückte mich, um es besser sehen zu können. Irgend etwas glitzerte im stehenden Wasser. Ich kniete nieder und griff unbeholfen nach dem Gegenstand, was durch die magische Eigenschaft des Wassers, meinen Arm scheinbar zu krümmen, deutlich erschwert wurde. Doch bald hatte ich das Objekt geborgen. Es war eine wunderschöne Fibula, eine gallische Brosche aus purem Gold. Begeistert zeigte ich sie meinen Soldaten.

»Jemand hat diese kostbare Nadel verloren«, sagte ich und hielt das Schmuckstück hoch, damit alle es bewundern konnten. »Pech für ihn, Glück für mich!« Zu meiner großen Überraschung sahen mich meine Männer schockiert und wütend an.

»Wirf sie zurück in den Teich, Hauptmann«, sagte Lovernius leise. »Darin lebt ein Wassergeist. Jemand hat sie als Opfer hineingeworfen, bevor er zu einer gefährlichen Mission aufgebrochen, vielleicht in einen Krieg gezogen ist.«

Traurig betrachtete ich die Brosche. »Möglicherweise ist er schon tot und braucht den Schutz des Geistes gar nicht mehr.«

Lovernius schüttelte den Kopf. »Es bedeutet den Tod, Geschenke zu stehlen, die den Göttern geweiht sind. Vielleicht liegt sie schon seit hundert Jahren für jedermann sichtbar im Wasser, doch niemand würde es wagen, sie zu berühren.«

Ich hatte schon gesehen, daß Gallier kleine Münzen in Teiche geworfen hatten; das sollte Glück bringen, doch ich wußte nicht, daß das Ganze so ernst genommen wurde. Seufzend warf ich die Fibula zurück ins Wasser, wo sie mit einem kleinen Plätschern versank. Ich hatte nicht vor, die einheimischen Götter zu beleidigen. Die Männer grinsten und nickten, befriedigt, daß ich ihre Sitten respektierte. Außerdem war es klug. Wahrscheinlich hätten sie mich noch vor der Rückkehr ins Lager getötet und eine Geschichte über einen feindlichen Hinterhalt erfunden.

Als wir weiterritten, erklärte mir Lovernius, wie ernst die Gallier diesen Aspekt ihrer Religion nahmen. Manchmal versprachen sie ihren Göttern vor einer Schlacht eine ganze Armee für den Sieg. Nach der Schlacht wurde kein einziger Feind verschont. Nicht nur ihre Leichen wurden in Seen und Sümpfe versenkt, sondern auch ihre Waffen und ihre Rüstungen, ihre Gepäckwagen und Schätze; Pferde, Vieh und Sklaven wurde ebenfalls getötet und hineingeworfen, so daß nicht ein einziger Umhang oder eine Kupfermünze als Beute für die Sieger übrigblieb. Alles wurde den Göttern geschenkt.

Tief im Wald gab es Orte, wo große Berge dieser seltsamen Schlachttrophäen jahrhundertelang langsam im Schlamm versanken. Lovernius erklärte mir, daß jeder, der auch nur die kleinste Kleinigkeit von dort entwendete, grausam bestraft wurde. Ich gelobte, mich nie in meinem Leben auch nur auf Spuckweite einer solchen Schatzgrube zu nähern.

Es war Mittag geworden, als wir zum Lager zurückkehrten. Ich erstattete meinen Bericht bei Titus Labienus, Caesars Legatus und Stellvertreter, und machte mich dann auf die Suche nach einem Legionärsbarbier, um mich rasieren zu lassen. Hermes' unerfahrenen Händen wollte ich eine derart delikate Aufgabe nicht anvertrauen.

Frisch rasiert und mit knurrendem Magen ging ich durch die Reihe der Legionärszelte zurück zu meinem Quartier, um ein Mittagessen einzunehmen, als mir jemand etwas zurief.

»Patron!«

Ich sah mich um. Ich stand in der Nähe eines Centurienblocks unweit des Praetoriums. Das Lager war erfüllt von den üblichen Aktivitäten. Soldaten in voller Kampfmontur marschierten los, um die Wachen abzulösen, andere säuberten die Straßen, wieder andere trugen Vorräte hin und her. Tagsüber gibt es in einem Legionärslager nur wenig Freizeit, ständig ist irgend etwas zu verbessern. Latrinen müssen ausgehoben werden, ein Badehaus errichtet, wenn das Lager längere Zeit besetzt bleiben soll. Außerdem versteht es sich von selbst, daß es nie schaden konnte, den Graben um das Lager ein wenig tiefer auszuheben und den Wall ein wenig höher aufzuschütten. Männer, die nichts zu tun hatten, konnten jederzeit weitere Pfähle anspitzen, um sie anschließend in den Grund des Grabens zu rammen.

»Patron!« Jetzt sah ich einen Arbeitstrupp, der das umliegende Gelände säuberte und die Leinen eines Zeltes spannte, das deutlich größer war als die anderen.

Zweifelsohne handelte es sich um das Zelt des Centurio, der in seiner Position natürlich von derart unwürdigen Arbeiten befreit war. Einer der Männer löste sich aus der Gruppe und trottete auf mich zu. Ich brauchte einen Moment, bis ich ihn erkannte.

»Der junge Burrus!« Ich ergriff seine Hände. Er war der Sohn eines meiner Klienten, eines alten Soldaten, der mit mir in Spanien gedient hatte. »Ich hätte dich früher oder später auch aufgesucht. Ich habe Briefe von deiner Familie für dich.« Ich hatte außerdem noch Briefe für etwa ein halbes Dutzend anderer Soldaten dieser Legion, Söhne anderer Klienten meiner Familie. Jedesmal wenn bekannt wird, daß ein Offizier sich einem bestimmten Prokonsul oder Propraetor anschließen will, wird er zum Briefträger. Doch Burrus war ein Klient, der mir besonders am Herzen lag, weil er mir in einigen ausgesprochen ungemütlichen Situationen zur Seite gestanden hatte.

»Wie geht es meinem Vater?« Er grinste, und ich sah, daß er auf einer Seite einen Zahn verloren hatte.

»Er ist noch genauso streng wie eh und je. Er schwört, daß du hier einen sonnigen Lenz hast und das Soldatenleben auch nicht mehr das ist, was es zu seiner Zeit war.«

»Ganz der alte.« Lucius Burrus war noch ein kleiner Junge gewesen, als ich ihn zum letzten Mal gesehen hatte. Jetzt war er ein stattlicher junger Mann von mittlerer Größe, gut gebaut und von der ausdauernden Zähigkeit eines italischen Bauern, genau der Typ, nach dem jeder Rekruteur Ausschau hält. Er sah allerdings ziemlich mitgenommen aus, mit Blutergüssen an Armen, Hals und überall, wo seine Haut zu sehen war.

»Die Ausbildung muß ziemlich hart sein«, bemerkte ich.

Er zuckte zusammen und sah mich einfältig an. »Das ist es nicht. Es ist ...« Er ließ den Satz unbeendet, doch sein Blick wanderte zum Eingang des Zeltes. Genau wie meiner. Sämtliche Aktivitäten in der Umgebung kamen schlagartig zum Erliegen, als der Eingangsvorhang zur Seite geschlagen wurde und eine Göttin heraustrat.

Wie soll man Vollkommenheit beschreiben, vor allem, wenn es sich um barbarische Vollkommenheit handelt? Sie war größer als eine Frau sein sollte, größer als jeder der anwesenden Männer. Sie war auch ein paar Zentimeter größer als ich, doch durch die dicken Sohlen meiner Militärstiefel waren unsere Augen etwa auf gleicher Höhe. Jeder ihrer einzelnen Gesichtszüge hätte sie aller Schönheit berauben müssen; ihr Kinn war zu lang und schmal, ihre Augen zu eng beieinander, ihre Nase zu lang und dünn, ihr Mund zu breit mit zu vollen Lippen, die von zu großen Zähnen auseinandergedrängt wurden. Aber alles zusammen genommen war die Wirkung überwältigend.

Ihr dichtes, goldblondes Haar fiel über ihre Schultern bis auf die Hüfte und bildete einen seltsamen Kontrast zu ihren geraden, gleichmäßigen, dunklen Augenbrauen. Ihre Augen waren von einem eisigen Blau, blasser noch als die der Gallier, ihre Haut weißer als die Toga eines Kandidaten, ihr Körper schlanker als die Peitsche eines Wagenlenkers, aber ebenso kräftig und geschmeidig. Und dieser Körper war durch ihre knappe Tunika aus rotem Fuchsfell nur höchst unzureichend bedeckt.

Wer nun vermutet, daß diese Frau einen starken ersten Eindruck hinterließ, liegt keineswegs falsch. So stand sie, einen Krug auf dem Kopf balancierend, vor dem Zelt und war sich der Aufmerksamkeit, die sie erregte, durchaus bewußt, auch wenn sie sie mit Verachtung strafte. Sie sah nicht nur aus wie eine Göttin, sie hielt sich auch wie eine. In der Bewegung kann jeder Athlet gut aussehen, aber nur wenige Sterbliche verfügen über die Fähigkeit, selbstbewußt zu stehen. Römische Staatsmänner mühen sich jahrelang ab, eine derartige Würde und Selbstbeherrschung zu erlangen.

Und hier war diese Gottgleichheit in einem germanischen Sklavenmädchen verkörpert.

Meine leicht verwirrten Gedanken wurden durch das häßliche Klatschen von Holz auf nackter Haut und dem dumpfen Aufprall eines Körpers jäh unterbrochen. Ich drehte mich um und sah den jungen Burrus am Boden liegen. Über ihm stand Titus Vinius mit seinem erhobenen Stab, den er auf Burrus' Schultern niedersausen ließ. Er mußte ihn vorher eingeölt haben, denn der Stab bog sich, ohne zu brechen.

»Hast du nicht genug Arbeit, du fauler kleiner Mistkerl?« Der Stock sauste noch dreimal nieder.

Ein Offizier sollte sich nie einmischen, wenn ein Centurio einen seiner Männer diszipliniert, doch das war zuviel. Ich packte sein Handgelenk, bevor er ein weiteres Mal zuschlagen konnte. Er trug eine silberne Kette, eine Auszeichnung für Tapferkeit in irgendeiner vergangenen Schlacht, die sich unter meinem Griff leicht spannte.

»Das reicht, Centurio! Er ist ein Klient von mir. Ich habe ihm Neuigkeiten von Zuhause überbracht.«

Die Augen, die mich anstarrten, legten die Vermutung nahe, daß der Mann nicht ganz bei Sinnen war. »Es ist mir egal, ob er der hohe Priester des Jupiter ist. Ich habe gesehen, was er getan hat! Und jetzt laß meinen Arm los, Hauptmann. Du mischst dich in Dinge ein, die dich nichts angehen.« Er schien seine Selbstbeherrschung wiedergewonnen zu haben, und ich ließ ihn los. Er senkte den Stab, trat jedoch mit seinen Nagelschuhen in Burrus' Rippen.

»Steh auf, Burrus! Wenn du nichts Besseres zu tun hast, als hier herumzustehen und mein Eigentum zu begaffen, schließ dich dem Latrinendienst an.« Er wandte seinen zornigen Blick den anderen Männern zu. »Soll ich für euch auch noch Arbeit finden?« Doch sie arbeiteten bereits fieberhaft und sahen überallhin, nur nicht zu der Frau. Ich bemerkte, daß alle Blutergüsse hatten, auch wenn keiner von ihnen so gezeichnet war wie Burrus. Die Sklavin ging an uns vorbei, ohne uns eines Blickes zu würdigen, so als würden wir gar nicht existieren. Selbst unter den gegebenen Umständen mußte ich mich anstrengen, ihr nicht hinterherzustarren.

Burrus kämpfte sich auf die Beine, vor Schmerzen gekrümmt, das Gesicht vor Wut und Scham feuerrot. Er sah mich nicht an, und auch mir war es überaus peinlich, Zeuge seiner Erniedrigung zu sein. Er zog seine Waffen aus einem der pyramidenartigen Stapel und stapfte davon.

»Das war völlig übertrieben, Centurio«, sagte ich, bemüht, meine Stimme ruhig zu halten. »Er hat schließlich nicht im Dienst geschlafen.«

»Ich kann mit meinen Männern umgehen, wie es mir paßt, Hauptmann«, sagte er, die Worte mit unglaublicher Verachtung hervorbringend. »Das solltest du immer bedenken.«

»Du vergreifst dich ein wenig im Ton, Titus Vinius«, sagte ich so hochmütig, wie ich konnte, und als Caecilius Metellus gelang mir das besser als den meisten Menschen.

Er kräuselte leicht die Lippen. »Das hier ist Caesars Armee, Metellus. Caesar hat begriffen, daß die Centurionen den Laden schmeißen. Wir sind diejenigen, die ihm Siege erringen werden, nicht die politischen Lakaien mit ihren purpurnen Schärpen.«

Ich hätte gleich hier an Ort und Stelle mein Schwert gezogen, doch dafür hätte Caesar mich hinrichten lassen können. Nach Militärrecht hatte Vinius nichts Ungesetzliches getan. Ich versuchte, an seinen gesunden Menschenverstand zu appellieren.

»Wenn du nicht willst, daß die Männer deiner Sklavin hinterhergaffen, solltest du ihr ein paar züchtigere Kleider besorgen. Diese Frau ist eine Bedrohung für die Moral der ganzen Truppe.«

»Mit meinem Besitz mache ich, was ich will.«

»Aber auf mich bist du mit deinem Stab nicht losgegangen«, bemerkte ich. »Ich habe sie genauso angestarrt wie er.«

»Du bist ja auch keiner von meinen Leuten«, sagte er mit einem schrägen Grinsen. »Außerdem bist du ein römischer Offizier. Du kannst starren, soviel du willst. Solange du nichts anfaßt.«

Meinen Status auszuspielen, hatte nichts bewirkt. Der gesunde Menschenverstand war kläglich gescheitert. Nun gut, wenn es um Centurionen ging, blieb immer noch die Gier. Ich griff unter meinem Gürtel nach meiner Börse. »Also gut, Vinius. Wieviel, damit du den Jungen in Ruhe läßt?«

Er spuckte vor meine Füße. »Behalte dein Geld, Aristokrat. Er gehört mir, die Frau gehört mir, und diese Legion gehört in Wahrheit auch mir. Ich bin der Erste Speer der Zehnten. Prokonsuln kommen und gehen, aber der Erste Speer behält sein Kommando.«

Ich war fassungslos. Ich hatte noch nie von einem Centurio gehört, der ein Bestechungsgeld ausgeschlagen hatte. »Ich werde über diesen Zwischenfall mit Caesar sprechen.«

»Nur zu. Das ist doch das einzige, wozu ihr Politiker taugt, oder nicht? Reden!« Im Zelteingang hinter ihm, dort, wo eben das Mädchen gestanden hatte, war jetzt ein zwergenhafter kleiner Mann erschienen, der mein Unbehagen mit einem zahnlückigen Grinsen registrierte. Er hatte wirr in alle Richtungen abstehendes, rotes Haar wie ein Ungeheuer. Ich wandte mich ab. Die Situation war mir bereits so weit entglitten, daß ich nicht einmal dem Blick eines mißgebildeten Sklaven standhielt.

Ich drehte mich um und ging davon, von dem brennenden Wunsch erfüllt, eine beißende Bemerkung zu machen, was mich jedoch nur noch schwächer und harmloser hätte aussehen lassen. Wenigstens quittierte Vinius meinen Rückzug nicht mit Gelächter.

Dieser Wortwechsel mag Menschen, die ihr ganzes Leben in der Nähe des Forums zugebracht haben, unglaublich erscheinen, doch die Armee ist eine völlig andere Welt. Ein Mann, der sich die Position eines Centurio verdient hat, ist beinahe so unantastbar wie der Tribun des Plebs. Man erwartet von ihm, daß er für strikte Disziplin sorgt, also kann man ihn nicht für seine Brutalität tadeln. Er kann praktisch alles mit seinen Männern machen, solange er sie nicht umbringt. Die Annahme von Bestechungsgeldern, mit denen Untergebene einer Bestrafung oder lästigen Pflichten zu entgehen versuchen, gilt seit Jahrhunderten als eines der Privilegien dieses Ranges. Nur Feigheit vor dem Feind ist ein Grund, einen Centurio zu bestrafen, und wenn Centurionen auch alles mögliche sind, Feiglinge sind sie für gewöhnlich nicht.

Was seine Charakterstärke und seine Moral angeht, hat ein Centurio nur wenig Ebenbürtige. Die Leute glauben oft, daß Straßenbanditen und Gladiatoren hartgesottene Gesellen seien, doch das liegt daran, daß sie nie einen römischen Centurio mit zwanzig Jahren erbarmungsloser Feldzüge auf dem Buckel getroffen haben. Jede Centurie wird von einem Centurio kommandiert, und jede Legion verfügt über sechzig Centurien. Der Erste Speer ist immer der härteste Bursche des ganzen Haufens.

Da mein Hunger verflogen war, ging ich zum Waffenschmied, um mein Kettenhemd ändern zu lassen und mich ein wenig zu beruhigen. Ich wußte, daß es töricht gewesen wäre, mit wutverzerrtem Gesicht zu Caesar zu stürmen.

Während der Waffenschmied arbeitete, begutachtete ich seinen Vorrat an gebrauchten Waffen. Und nachdem ich mir eine geeignete Ausstattung zusammengesucht hatte, hatte ich auch meinen philosophischen Gleichmut wiedergefunden. Ich kaufte mir ein gallisches Langschwert, daß für den Kampf zu Pferde weit besser geeignet war als das Schwert, das ich besaß, außerdem noch ein altes, aber solides Gladius sowie die dazugehörigen Scheiden und Schultergurte.

Vor meinem Zelt wartete Hermes auf mich. Er hatte auf einem Falttisch, den ich zusammen mit einem Klappstuhl mitgebracht hatte, ein Mahl zubereitet. Beim Militär gibt es nichts Nützlicheres als einen bequemen Klappstuhl. Ich setzte mich und ließ meine Lasten neben mich fallen, während Hermes mir ein Glas gewässerten Weins aus meinem Vorrat einschenkte. Er wirkte merkwürdig aufgeregt.

»Herr, ich glaube, ich habe heute im Lager eine Göttin gesehen! Es muß Venus gewesen sein. Behauptet Caesar nicht, von ihr abzustammen? Vielleicht hat sie ihn besucht.«

Ich nahm einen großen Schluck und seufzte. »Hermes, glaubst du ernsthaft, Venus würde mit Tierfellen bekleidet herumlaufen?«

»Es sah ein bißchen komisch aus, aber die unsterblichen Götter sind eben anders als wir.«

»Was du gesehen hast, war eine germanische Sklavin. Ich habe sie auch gesehen.« Der Anblick stand mir so real vor Augen wie der Becher, den ich in der Hand hielt. Selbst die barbarische Unsitte, Felle zu tragen, hatte ihrer Schönheit keinen Abbruch getan.

Hermes grinste. »Wirklich? Dann können die Germanen ja gar nicht so schlimm sein!«

»Meinst du? Diese Frau könnte dich wahrscheinlich problemlos über ihrem wohlgeformten Knie in zwei Teile zerbrechen. Stell dir vor, wie da erst die Männer sein müssen.«

»Oh. Daran hatte ich nicht gedacht.«

Ich hob mahnend den Finger. »Und, Hermes, ich kann das gar nicht nachdrücklich genug betonen: Laß dich nie, ich wiederhole, nie und nimmer dabei erwischen, sie anzustarren.«

»Ist das dein Ernst?« fragte er, mir Wein nachschenkend. »Als sie vorbeikam, hingen etliche Zungen bis zum Boden.«

»Trotzdem solltest du deine Zunge und deine Blicke tunlichst im Griff behalten, wenn sie vorbeikommt. Besser noch, schlage die Augen nieder, genauso wie ich es dir beigebracht habe, wenn ich vornehmen Besuch habe. Aber du hörst ja sowieso nie auf mich, du erbärmlicher kleiner Wicht.« Ich bückte mich, hob das kurze Schwert auf und warf es ihm zu. Er fing es auf und sah mich verwirrt an.

»Willst du, daß ich das für dich saubermache? Es ist nicht so gut wie das Schwert, das du trägst.«

»Es ist für dich«, sagte ich. »Ich werde dich hier im Lager bei einem Lehrer im Schwertkampf anmelden. Es wird Zeit, daß du lernst, mit einer Waffe umzugehen.«

Er strahlte und hielt sich wahrscheinlich schon für Horatius.

»Und daß du mir nicht auf törichte Gedanken kommst«, warnte ich ihn. »Ich tue das nur, weil du mich in Kriegsgebiete und von Banditen verseuchte Gegenden begleiten mußt. An einem zivilisierten Ort kannst du natürlich keine Waffen tragen, und in Rom darfst du sie nicht einmal anfassen, wenn du nicht eines der malerischen Kreuze vor unseren Stadttoren zieren willst.«

Er erbleichte, wie Sklaven meistens erbleichen, wenn man ihnen gegenüber ein Kreuz erwähnt. »Keine Angst, Herr!«

»Gut, und was gibt's zu essen?«

III

An jenem Nachmittag rückte die ganze Schwadron von fast einhundert Kavalleristen aus. Aus dem Lager ritten wir über den Erdwall in die dahinterliegende, mit Gräsern und kleinen Sträuchern bewachsene Ebene am See. Wir durchkämmten die Gegend, um alle Helvetier aufzustöbern, die sich weit genug vorgewagt hatten, um in Schutze der Dunkelheit aus dem Hinterhalt angreifen zu können. Wir fächerten uns zu einer breiten Linie auf und ritten langsam voran, wobei wir unser besonderes Augenmerk auf die zahlreichen möglichen Verstecke richteten.

Ein paarmal scheuchten wir zwei oder drei junge, blau angemalte, wagemutige Krieger aus einer Sträuchergruppe auf, und meine Männer setzten ihnen johlend nach wie bei einer Hasenjagd. Und die Gallier rannten auch wie die Hasen, ihre bunten Hosen blitzten auf, während sie sprangen, sich duckten und die sie verfolgenden Reiter tatsächlich noch auslachten. Es hat mir nie gefallen, den Krieg als eine Art Sport zu sehen, doch dies hier war ein Sport auf Leben und Tod. Einige meiner Männer kehrten mit blondgelockten Häuptern am Sattel zurück.

Wir trafen auch auf eine Gruppe von Galliern, die unter Führung von weiß berobten Heralden, die efeuumrankte Stäbe trugen, durch die Ebene ritten. Es waren die helvetischen Gesandten auf dem Weg zur Verhandlung mit Caesar. Sie ritten mit beeindruckender Würde, die regelrechte Menschenhatz um sie herum ignorierend. Unter ihnen bemerkte ich auch einige Männer, die nicht wie die anderen gallischen Adeligen aussahen: bärtige Gestalten in weißen Roben und mit silbernen Stirnstreifen und andere ebenfalls bärtige Gesellen, die Tierfelle trugen. Letztere hätten durchaus Gallier sein können, doch die Gallier sind bis auf ihre Schnurrbärte stets glatt rasiert. Außerdem waren sie weder tätowiert noch angemalt.

Ich schloß zu Lovernius auf. »Wer sind diese Männer bei den Gesandten?«

»Die Graubärte in den weißen Roben sind Druiden«, erklärte er mir. Ich hatte schon von diesen Priestern und Wahrsagern gehört, sie jedoch nie zuvor mit eigenen Augen gesehen. »Die anderen sind Germanen, Ariovistus' Männer.«

»Ist das nicht der König der Germanen? Ich habe seinen Namen schon einmal in einer Senatsdebatte gehört. Was tun seine Männer auf dieser Seite des Rhenus?«

»Ist das alles, was ihr in Rom wißt?« Er lachte bitter. »Hauptmann, Ariovistus und etwa einhunderttausend seiner Krieger leben schon etliche Jahre westlich des Rhenus?«

»Was? Wie konnte das geschehen?« Große Angst senkte sich über mich wie ein Leichentuch.

»Aber ihr wißt doch bestimmt, daß die Gallier in zwei Lager gespalten sind; das eine wird von den Aeduern, meinem Volk, angeführt, das andere von den Arvernern, die entlang des Rhenus leben.«

»Das ist mir bekannt. Und ich habe gehört, daß die Aeduer auf der Siegerstraße waren, bis die Arverner in ihren Reihen germanische Söldner in die Schlacht geführt haben. Das war einer der Gründe, warum Caesar diesen außerordentlichen Oberbefehl erhalten hat. Aber niemand hat etwas von einhunderttausend Wilden und ihrem König erzählt! Was, um alles in der Welt, ist in die Arverner gefahren, sich auf so etwas einzulassen?«

»Sie verlieren, und in einer solchen Situation tun die Menschen verzweifelte Dinge. Außerdem«, erklärte er, die Schultern unter seinem Kettenhemd zuckend, »sind sie mit den Germanen verwandt.«

Vielleicht sollte ich an dieser Stelle etwas erklären. Wir Römer gingen davon aus, daß jeder westlich des Rhenus ein Gallier und jeder östlich des Rhenus ein Germane sein mußte. Das stimmt zwar grob, ist aber nicht völlig richtig. Tatsache ist vielmehr, daß sie bisweilen schwer zu unterscheiden sind. Sie hatten jahrhundertelang in engster Nachbarschaft gelebt, und in den Grenzregionen hatten sie sich vermischt und ihre Sitten angeglichen. In manchen Gegenden fand man Dörfer, wo die Leute bunte Kleidung, Tätowierungen und Schnurrbärte trugen, jedoch ausschließlich Germanisch sprachen. Umgekehrt gab es Gegenden, in denen die Gallier Bärte und Tierfelle trugen.

Man kann dieses Phänomen überall in den Küstenregionen um unsere Meere beobachten, wo Menschen aus vieler Herren Länder im Laufe von vier Jahrhunderten die Sitten, Haartracht und Kleidung der Griechen angenommen haben. In jüngster Zeit trifft man überall nachgemachte Römer. Primitive Völker finden eine höherstehende Kultur oft faszinierend und wollen Teil von ihr werden, während jene, die das Gefühl haben, daß ihr Volk die Kämpfertugenden verloren hat, manchmal die Sitten einer primitiveren, aber wilderen und männlicheren Kultur annehmen.

»Eine seltsam gemischte Gesandtschaft«, bemerkte ich. »Warum Druiden?«

»Das müssen die Ratgeber der Helvetier sein. Sie werden in allen wichtigen Fragen konsultiert.« Ich lenkte mein Pferd an einem Schlammloch vorbei.

»Wir tun dasselbe. Es ist nie verkehrt, die Auguren zu befragen und sicherzugehen, daß die Rituale ordentlich zelebriert werden, bevor man zu einer entscheidenden Aktion schreitet.«

»Die Sache verhält sich ein wenig anders. Die Druiden dienen auch als Berater in weltlichen Dingen und pflegen die Geschichte, die Überlieferungen und die Tradition ihres Volkes.«

Das war das erste Mal, daß ich davon hörte, daß die Druiden noch etwas anderes waren als Priester. »Haben sie auch politischen Einfluß?« Ich war mir nicht sicher, wie ein Gallier diesen Ausdruck interpretieren würde.

»Die Könige hören auf sie.«

»Sogar die germanischen Könige?«

Er lachte. »Nie im Leben! Die Germanen kennen nur wilde Götter, die sie sehen: Sonne und Mond, Blitz, Donner und Sturm.«

Dann stöberten wir einen weiteren Haufen gallischer Krieger auf, und die nächste Jagd begann.

Als wir am Abend ins Lager zurückkehrten, sahen wir, daß eine Gruppe von Händlern eingetroffen war und ein veritabler Markt im Gange war. Auf dem Forum des Lagers waren Zelte aufgeschlagen, und die Soldaten durften dort, sofern sie keine Pflichten zu erledigen hatten, Kohorte für Kohorte Notwendiges für den alltäglichen Gebrauch kaufen oder ihr Geld nach Herzenslust verplempern. Ich entließ meine Ala, und die Männer, die die Köpfe erbeutet hatten, rannten los, um sie ihren Freunden zu zeigen. Gallier halten große Stücke auf derartige Trophäen und dekorieren sogar ihre Schreine und Häuser damit. Sie glauben, der Kopf sei der Ort vieler Tugenden wie Mut und Weisheit. Die Römer glauben, daß diese Fähigkeiten in der Leber wohnen. Ich persönlich bin da neutral, würde jedoch auf beides nur ungern verzichten.

Für den Abend hatte Caesar die Gesandten zu einem Mahl geladen, so daß ich Gelegenheit erhielt, sie eingehender zu betrachten. Bei den Helvetiern handelte es sich um Stammesälteste, die mit buntgemusterten Umhängen bekleidet waren und ein Übermaß an massiv goldenem Schmuck trugen. Die Druiden hatten, abweichend von der gallischen Sitte, Vollbärte, lang und weiß wie die beiden älteren Priester oder kurz und rot wie im Falle eines jüngeren Mannes. Im Gegensatz zu den beiden anderen trug der junge Mann keinen silbernen Stirnreif; ich nahm an, daß es sich um einen Lehrling oder Novizen handelte. Alle drei hatten schlanke Hände mit langen Fingern, die offenbar nie durch körperliche Arbeit oder eine Ausbildung an den Waffen schwielig geworden waren. Mit ihren langen weißen Umhängen und ihren Stäben hätten sie genausogut Herolde sein können.

Die drei Germanen waren hochgewachsene, aber stämmige Männer, deren Haar- und Barttracht von einem dunklen Gold bis zu einem fast strahlenden Weiß reichte. Ihre blasse Haut war an der Luft rauh und rot geworden. Der Abend hatte sich deutlich abgekühlt, doch sie trugen lediglich kurze Tuniken aus Wolfsfell und Fellstrümpfe, die ihnen nur bis an die Knie reichten. An ihren Gürteln hingen lange Schwerter, und sie stützten sich auf Speere, die ganz aus Eisen geschmiedet waren. Sie blickten mit Augen um sich, die von einem so blassen Blau waren, daß man sie für blind hätte halten können, bis sie einen mit ihrem Adlerblick fixierten.

In dem großen steinernen Amphitheater von Capua hatte ich einmal einen hyrcanischen Tiger gesehen, den ersten, der je nach Italien gebracht worden war. Als er in die Arena schritt, war ich von seiner immensen Schönheit fasziniert gewesen, doch durch seine Größe und Art, wie er seine Umgebung ignorierte, wirkte er langsam und träge wie ein großer Löwe. Dann bemerkte er den riesigen Kampfstier, der gegen ihn antreten sollte, schoß plötzlich wie ein goldschimmernder Lichtstrahl durch die Arena und hatte das sehr viel größere Tier so blitzschnell zu Boden gerungen, daß es einem wie Zauberei erschien. Der Tiger war eine Sensation und kämpfte viele Jahre dort. Für mich war er der Inbegriff todbringender Wildheit.

Als ich jetzt diese Germanen sah, mußte ich an jenen Tiger denken. Das waren nicht die halbgallifizierten Germanen, die entlang des Flusses lebten. Dies hier waren die Originale, Wilde aus den tiefen Wäldern weit jenseits des Rhenus.

Das Abendessen war nicht ganz so karg wie am Abend zuvor, doch es war auch nicht gerade ein Bankett. Man hatte ein paar Köstlichkeiten bei den Händlern erworben, und ein Jagdtrupp hatte ein Wildschwein mitgebracht, doch die Gesandten mochten keine Oliven und schienen auch unsere fermentierte Fischsauce eher abstoßend zu finden. Nun, über Geschmack läßt sich nicht streiten. Mir fiel auf, daß die Druiden keine tierische Nahrung zu sich nahmen, nicht einmal Eier.

Nach dem Essen hielt Caesar hof. Als erster ergriff der Anführer der helvetischen Delegation das Wort. Gegen die Kälte des Abends hatte er sich einen voluminösen Umhang um den Körper gewickelt, dessen verwirrende Webmuster aus Karos und Streifen sich schwindelerregend kreuzten und überlappten. An der Schulter wurde der Stoff von einer goldenen Spange von mindestens zwanzig Zentimeter Durchmesser zusammengehalten. Die Rede des Helvetiers wurde von einem angesehenen römischen Kaufmann übersetzt, der sein ganzes Leben lang in Gallien gelebt hatte, doch ich hielt Lovernius dicht neben mir, um sicherzugehen, daß die Übersetzung auch genau war.

Ich werde gar nicht erst versuchen, hier die zahlreichen ausschweifenden Bilder, Redewendungen und Umschreibungen wiederzugeben, die der Gesandte verwendete, denn die gallische Begeisterung für Rhetorik übersteigt sogar die römische Liebe zu dieser Kunst. Statt dessen werde ich mich auf das Wesentliche beschränken, was seine Rede erheblich verkürzt.

»Verehrter Prokonsul von Rom, ich, Nammeius, Häuptling der Helvetier, spreche hier zu dir im Namen des glorreichen, mächtigen und stets siegreichen Volkes von Helvetia, immer gerecht im Umgang mit anderen Nationen, wachsam im Frieden, wild im Krieg, von ansehnlicher Gestalt und ebensolchem Antlitz, von volltönender Stimme, großzügig, erhaben und stolz.« Man kann sich vorstellen, wie langwierig und mühsam die Wiedergabe des genauen Wortlauts wäre.

»Rom hört.« Einen lebhafteren Kontrast als Caesars Erwiderung in jenem knappen, lakonischen Stil, der uns allen nur zu vertraut werden sollte, hätte man sich nicht denken können. Nammius war verdutzt. Er hatte etwas ein wenig Ausführlicheres erwartet.

»Erhabener Caesar, ein letztes Mal protestiere ich gegen deine ungerechte und unangemessene Intervention gegen unsere Wanderungen. Wir sind eine Nation wahrer Männer, und nur ein Mensch, dem es an Männlichkeit und Mut mangelt, kann für immer an einem Ort leben, das Land auslaugen und gegen immer dieselben Nachbarn kämpfen. Nach der in Ehren gehaltenen Tradition unserer Vorfahren wollen wir die Dörfer und Gehöfte hinter uns abbrennen und durch das Land der Allobroger und deine Provinz weiterziehen in das jenseits liegende Land, an dem Rom und seine Verbündeten kein Interesse haben.

Wir geloben, daß diese Wanderung friedlich vonstatten gehen wird und wir in den Ländern, die wir durchqueren, keinerlei Schaden anrichten werden. Niemand wird getötet oder versklavt, kein Eigentum wird gestohlen oder in irgendeiner Weise beschädigt werden. Auch von unnötigen Plünderungen werden wir absehen, weil wir unsere gesamte Habe auf Wagen mit uns führen. Wir werden weder Futter noch Vorräte brauchen, weil wir alles Getreide, das wir benötigen, mit auf den Marsch nehmen werden. Du mußt uns den Zug erlauben, Caesar. Schon steigt der Rauch unserer Dörfer, Oppida und

Gehöfte gen Himmel. Schon sind die Wagen beladen, und das Volk hat sich entlang des Flusses versammelt. Die Jahreszeit, in der wir unsere Wanderung antreten müssen, rückt näher, weil wir sonst zu spät an unserem Ziel eintreffen werden.

Caesar, bei unserem letzten Gespräch hast du um Bedenkzeit gebeten. Das erschien uns vernünftig, und wir haben dir diese Zeit gewährt. Jetzt müssen wir feststellen, daß du sie genutzt hast, um einen großen Damm zu errichten, ein Bauwerk, für das ihr Römer überall auf der Welt bekannt seid. Ich weise dich nachdrücklich auf die Nutzlosigkeit dieses Unterfangens hin, denn wir sind keine Griechen, die man mit einer Mauer einschüchtern kann. Wenn die Helvetier sich auf einen einmal beschlossenen Weg machen, wird kein kleiner Erdhaufen oder ein paar Pfähle sie bremsen oder aufhalten, weil sie jedes Hindernis beiseite fegen werden wie Spreu im Wind. Caesar, wir fordern dich ein letztes Mal nachdrücklich auf, uns den Weg freizumachen.« Mit diesen Worten nahm der Gesandte wieder Platz.

»Verehrter Nammeius, ich habe den Vorschlag deiner Nation mit großer Geduld erwogen trotz der zahlreichen Provokationen, die ich und die Freunde Roms von deinen Kriegern hinnehmen mußten. Zunächst einmal finde ich eure Gründe für diese Wanderung ganz und gar uneinsichtig.

Äneas, Sohn der Göttin Venus, deren Sohn Julus der Gründervater meines Hauses war, führte sein Volk aus einer Stadt, die die Feinde niedergebrannt hatten. Er hatte sie wohlgemerkt nicht selbst in Brand gesteckt.« Das war typisch Caesar, er ließ keine Gelegenheit aus, an die göttlichen Ursprünge seiner Familie zu erinnern. »Romulus, ein Abkömmling des Julus, hat vor sechshundertfünfundneunzig Jahren Rom gegründet. Seither haben wir uns nicht von der Stelle gerührt und fühlen uns deswegen kein bißchen weniger männlich.« Er lächelte und die anwesenden Römer lachten über diese geistreiche Bemerkung. Wahrscheinlich hätten die Gallier eingewendet, daß wir einfach unser Staatsgebiet ausgedehnt und Kolonien gegründet hatten, anstatt umherzuziehen, doch sie waren jetzt nicht an der Reihe.

»Deine Zusicherung, daß du eine Bewegung derartiger Völkerscharen durch das Gebiet etlicher anderer bewerkstelligen kannst, ohne Schaden anzurichten, ist unglaubhaft. Ihr seid, wie du so redegewandt dargestellt hast, eine Nation von Kriegern, und auch wenn du deine Krieger führen kannst, so kannst du sie doch nicht ununterbrochen in Schach halten. Sie werden eine Streitmacht im Land der Feinde ihrer Vorväter darstellen, und du wirst sie nicht von Plündereien, Vergewaltigungen und Gemetzeln abhalten können.

Was die Mickrigkeit meines Walls angeht, so ist es richtig, daß ein Graben und ein Erdhaufen für einen sportlichen jungen Mann kein Hindernis sind. Und auch die hölzernen Palisaden auf dem Wall sind nichts, was beherzte Krieger nicht überwinden könnten. Doch dahinter wirst du auf die ultimative Grenze stoßen: den römischen Soldaten. Sämtliche Nationen der Welt haben erfahren, daß sein Schild der festeste aller Wälle ist, und alle Feinde sinken vor seinem Schwert darnieder. Großsprecherei wird dir wenig nützen, wenn du versuchen solltest, mit ihm die Waffen zu kreuzen.«

Jetzt erhob sich der andere helvetische Gesandte. »Ich bin Verucloetius, Kriegshäuptling des helvetischen Kantons der Tiguriner. Ich fürchte die Römer nicht, genausowenig wie mein Volk sie fürchtet. Als der Konsul Lucius Cassius gegen uns marschiert ist, haben wir ihn getötet und seine Armee unter unser Joch gezwungen!«

Caesars Gesicht lief rot an, doch seine Stimme war leise und kalt. »Vor neunundvierzig Jahren war ganz Gallien unterwegs, nicht nur ein einzelnes Volk. Dies war einer der Gründe, warum wir beschlossen haben, nie wieder derartige

Truppenbewegungen in der Nähe unserer Grenzen zu dulden. Du wirst feststellen, daß sich unsere militärische Organisation seither deutlich verbessert hat. Mein Onkel Gaius Marius hat sich persönlich um diese Verbesserungen gekümmert und sie im Kampf gegen eure Verwandten getestet.«

Auf den Namen Marius reagierten die Gallier, als hätte man sie geohrfeigt. Zwei gallische Nationen hatten aufgehört zu existieren, nachdem sie sich mit Marius angelegt hatten, und diversen anderen war es übel ergangen. Sein Name war eine Drohung, mit der die Gallier ihre kleinen Kinder erschreckten.

Einer der Germanen gab zu verstehen, daß er das Wort wünschte. Caesar nickte, und der Mann erhob sich. Seine Wolfsfell-Tunika war mit bronzenen Nägeln besetzt, so daß sie, als er aufstand und seine Daumen unter das Fell hakte, vernehmlich quietschte.

»Erster Speer«, sagte Caesar, »laß deinen Übersetzer rufen.«

Vinius klatschte in die Hände, ein Geräusch wie von einem riesigen Katapult, das ein Geschoß abfeuert. Ich lächelte erwartungsvoll, weil ich hoffte, das germanische Sklavenmädchen wiederzusehen. Entsprechend groß war meine Enttäuschung, als statt dessen der häßliche Gnom mit dem Fuchshaar, den ich im Eingang von Vinius' Zelt hatte stehen sehen, durch die bewachte Öffnung im Wall um das Praetorium kam. Er stellte sich neben den Gesandten, der ihn über seine lange germanische Nase hinweg wie eine Kröte oder ein anderes niederes und unansehnliches Wesen musterte, bevor er etwas in einer Sprache sagte, die klang, als würden Wölfe um die Anführerschaft ihres Rudels kämpfen.

Der Sklave übersetzte mit einem unverschämten Grinsen, das eine Reihe von Zahnlücken präsentierte, die sich mit der Zahl der noch vorhandenen Zähne in etwa die Waage hielten:

»Gehört sich so was? Mein Volk ertränkt solche Kreaturen sofort nach der Geburt.«

Caesar lachte herzlich. »In einer wahrhaft wohlgeordneten Welt würde man die Existenz eines so häßlichen Wesens sicher nicht ertragen. Doch wir leben nicht in Platos, sondern in der realen Welt. Manchmal muß man aus Nützlichkeitserwägungen über Unattraktivität hinwegsehen. Molon war viele Jahre lang ein Sklave östlich des Rhenus, so daß er eure Sprache fließend spricht. Und er fürchtet die Peitsche zu sehr, um deine Rede zu verfälschen. Er wird sie absolut wortgetreu übersetzen. Bitte fahre fort.«

Danach benahmen sich die Germanen, als ob der Sklave gar nicht anwesend wäre. »Ich bin Eintzius, Neffe des Königs Ariovistus, begleitet werde ich von meinem Bruder Eramanzius.« Wie schon gesagt, dies sind bestmögliche Annäherungen an ihre wirklichen Namen. »Der König steht schon seit einiger Zeit in Kontakt mit den Ältesten der Helvetier, und man hat sich darauf geeinigt, daß unsere Vettern, die Haruder und die Sueben, in das von den Helvetiern verlassene Land übersiedeln sollen. Diese Stämme sind bereits auf dem Weg und bereiten sich darauf vor, den Rhenus zu überqueren. Wenn den Helvetiern ihre Wanderung verwehrt wird, wird große Not entstehen, und die Haruder und Sueben werden sehr erzürnt sein.«

Ich hörte ein Zischen neben mir, und Lovernius murmelte: »Das habe ich mir gedacht! Die Helvetier wollen nicht wandern, weil es ihnen in den Füßen juckt, sie werden vertrieben! Die Germanen haben ihnen gesagt, sie sollen verschwinden, wenn sie nicht ausgelöscht werden wollen.«

Caesar beugte sich in seinem prokonsularischen Klappstuhl vor, die Arme auf den kunstvoll geschnitzten Lehnen ruhend. »Verehrter Gesandter, diese Neuigkeit mißfällt mir. Sie mißfällt Rom. Es gibt zwei Grundprinzipien römischer

Außenpolitik, an denen nicht gerüttelt werden darf, und ich bin hier, sie durchzusetzen: Die gallischen Stämme haben gefälligst innerhalb der Grenzen des Landes ihrer Vorfahren zu bleiben, und die Germanen dürfen das Westufer des Rhenus nicht betreten.«

»Caesar, wir befinden uns bereits auf dem Westufer, und das schon seit mehreren Jahren, und wir haben auch nicht vor, wieder zu verschwinden.« Trotz all seiner barbarischen Attribute sprach Eintzius mit derselben selbstverständlichen Autorität wie ein Gesandter des Senats, der irgendeinem orientalischen Despoten befiehlt, von den Aktivitäten abzulassen, die Rom gerade mißfallen. Ich spürte, daß mit ihm und Caesar zwei unerbittliche Kräfte aufeinanderprallten, von denen keine nachgeben würde. Auf einmal kamen mir die Helvetier gar nicht mehr so bedrohlich vor. Sie konnten einem fast leid tun, so wie sie zwischen die Mühlsteine Roms und Germaniens geraten waren.

»Darum werde ich mich kümmern, wenn die Sache der Helvetier geregelt ist«, sagte Caesar.

Jetzt erhob sich auch der andere Germane. »Dann geh und besorg dir mehr Männer. Was du hier vor Ort postiert hast, wird nicht einmal reichen, uns einen Vormittag zu vertreiben.« Für einen in Fell gekleideten Wilden war Eramanzius unglaublich arrogant. Dabei war es natürlich hilfreich, daß er gut zwei Meter groß war. Derart große Menschen neigen dazu, ihre eigene Bedeutung zu überschätzen.

Nichtsdestoweniger waren beide auf eine Art einschüchternd, die den bunten Galliern abging. Zum Teil lag das bestimmt an ihrer exotischen Sitte, Felle zu tragen. Gallier und Römer, die Gegenden mit kaltem Klima bereisen, tragen manchmal Felle unter ihrer Kleidung. Doch die Germanen tragen sie offen, als wollten sie die Erscheinung eines ihrer Totemtiere imitieren. Unter zivilisierten Menschen tut man dergleichen nur aus Gründen des Rituals, wie beispielsweise die ägyptischen Priester oder griechischen Bacchanten mit ihren Leopardenfell-Umhängen. Es war irritierend, Menschen zu begegnen, die Tierfelle als Alltagskleidung trugen.

Caesar betrachtete den Mann kühl. »Provoziere mich nicht. Es gibt auf der Erde keine Macht, die Rom vergleichbar wäre. Legionen wachsen aus dem italischen Boden wie Getreide nach einem Frühlingsregen. Wenn du es wirklich wünschst, werde ich für eine Zerstreuung sorgen, die deine kühnsten Erwartungen übertrifft, obwohl uns das Vergnügen, hinterher deinen Beifall zu hören, leider versagt sein wird.«

Das waren mutige Worte von einem Mann, der nur über eine Legion und ein paar Hilfstruppen verfügte, aber Römer lieben derart martialische Rhetorik. Selbst in Kenntnis der tatsächlichen Lage spürte ich, wie ein Schuß eisernen römischen Kampfgeistes mein leicht nervöses Rückgrat stärkte.

Nammeius stand auf, und mit ihm erhob sich das gesamte gallische Kontingent. »Wir haben alles erreicht, was mit Worten zu erreichen war, und das ist gar nichts. Deshalb sollen nun die Waffen sprechen.«

Die Gallier und die Germanen rauschten aus dem Zelt. Als letzte gingen die Druiden, die die ganze Zeit kein einziges Wort gesagt hatten. Caesar sah der Gesandtschaft wütend nach, doch sein feindseligster Blick galt nicht den Häuptlingen, sondern den Druiden. Als sie verschwunden waren, wandte er sich an seine Offiziere.

»Meine Herren, wir müssen uns von jetzt an auf ernsthafte Feindseligkeiten gefaßt machen. Doch die Arbeiten am Damm sind fast abgeschlossen, und wir erwarten täglich Verstärkung aus den Provinzen, die die Befestigungen entlang des Walls besetzen werden. Die Legionärswache wird ab sofort verdoppelt. Und jetzt kehrt zu euren Einheiten zurück, und bereitet euch auf den Ernstfall vor.«

Ich stand auf, um mit Lovernius zu gehen, doch Caesar hielt mich zurück.

»Einen Moment, Decius Caecilius.«

Ich wartete, bis die anderen Offiziere gegangen waren. Titus Vinius schenkte mir ein häßliches Lächeln, als er mit seinem noch häßlicheren Sklaven hinausging. Caesar begab sich in sein Zelt, und ich folgte ihm. Es war in zwei abgetrennte Bereiche unterteilt, einen kleineren mit Caesars Schlafquartier und einen größeren mit einem langen Tisch für Stabssitzungen, die bei schlechtem Wetter nicht im Freien abgehalten werden konnten. Auf einem Tablett standen Becher um einen silbernen Krug, und auf Caesars Zeichen hin füllte ich zwei davon. Der Wein war ein erstklassiger Falerner. Caesar versagte sich im aktiven Dienst also nicht sämtliche Freuden des Lebens.

»Ich habe von deinem kleinen Zusammenstoß mit Titus Vinius gehört«, sagte er ohne jede Vorrede.

Das hatte ich erwartet. »Eine Legion ist wie ein kleines Dorf. Jeder weiß von den Angelegenheiten des anderen.«

»In dieser Provinz gibt es nur meine Angelegenheiten«, sagte er. »Du hast die Centurionen nicht bei der Ausübung ihrer Pflichten zu stören.«

»Pflichten! Caesar, dieser Rohling hat einen Jungen geschlagen, einen Klienten von mir, absolut grundlos. Das konnte ich nicht zulassen!«

»Das war weder ein Junge noch dein Klient. Er ist ein römischer Soldat, der wie jeder andere Legionär durch seinen Diensteid gebunden ist. Wenn er in gut zwanzig Jahren ins zivile Leben zurückkehrt, ist er wieder dein Klient. In der Zwischenzeit untersteht er der Autoriät seines Centurio, solange er nicht selbst Centurio wird und seinerseits seine Untergebenen schlagen darf. Ich werde nicht zulassen, daß man Vinius provoziert. Er ist mein wertvollster Soldat.«

»Er ist überempfindlich, wenn es um sein Eigentum geht.«
Caesar lächelte matt. »Ah, dann hast du vermutlich Freda gesehen. Ein umwerfendes Wesen, nicht wahr?«

»In der Tat. Warum erlaubst du ihm, sie hier im Lager zu halten? Er ist so eifersüchtig, daß er am liebsten einen Privathenker hinter ihr herlaufen lassen würde, der jeden Gaffer sofort enthauptet.«

»Ich erlaube meinen Centurionen gewisse Freiheiten einschließlich einer Reihe von Privatsklaven, sogar Kurtisanen.«

»Das macht jeder General, aber nur in der Kaserne oder im Winterquartier, nicht in einem Marschlager.«

»Wenn wir marschieren, werden sie im Gepäckzug mitlaufen. Aber ich denke, um Freda muß man sich keine allzu großen Sorgen machen. Ich habe den Verdacht, daß sie jedes Rennpferd stehenlassen würde.« Er winkte ab, und das Thema war erledigt. »Ich habe dich nicht gerufen, um dir gegenüber meine Personalpolitik zu rechtfertigen, Decius. Ich habe Pflichten für dich. Wie ich bereits unmittelbar nach deiner Ankunft angekündigt habe, wirst du mehr hier im Praetorium zu tun haben als bei deiner Ala.«

»Was immer du befiehlst«, sagte ich, stets erpicht darauf, als Stabsoffizier eine ruhige Kugel zu schieben, während andere Menschen im Schlamm waten und sich von Gegenständen durchlöchern lassen mußten. Helden gehören in Epen und alte Mythen, nicht in die Stiefel von Decius Caecilius Metellus dem Jüngeren.

»Ich werde in Kürze auf direktem Weg über die Berge nach Italien aufbrechen. Labienus wird in meiner Abwesenheit das Kommando übernehmen. Meine geschliffene und tönende Mißachtung dieser Barbaren wird sich rasch als äußerst hohl erweisen, wenn ich keine Legionen habe, um meiner Drohung den nötigen Nachdruck zu verleihen.«

»Ein paar Legionen mehr wären eine beruhigende Gesellschaft«, stimmte ich ihm zu.

»Ich möchte, daß du, solange ich fort bin, meine Depeschen an den Senat organisierst. Ich habe vor, den edlen Senatoren, wie Cicero sie nennen würde, eine detaillierte Geschichte dieses Feldzugs zukommen zu lassen, und du bist der einzige Mann, der über die nötige Bildung verfügt, mir dabei zu helfen. Außerdem weiß ich, daß du den asiatischen Rhetorikstil genauso verabscheust wie ich, und ich bin sicher, daß du nicht versuchen wirst, ein Rudel Nymphen, irgendwelche obskuren paphlagonischen Gottheiten oder ein paar schlüpfrige Liebschaften des alten Zeus einzustreuen.«

Ich sollte also ein schöngeredeter Sekretär sein. Ich hatte nichts dagegen. Zumindest würde ich unter einem Dach sitzen, wenn es regnete. »Das klingt so, als erwartest du, daß es ein langer Feldzug werden wird.«

»Warum, glaubst du, wollte ich fünf Jahre haben, um ihn zu führen? Die Helvetier waren schon unterwegs, als ich in Gallien eintraf. Jetzt stecken auch noch die Germanen mit drin. Bevor ich hier fertig bin, muß ich vielleicht ganz Gallien vom Rhenus bis an die Pyrenäen unterwerfen. Vielleicht muß ich sogar bis nach Britannien ziehen.«

Ich hätte mich fast an einem Falerner verschluckt. »Das ist aber ein schöner Brocken Land, den du dir da vorgenommen hast. Ganz zu schweigen von der äußerst zahlreichen Bevölkerung extrem kriegerischer Barbaren.«

Er zuckte mit den Schultern. »Alexander hat so einen Brocken Land in einem Jahr erobert.«

Da war es wieder: Alexander. Ich wünschte, der kleine Makedonier würde noch leben, damit ich ihn noch einmal umbringen konnte. Ein einziger Psychopath in der Geschichte reichte aus, um die Narren auf ewig zu inspirieren.

»Die Gallier sind nicht die Perser.«

»Nein, und ich danke Jupiter dafür. Ich bezweifle, daß man aus den Persern je gute Bürger machen könnte.«

Es war, als hätte er plötzlich in eine Sprache gewechselt, derer ich nicht mächtig war. »Ich glaube, ich kann dir nicht ganz folgen, Caesar.«

Er fixierte mich mit seinem durchdringenden Advokatenblick. »Rom braucht neues Blut, Decius. Wir sind nicht mehr das Volk, das wir in den Tagen eines Scipio oder Fabius waren. Früher einmal konnten wir zehn starke Legionen in Gegenden ausheben, die nicht mehr als zwei oder drei Tagesmärsche von Rom entfernt liegen. Jetzt müssen wir ganz Italien abklappern, um drei oder vier gute Legionen zusammenzubringen. In ein oder zwei Generationen haben wir vielleicht nicht einmal mehr das. Und wo sollen wir dann unsere Soldaten finden? In Griechenland? Völlig absurd. Syrien, Ägypten? Die Vorstellung ist lachhaft.«

Was er sagte, war nicht völlig von der Hand zu weisen. »Wenn wir Italien einfach von allen ausländischen Sklaven räumen und die Einheimischen wieder auf italischem Boden arbeiten lassen dürfen, wäre das Problem gelöst«, behauptete ich.

Er schüttelte den Kopf. »Jetzt redest du schon wie Cato. Kein Mensch kann das Rad der Geschichte zurückdrehen. Wir müssen die Gelegenheit ergreifen und die Gegenwart nach unserem Willen gestalten. Du hast doch in Spanien gedient. Was für einen Eindruck hattest du von den Spaniern?«

»Sie sind wild und primitiv, aber sie geben erstklassige Soldaten ab.«

»Genau. Und viele von ihnen sind auch so eine Art Gallier. Ich glaube, daß man die Menschen des gallischen Kernlandes zivilisieren kann. Wenn man sie dazu bewegen könnte, ihre halbnomadischen Sitten aufzugeben, sich niederzulassen, aufzuhören, einander zu bekämpfen, und die

Herrschaft Roms anzuerkennen, könnten sie sehr viel zu unserer Stärke und unserem Reichtum beitragen.«

Das waren wahrhaft radikale Gedanken. Barbaren zu unterwerfen war eine Sache: Damit war jeder einverstanden. Aber Bürger aus ihnen zu machen?

„Sie machen nicht einmal einen vernünftigen Wein, obwohl ich zugeben muß, daß ihre Rennpferde und Wagenlenker nicht schlechter sind als die römischen.«

»Ich wußte, daß ich auf dich zählen kann, wenn es um das Wesentliche geht.«

»Aber, Caesar, es ist noch nicht lange her, daß wir einen blutigen Krieg deswegen geführt haben! Und damals ging es um unsere Vettern, die meisten von ihnen Menschen latinischer oder zumindest oscischer Abstammung, die viele unserer Sitten und Bräuche teilen. Wenn es schon eines Krieges bedurfte, um ihnen die vollen Bürgerrechte zu verleihen, wie willst du die Römer dann davon überzeugen, daß die Gallier dieselbe Ehre verdienen?«

»Mit einem Appell an ihren gesunden Menschenverstand, will ich hoffen«, sagte er ungeduldig. »Und der Furcht vor den Germanen.« Das war allerdings ein Argument. »Du weißt genausogut wie ich, daß sie keine heulenden Wilden sind, sie sehen nur so aus und hören sich so an. Sie sind ausgezeichnete Handwerker und einigermaßen anständige Bauern. Sie haben eine recht ansehnliche Architektur, obwohl sie nicht mit Stein bauen. Aber politisch sind sie primitiv, sie leben noch in einer Stammesgesellschaft und befehden einander ohne Unterlaß.«

»Und sie kennen keine Schrift«, bemerkte ich.

»Nein, das tun sie nicht. Aber dafür haben sie Druiden.«

»Ich fürchte, ich sehe den Zusammenhang nicht.«

»Wie mächtig wäre unsere Priesterschaft, wenn sie ein Monopol auf das geschriebene Wort hätte, Decius? Denk darüber nach. Ich weiß, daß du nicht so beschränkt bist, wie du tust.«

Das war wohl eine Art Kompliment. »Du meinst wie die Ägypter, bevor sie die griechische Schrift gelernt haben?«

»Etwas in der Richtung. Stell dir eine Gesellschaft vor, in der nur die Priester lesen und schreiben können, während selbst die Adeligen und Könige Analphabeten sind. Die Druiden genießen eine ähnliche Position.«

»Lovernius hat mir erzählt, daß sie nicht nur die Mittler zwischen den Galliern und ihren Göttern, sondern auch die Bewahrer ihrer Gesetze und Traditionen sind.«

»Genau. Und als solche sind sie auch oberste Richter in sämtlichen Streitfragen zwischen all den kleinen Königen und Häuptlingen. Nicht daß sie den Kämpfen wirklich Einhalt gebieten können. Doch sie haben großen Einfluß, wenn die Gallier gezwungen sind, mit nicht-gallischen Völkern wie den Germanen zusammenzuarbeiten. Oder auch mit Rom. Es gibt mindestens zwanzig größere gallische Nationen und einhundert kleine Häuptlinge mit ihren Stämmen, die untereinander völlig zerstritten sind. Doch es gibt von den Pyrenäen bis nach Britannien, ja sogar bis nach Galatien nur einen einzigen Druidenkult. Er ist die einzige vereinigende Macht der Gallier. Wenn ich also die Gallier unterwerfen will, muß ich wahrscheinlich zuerst die Macht der Druiden brechen.«

Nun, ich hatte nicht vor, zugunsten der Druiden zu sprechen; hatte ich Priester, die ihr Amt erbten, doch immer für einen Haufen von Parasiten gehalten. Unsere Vorväter haben große Weitsicht bewiesen, als sie die Priesterschaft in ein politisches Amt umwandelten.

»Ich werde ihnen bestimmt keine Träne nachweinen«, sagte ich.

Caesar richtete sich auf und beugte sich vor. »Und, Decius,

sie sind nicht nur Barden und Gesetzgeber. Ihre Religion ist düster und blutrünstig. An ihren hohen Feiertagen werden auch Menschen geopfert. In ihren Wäldern errichten sie riesige menschliche und tierische Figuren aus Korbgeflecht. Zu wichtigen Ritualen werden Männer, Frauen und Tiere darin eingesperrt, bevor man sie in Brand setzt. Man sagt, die Schreie seien widerlich.«

Ich spürte jenes Kribbeln des Entsetzens, das uns Römer für gewöhnlich befällt, wenn von Menschenopfern die Rede ist. Natürlich müßten die Gallier sich wirklich anstrengen, um es je zu so schrecklichen Menschenopfern zu bringen wie unsere alten unerbittlichen Feinde, die Karthager. Doch diese Korbopferungen waren sicherlich ausreichend, die Gallier als Wilde zu charakterisieren. Unsere eigenen, überaus seltenen Menschenopfer wurden stets mit großer Würde und Feierlichkeit vollbracht, und wir verwendeten dafür ausschließlich verurteilte Verbrecher.

»Es fehlt deinen Plänen gewiß nicht an Größe«, räumte ich ein. »Doch andererseits wird Rom zur Zeit von ehrgeizigen Männern beherrscht, nicht von sicheren konservativen Arbeitstieren wie meiner eigenen Familie.«

»Trotzdem wäre mir die Unterstützung der Caecilier sehr willkommen.« Das war wieder der Caesar, den ich kannte: der Forumpolitiker, der geschickt Koalitionen zur Absicherung seiner Pläne schmiedete.

»Du redest mit dem Falschen. Ich bin bei weitem der unbedeutendste Vertreter meiner Familie. Auf mich hört kein Mensch.«

Er lächelte. »Decius, warum mußt du dich immer benehmen wie ein pflichtbewußter kleiner Junge? Die großen Männer deiner Familie werden alt und ziehen sich bald aus dem öffentlichen Leben zurück. Wenn du erst Praetor bist, wirst du ein hochangesehenes Mitglied eures Familienrates sein.

Bande, die im Feld geschmiedet wurden, sind von Dauer, Decius.«

Das war ein netter, sentimentaler Gedanke, doch leider nur zur Hälfte wahr. Natürlich pflegten alte Kampfgefährten eine gewisse Kameraderie, doch nur solange sie sich mit ihren politischen Ambitionen nicht in die Quere kamen. Marius, Sulla und Pompeius waren alte Waffenbrüder in vielen Feldzügen gewesen, bis sie angefangen hatten, um die Macht im Staat zu kämpfen. Von da an waren sie Todfeinde.

IV

Am nächsten Tag begann ich meinen lästigen Dienst im Praetorium, während Lovernius und der Rest meiner Ala weiter Patrouillen, Säuberungs- und Begleitschutzaktionen durchführten. Die meisten der letztgenannten Pflichten wurden von der regulären Reiterstaffel der Hilfstruppen übernommen, von denen wir mittlerweile eine erstaunliche Anzahl zusammengezogen hatten. Caesar wollte für diesen Feldzug eine riesige Kavallerie aufbauen und bestand darauf, daß die Provinz jeden halbwegs gesunden Mann und jedes Tier für den Militärdienst abstellte. Wir Römer haben die Kavallerie stets mit einer gewissen Verachtung betrachtet, aber je mehr Reiter man hat, desto größer der Respekt der Gallier.

Zumindest war ich in Ausübung meiner neuen Pflichten sicher, so sicher, wie man in einem winzigen Legionärslager in der Wildnis umgeben von einer erdrückenden Übermacht johlender Barbaren eben sein konnte. Sie waren noch nicht soweit, eine Offensive gegen uns zu starten, doch das war nur eine Frage der Zeit; ihre nächtlichen Überfälle würden mit Sicherheit bereits jetzt häufiger und dreister werden. Doch unsere Hauptsorge war eine andere: sie würden sicher die Germanen um Unterstützung bitten, ihnen dabei zu helfen, uns aus dem Weg zu räumen.

Caesars Befehl gehorchend, mußte ich selbst bei der Erledigung meiner Sekretärspflichten meine Rüstung tragen und meine Waffen bereithalten. Und um das Ganze noch schlimmer zu machen, hatte er den Genuß von Wein am Tage verboten. Ich fand diese Maßnahme ein wenig übertrieben, doch ich hütete mich, dagegen zu protestieren.

Bevor ich mich mit Papyrus, Feder und Tinte niederließ, brachte ich Hermes zu einem der Schwertkampflehrer der Legion, damit der ihm die Grundlagen seiner Kunst vermittelte. Wie die meisten dieser Männer war er ein Ex-Gladiator, und die Tatsache, daß er bis zu seiner Pensionierung überlebt hatte, war hinreichender Beweis seiner Fertigkeit an den Waffen. Der narbengesichtige Koloß ließ den Jungen sofort das Zustoßen mit einem 1,80 Meter langen Stab üben wie jeden x-beliebigen Anfänger. Ich wußte, daß Hermes schon nach wenigen Minuten das Gefühl haben würde, ihm fiele der Arm ab, doch der Lehrer würde nicht eher Ruhe geben, bis er ihn den ganzen Tag heben und jedesmal einen Punkt von der Größe eines Silberdenars treffen konnte. Hermes schwitzte schon, als ich mich auf den Weg ins Praetorium machte.

Von überall her dröhnte das Gebrüll der Centurionen und ihrer Optios, die die Soldaten drillten. Das pausenlose Gehämmer der Waffenschmiede erfüllte die Luft genauso wie das Hufgetrappel auf dem harten Boden, wenn eine Reiterstaffel zu einer Patrouille ausritt oder ins Lager zurückkehrte, um Bericht zu erstatten. All diese Geräusche ließen mich lächeln, weil sie nichts mit mir zu tun hatten.

Ich hatte eine Arbeit, die ich im Sitzen ausüben konnte, und zwar nicht in einem Sattel.

Während Caesar und Labienus mit einer Delegation der halbrömifizierten Allobroger verhandelten, saß ich auf einem Klappstuhl an einem Feldtisch und hüllte mich gegen die kühle Morgenbrise enger in mein Sagum. Wolken verdeckten die unendlich entfernte gallische Sonne und das bißchen Wärme, das sie möglicherweise gespendet hätte. Derart in kaltes Eisen und warme Wolle gehüllt, öffnete ich die erste Schriftrolle von Caesars Berichten an den Senat.

Sie enthielt karge und unkomplizierte Notizen über Caesars Aktivitäten, seit er Rom verlassen hatte: Wie er in Italien das Kommando über seine Legion übernommen hatte und gen Norden nach Gallien marschiert war, wobei er unterwegs seine Hilfstruppen gesammelt hatte. Zunächst hielt ich das Ganze für Notizen, wie sie sich jeder Schreiber in Vorbereitung auf die ernsthafte Arbeit, eine Chronik oder Rede, gemacht haben könnte.

Ich verzweifelte an der Aufgabe, vor die Caesar mich gestellt hatte, fand ich doch nicht nur skizzenhafte Notizen vor, sondern stieß auch noch auf eine Schwierigkeit, die ich nicht vorhergesehen hatte: Caesars Handschrift war derart unleserlich, daß ich meine Augen anstrengen mußte, um die Buchstaben überhaupt erkennen zu können. Und um alles noch schlimmer zu machen, war seine Rechtschreibung mehr als miserabel. Neben zahlreichen anderen Eigenarten schrieb er einige der kürzeren Wörter *rückwärts* und verdrehte bei vielen der längeren Wörter einzelne Buchstaben.

Ich dachte an die Gelegenheiten zurück, bei denen ich Caesar privat erlebt hatte, normalerweise in Gesellschaft eines Sklaven, der ihm aus den Chroniken oder klassischen Epen vorlas. Natürlich stellen die meisten von uns von Zeit zu Zeit einen Vorleser an, um die Augen zu schonen, doch jetzt wurde mir bewußt, daß ich Caesar nahezu niemals seine Nase in eine Schriftrolle hatte stecken sehen. Das war eine schier unglaubliche Enthüllung: Gaius Julius Caesar, Prokonsul, Liebling der Volksversammlungen und Möchtegern-Alexander, war des Lesens und Schreibens kaum mächtig.

Ich beschloß, Caesars Notizen zunächst wortwörtlich zu übertragen. Die Eigenheiten seiner Rechtschreibung waren so irritierend, daß allein dies schon eine entmutigende Aufgabe war. Ich verbrachte einen Großteil des Vormittags damit, die erste Schriftrolle in meiner sauberen Handschrift zu kopieren. Als ich sie in eine halbwegs lesbare Form gebracht hatte, ging ich die Notizen noch einmal durch. Und dann ein zweites und ein drittes Mal.

Nach der dritten Lektüre legte ich die Schriftrolle zur Seite in dem Bewußtsein, daß ich mit etwas völlig Neuem in der Welt der Buchstaben konfrontiert war. Verblüfft wurde mir klar, daß ich nichts tun konnte, sie zu verbessern. Wie Caesar gesagt hatte, war ich kein Bewunderer des langatmigen, verschnörkelten, asiatischen Stils, doch im Vergleich zu Caesars Prosa war meine Redeweise so maniriert wie eine Rede von Quintus Hortensius Hortalus. Nicht ein einziges Mal verwendete er auch nur ein überflüssiges Wort, und ich fand nirgends einen Ausdruck, den man streichen konnte, ohne des Sinn des Ganzen zu beeinträchtigen.

Mittlerweile hat der Erste Bürger Caesar (und damit qua Verwandschaftsbeziehung auch sich selbst) zum Gott erklärt. Doch Caesar war kein Gott, auch wenn die Götter ihm ein paar außergewöhnliche Streiche gespielt haben. Wie ein Mann, der nur mit Mühe lesen und schreiben konnte, die schönste und makelloseste lateinische Prosa erschaffen konnte, die je geschrieben wurde, ist mir ein Rätsel, das mich bis heute plagt. Ich hatte ein paar seiner Jugendwerke gelesen, Kritzeleien, die so erbärmlich waren wie die Arbeiten der meisten Anfänger. Sein gereifter Stil hätte genausogut das Opus eines völlig anderen Menschen sein können.

Als ich noch über derlei Dinge sinnierte, fiel ein Schatten auf meinen Tisch. Ich blickte auf und sah die germanische Sklavin, stolz und selbstsicher wie eine Prinzessin. Ich war in meinen wollenen Umhang gewickelt und fror noch immer, während sie in ihrer spärlichen Tunika vor mir stand, ohne daß die Kälte auf ihren nackten Gliedmaßen auch nur eine Gänsehaut hinterließ.

»Ah, Freda, habe ich recht?«

»Freda«, sagte sie, meine Aussprache korrigierend. Dieser einfache Name klingt im Germanischen fast genauso wie seine Wiedergabe in lateinischen Buchstaben. Nur der erste Konsonant war stimmhafter, da er zwischen der oberen Zahnreihe und der Unterlippe gebildet wurde, während der zweite Konsonant mit einem leichten Summen erklang, weil die Zungenspitze dabei zwischen die obere und untere Zahnreihe geschoben wurde, anstatt den vorderen Gaumen zu berühren.

»Für Caesar von Titus Vinius«, sagte sie. Ihre Stimme war tief und heiser und weckte beunruhigende Gefühle.

»Du meinst für den Prokonsul von deinem Herrn?« sagte ich und tat verärgert über ihren beiläufigen, respektlosen Ton. In Wirklichkeit wollte ich sie nur noch einmal sprechen hören.

»Für Euer Gnaden von ihm selbst, wenn du dich dann besser fühlst.« Sie brachte den archaischen Sklavenjargon mit einem Sarkasmus hervor, um den Hermes sie beneidet hätte.

»Warum schickt der Erste Speer eine persönliche Sklavin, um eine Botschaft zu übermitteln? Normalerweise setzt man Soldaten als Boten ein.« Es war eine blöde Frage, doch ich wollte sie nicht gleich wieder gehen lassen.

»Das ist mir egal – und dir auch«, sagte sie, zu gleichen Teilen Verachtung und einen verführerischen Moschusduft verströmend.

»Dein Ton gefällt mir nicht, Mädchen.«

»Na und? Du bist bloß ein weiterer Römer. Wenn du mich bestrafen willst, mußt du mich von Titus Vinius kaufen. Ich bezweifle, daß du über das nötige Geld verfügst.«

»Eine derartige Unverschämtheit habe ich noch nie gehört!« Was für ein Lügner ich doch in jenen Tagen war.

»Decius Caecilius«, sagte auf einmal Caesar hinter mir, »wenn du Freda ihren Auftrag erledigen lassen würdest, könnte sie sich wieder ihren sonstigen Pflichten widmen und wir uns den unsrigen.«

Eine Peinlichkeit kommt scheinbar selten allein. Sie ging dicht an mir vorbei, und ich konnte riechen, daß sie keinen künstlichen Duft trug. Keine rossige Stute hat für einen Hengst je besser gerochen. Ich drehte mich nicht um, als sie Caesar ihre Botschaft überreichte, und sie würdigte mich keines Blickes, als sie ging. Von hinten war sie genauso schön wie von vorne, vor allem in Bewegung.

Caesar trat hinter mich und blickte auf mich herab.

»Ich habe noch nie einen Mann gesehen, dem es gelungen ist, im Sitzen so sehr einer Priapus-Statue zu gleichen wie du jetzt. Trotz Rüstung und schwerem Umhang.«

»Wenn Titus Vinius ein so eifersüchtiger Mann ist«, sagte ich, »warum läßt er sie dann halbnackt durch das ganze Lager spazieren?«

»Es ist durchaus üblich, seine besonderen Besitztümer auszustellen, Decius. Wenn du ein großartiges Kunstwerk dein eigen nennst, stellst du es doch auch dort auf, wo die Leute es bewundern und dich um deinen Besitz beneiden können. Viele Männer genießen es, beneidet zu werden.« Er drehte sich um und verschwand wieder in seinem Zelt.

»Freda«, murmelte ich, die Laute übend. Später erfuhr ich, daß sich der Name vom germanischen Wort für Frieden ableitet, was seltsam ist, wenn man bedenkt, wie wenig Interesse die Germanen für dieses Thema aufbringen. Es mußte im Zusammenhang mit ihrer Sitte stehen, eine Allianz zwischen zwei Stämmen dadurch zu besiegeln, daß man die Frauen des einen Stammes mit den Kriegern des anderen verheiratete.

Ich versuchte, mich wieder auf meine Aufgabe zu konzentrieren, Caesars Schriftrollen in eine lesbare Form zu bringen, was mir trotz großer Anstrengung nur unzureichend gelang.

An diesem Abend war Hermes mir wenig nützlich. Seine beiden Arme hingen schlaff herunter, und sein Gesicht war eine Maske des Schmerzes. Ich hatte fast Mitleid mit ihm. Mein Vater hatte mich mit sechzehn auf eine Ludus geschickt, um den Schwertkampf zu lernen, und jener erste Tag zählt zu den schmerzhaftesten Erinnerungen meines ganzen Lebens. Natürlich ließ ich mir derart weichherzige Gefühle nicht anmerken.

»Ich muß heute nacht als Offizier der Wachposten Dienst tun«, erklärte ich ihm. »Das heißt, daß ich nicht schlafen werde. Genausowenig wie du. Wegen meines Dienstes kann ich keinen Tropfen Wein anrühren, und du ebenfalls nicht. Hast du verstanden?«

»Du machst Witze«, stöhnte er. »Ich könnte nicht mal einen Becher heben, wenn ich in Libyen verdursten würde.«

»Ausgezeichnet. Ich möchte, daß die ganze Nacht über ein Licht im Zelt und eines davor brennt. Das dürfte deine Kräfte wohl kaum überbeanspruchen.«

»Wenn es kleine Lampen sind«, sagte er.

Weil ich kein völlig herzloser Mensch bin, rieb ich seine Schultern mit einer dickflüssigen Salbe ein, bevor ich mich auf meinen Wachdienst begab. Schließlich würde seine Tortur am nächsten Morgen von neuem beginnen.

Die Kontrolle der Wachposten war eine Pflicht, die traditionell an die Kavallerie delegiert wurde, vermutlich weil die Offiziere der Infanterie wichtiger waren und ihren Schlaf brauchten. Es war ein Dienst, den ich immer gehaßt habe, nicht nur weil ich ohne Schlaf auskommen mußte. Ich hatte auch ständig Angst, daß ich auf einem der Posten einen Soldaten antraf, der eingeschlafen war. Dann hätte ich ihn melden müssen. Selbst zu Friedenszeiten mitten in Italien war die Bestrafung dieses Vergehens brutal. Angesichts eines lauernden Feindes war sie weit mehr als brutal. Der Delinquent wurde von den Männern seiner eigenen Einheit vor den Augen der ganzen Legion mit Ruten zu Tode geprügelt, eine Maßnahme, die sich in die Länge ziehen konnte, selbst wenn die Stöcke von den kräftigsten Männern geschwungen wurden.

Wie in so vielen anderen Tugenden konnte ich mich auch in Hartherzigkeit, einer von Militärs hochgeschätzten Charaktereigenschaft, nicht mit unseren Vorfahren messen. In unseren alten Sagen wimmelt es von Befehlshabern, die ihre eigenen Söhne wegen Ungehorsams zum Tode verurteilt hatten, selbst wenn dieser Ungehorsam zum Sieg geführt hatte. Damit sollte so etwas wie römische Gerechtigkeit und martialische Strenge bewiesen werden. Für mich hat es nie etwas anderes bewiesen, als daß römische Väter ein übler Haufen sind.

Ich erklomm den Wall um das Legionärslager am Hauptor und drehte meine Runde, wobei ich mehr Lärm veranstaltete, als unbedingt notwendig gewesen wäre. Zu meiner Erleichterung bedeutete die verstärkte Wache, die Caesar angeordnet hatte, daß die Wachsoldaten zu zweit auf ihrem Posten standen und sich gegenseitig wachhalten konnten. Im Lager brannten noch Feuer, jedoch weit genug vom Wall entfernt, um die Nachtsicht der Wachen nicht zu beeinträchtigen.

Auf meinem Weg entlang des Südwalls und dann weiter nördlich den Ostwall entlang traf ich die Männer in lobenswerter Alarmbereitschaft an. Sobald sie mich kommen hörten, fuhren sie mit erhobenen Waffen herum und senkten sie erst wieder, wenn ich das richtige Kennwort genannt hatte. Jeder wußte, daß die Verhandlungen mit den Helvetiern abgebrochen worden waren und die Barbaren uns jeden Moment angreifen konnten.

Als ich den Nordwall erreichte, stellte ich fest, daß die Wachen hier noch nervöser waren; sie waren den Galliern ja auch am nächsten.

»Ihr werdet auf jeden Fall früh genug gewarnt werden«, sagte ich zu den ersten beiden Wachposten, die ich dort antraf. »Zwischen unserem Lager und dem Feind gibt es ja noch den großen Damm.«

Einer der Soldaten spuckte vielsagend aus. »Schon möglich. Aber der ist nur mit Hilfstruppen bemannt. Diese Scheißkerle taugen doch nichts!«

»Die meisten würden eher uns als einen der Barbaren töten. Nicht ein einziger römischer Bürger in dem ganzen Haufen. Und die Reiterei besteht auch nur aus Galliern. Wie können wir dieser Horde von Wilden vertrauen?«

Ich wußte, daß es keinen Sinn hatte, gegen derartige Vorurteile anzugehen.

»Zu welcher Kohorte gehört ihr?« fragte ich.

»Zur ersten«, sagte der eine der Männer. »Die erste Kohorte hat stets die Ehre, den zum Feind hin gelegenen Wall und die rechte Flanke der Gefechtsformation zu verteidigen.«

Dort waren sie feindlichen Aktionen von der Seite schutzlos ausgeliefert. Natürlich galt der Ort, an dem sich jeder vernünftige Mensch als allerletztes aufhalten würde, als Ehrenplatz. Nicht, daß sich ein vernünftiger Mensch überhaupt auf einem Schlachtfeld herumtreiben würde. Aber mittels solcher verlogener Definitionen wurden Männer häufig dazu veranlaßt, wider ihren eigenen Interessen zu handeln.

»Irgendwelche Aktivitäten auf seiten der Barbaren?« fragte ich.

»Noch kein Mucks, Hauptmann. Aber sie sind da draußen, da kannst du sicher sein. Es kann nicht mehr lange dauern, bis wir uns vor ihren Pfeilen, Wurfspeeren und Steinen ducken müssen. Der Damm ist einfach zu wenig bewacht; selbst wenn die Hilfstruppen irgendwas taugen würden, es sind nicht genug Männer. Allein oder zu zweit können die Wilden problemlos durchschlüpfen. Nicht daß sie ernsthaften Schaden anrichten würden, aber sie können uns das Leben ganz schön schwer machen.«

»Das hält uns auf den Beinen«, meinte der andere phlegmatisch.

Etwa in der Mitte des Nordwalls fand ich zwei Wachposten leise murmelnd in ein Gespräch vertieft.

»Wenn ihr so weiter ratscht, hört ihr die Barbaren nie kommen«, sagte ich, als ich mich ihnen auf gut drei Meter genähert hatte. Sie fuhren ziemlich ungelenk herum und hoben ihre Waffen.

»Parole!« forderte einer von ihnen mich kaum mehr flüsternd auf.

»Herkules unbesiegt«, erwiderte ich ebenso leise. Schließlich wollte ich einem möglicherweise mithörenden Feind nicht das Losungswort offenbaren.

»Patron!« sagte daraufhin der Soldat. »Ich wußte nicht, daß du heute nacht den Offiziersdienst der Wachen hast.«

»Burrus? Ist dies eine Einheit der ersten Centurie?«

»Heute nacht schon. Theoretisch hat jeder Soldat jede dritte Nacht Wachdienst. Jetzt, seit die Wachen verdoppelt wurden, bekommt niemand mehr besonders viel Schlaf.« Er wies mit dem Kopf auf den anderen Mann. Ein Pilum in einer, ein riesiges Scutum in der anderen Hand schränkten seine Gestikulierfähigkeit deutlich ein. »Das ist Marcus Quadratus. Er ist in meinem Contubernium.«

Der Helm des anderen Mannes wippte auf und ab. »Guten Abend, Senator. Burrus erzählt mir ständig, daß seine Familie Klient der Meteller ist.«

»Du kommst aus Arpinum?« riet ich seinem Akzent nach.

»Das ist richtig. Die Heimatstadt von Cicero und Gaius Marius.«

»Was schreibt Homer über Ithaka?« sinnierte ich. »›Ein kleiner Ort, der hervorragende Männer hervorbringt.‹« Der Mann bewegte sich genauso steif wie Burrus, aus demselben Grund, wie ich vermutete. »Wie Burrus scheinst auch du die persönliche Aufmerksamkeit deines Centurio zu genießen.«

Quadratus warf einen raschen Seitenblick auf Burrus, der ihm zunickte.

»In den letzten drei Tagen hat er fünf Stäbe auf meinem Rücken zerbrochen. Sein Optio hat sich angewöhnt, immer ein ganzes Bündel unter dem Arm zu tragen, damit er dem Centurio jedesmal einen neuen reichen kann, wenn er den alten auf dem Rücken eines Rekruten zerschlagen hat.«

»Behandelt er die ganze Centurie so?« fragte ich. Dieses Verhalten war selbst für einen altgedienten Centurio reichlich extrem.

»Er ist überhaupt sehr streng«, sagte Burrus, »aber unser Contubernium hat er für besondere Strafaktionen auserkoren.«

»Aber warum? Wegen dieser Frau? Liegt euer Zelt seinem am nächsten, so daß ihr häufiger Gelegenheit habt, ihre Schönheit zu bewundern?«

Quadratus brachte ein reumütiges Lächeln zustande. »Nein, sie ist nur ein Vorwand. Sonst findet er beim Morgenappell eben einen Rostfleck an unserem Kettenhemd, oder irgend jemand marschiert nicht in der Reihe. Obwohl die Frau noch der beste Grund ist, geschlagen zu werden. Da bekommt man wenigstens etwas für die Strafe, die man einstecken muß.«

»Warum hat er es dann ausgerechnet auf euer Contubernium abgesehen?«

»Denk nicht, daß wir uns das nicht auch schon gefragt haben, Herr«, erwiderte Burrus. »Einige meinen, er sei schlicht irre, aber ich glaube, er will an uns ein Exempel statuieren, um seine Macht über die Zehnte zu festigen.«

»Wie das?« fragte ich, wieder verwirrt von der Legionspolitik, die genauso kompliziert und erpresserisch sein kann wie die auf dem Forum. Burrus klärte mich auf.

»Er ist erst Primus Pilus, seit Caesar die Legion vor etwas mehr als einem Monat übernommen hat und Gaius Facilis, der alte Erste Speer, in den Ruhestand getreten ist. Es dauert immer eine Weile, bis die Männer den neuen Mann als denjenigen akzeptieren, der Macht über Leben und Tod hat. Ich glaube, er versucht uns zu einer Meuterei zu provozieren.«

»Mit der Exekution eines ganzen Contuberniums könnte er seine Macht nachhaltig demonstrieren«, sagte Quadratus. »Ich glaube nicht, daß hinterher noch irgend jemand seine Autorität in Frage stellen würde.«

Ich hatte derartige Geschichten schon des öfteren gehört, doch falls die beiden recht hatten, war es beunruhigend, aus nächster Nähe Zeuge einer solchen Machtdemonstration zu werden. Das Merkwürdigste war, daß sie sich offenbar keineswegs als Opfer besonderer Scheußlichkeiten fühlten, sondern die Willkürbehandlung bloß als eine der vielen Plagen des Soldatenlebens hinnahmen wie Verwundungen, ungnädiges Wetter, die Folterung durch Barbaren oder die Tötung als Menschenopfer.

»So etwas hat es schon gegeben«, meinte Burrus, meine Gedanken lesend. »Allerdings noch nie in der Zehnten.«

»Ist Vinius schon immer hier bei der Zehnten?« fragte ich. Einige Männer verbrachten ihre gesamte Militärzeit in einer einzigen Legion, doch höhere Offiziere wurden bisweilen auch versetzt.

»Nein«, antwortete Burrus. »Er war vor ein paar Jahren als einer der leitenden Centurionen der Siebten mit Caesar in Spanien.« Das bedeutete, daß er einer der Centurionen der ersten, zweiten oder dritten Kohorte gewesen sein mußte, die höhergestellt waren als die anderen Centurionen einer Legion. Zumindest war es damals so. Soweit ich weiß, haben sich die Verhältnisse seit der Militärreform des Ersten Bürgers verändert. Zum Guten, wie ich hoffte und andererseits ernsthaft bezweifelte.

»Warum wollte Caesar gerade ihn?«

»Man bringt es nicht zum leitenden Centurio, wenn man seine Arbeit nicht gut macht«, meinte Quadratus. »Er ist ein hervorragender Soldat, zumindest auf dem Marsch und im Lager. In der Schlacht haben wir ihn noch nicht erlebt.«

»Außerdem«, fügte Burrus hinzu, »hat er eine Reihe von Phalerae, die er bei zeremoniellen Paraden trägt. Und die bekommt man nicht für gutes Benehmen.«

Phalerae sind massive runde Medaillons, die man an einem Gurtgeflecht über der Rüstung trug. Es sind Auszeichnungen für besonderen Heldenmut, die so respekteinflößend waren, daß die Ordensträger sie sogar in der Schlacht trugen, obwohl sie nur hinderlich und eine zusätzliche Belastung waren.

Irgend etwas summte an meinem Kopf vorbei, und ich strich mir in dem Glauben, es müsse sich um ein Insekt handeln, mit der Hand übers Ohr. Die beiden Wachen fuhren herum und hoben ihre Schilde, so daß sie gerade noch darüber hinweg sehen konnten. Sie taten das völlig automatisch und scheinbar gelangweilt ob einer weiteren zu erledigenden Pflicht, so daß mir die eigentliche Bedeutung des Vorgangs zunächst gar nicht klar war.

»Das war ein Pfeil, Patron«, informierte mich Burrus. »Du solltest dich lieber hinter die Palisade ducken oder hinter uns stellen, da du keinen Schild hast.«

Während er noch sprach, hörte ich, wie sich ein Pfeil fest in das etwa brusthohe Holz des Schutzzaunes bohrte. Aus der Finsternis hörte man Gallier brüllen und johlen.

Ich ging hinter den beiden Männern in Deckung. »Ich werde Carbo deswegen zur Rede stellen«, sagte ich. »Er sollte doch dafür sorgen, daß das aufhört.« Ich war entsetzt, wie sehr meine soldatischen Instinkte verkümmert waren. In einer Gasse in Rom konnte ich jede Gefahr, egal aus welcher Richtung, riechen. Doch hier kam ich mir hilflos vor wie ein Tribun an seinem ersten Arbeitstag.

»Das wird zwecklos sein«, meinte Quadratus. »Diese Gallier bewegen sich durch die Dunkelheit wie die Fledermäuse.« Ein Stein aus einer Wurfschleuder krachte gegen das fellbespannte Holz seines Schildes, daß mir die Ohren dröhnten.

»Sollten wir nicht Alarm geben?« fragte ich, verlegen, als Offizier ein paar gemeine Legionäre um Rat fragen zu müssen.

»Dafür müssen die Attacken noch sehr viel schlimmer werden«, erklärte mir Burrus. »Wegen ein paar Pfeilen und Steinen wollen wir doch nicht das ganze Lager wecken. Die Barbaren haben sich nicht mal besonders nah an den Wall herangewagt, sonst müßten wir längst Wurfspeere abwehren.«

»Das ist ja genau die Absicht der Gallier, verstehst du«, fügte Quadratus hinzu. »Wir sollen in ständiger Alarmbereitschaft sein. Je weniger Schlaf wir bekommen, desto geschwächter werden wir sein, wenn wir ihnen auf dem Schlachtfeld gegenüberstehen.« Ein weiterer Stein krachte scheppernd gegen den bronzeverstärkten Rand seines Schildes. Er ertastete den angerichteten Schaden. »Verdammt! Eine Delle. Nein, Hauptmann, wir schlagen nur Alarm, wenn sie einen direkten Angriff auf das Lager starten, doch dafür bringen sie nicht genügend Leute über den Damm. Also geben sie sich mit kleinen nächtlichen Störmanövern zufrieden.«

»Wenigstens habt ihr beide nur jede dritte Nacht Dienst«, sagte ich.

»Schön wär's«, erwiderte Burrus. »Vinius hat behauptet, er hätte heute morgen einen Schimmelfleck an unserem Zelt entdeckt. Bis auf weiteres müssen wir jede Nacht Wache schieben.«

»Nach einem normalen Diensttag?« Ein Stein trudelte über meinen Kopf hinweg; er klang wie eine große Biene auf dem Weg zu einer entfernten Blüte. »Ich werde mit Caesar darüber sprechen.«

»Das kannst du dir sparen«, riet mir Burrus. »Er wird seinem Ersten Speer den Rücken stärken, und du wirst beide verärgert haben.«

»Er hat recht, Herr«, bestätigte Quadratus. »Vinius hat bis jetzt noch jeden Stabsoffizier kleingekriegt, den er nicht leiden konnte.«

»Warten wir's ab. Ich muß meine Runde beenden. Wir sehen uns dann bei Tageslicht wieder.«

»Bring das nächste Mal besser deinen Schild mit, Patron«, sagte Burrus kichernd. Wie ein Mann in seiner Lage noch irgend etwas komisch finden konnte, war mir ein Rätsel. Ich war so beeindruckt, daß ich diese geringfügige Unverschämtheit übersah.

Ein Offizier soll vor einem gemeinen Soldaten nie zeigen, daß er Angst hat; also wartete ich, bis ich außer Sichtweite war, bevor ich mich hinter die schützende Palisade duckte und den Weg zum nächsten Wachposten in einem lächerlichen Entengang zurücklegte. Erst als ich in Sichtweite des nächsten Paares kam, richtete ich mich wieder auf, um die letzten paar Meter im furchtlosen Schlendergang zu absolvieren.

Über die gesamte Länge des Nordwalls beantworteten die Wachposten die Kriegsrufe und Provokationen der Gallier mit zahlreichen obszönen Geräuschen, in deren Hervorbringung die Italiker Weltmeister sind. Nur die Dunkelheit und ihre Ausrüstung hinderten sie an den vielsagenden Gesten, die jeder, der südlich des Padus geboren ist, zum Nationalrepertoire nonverbaler Kommunikation zählt.

Überaus erleichtert beendete ich meine Inspektion des Nordwalls und arbeitete mich auf dem Westwall vor, wo die feindlichen Aktionen weniger heftig waren, bis ich wieder den Südwall erreichte, wo nach wie vor alles friedlich war. Am Haupttor stieg ich ins Lager hinab und folgte der Via praetoria bis zur Kreuzung mit der Via principalis, wo das Hauptwachfeuer brannte. Hier versammelte sich die Wachablösung. Ein Sklave überwachte die Wasseruhr, die den Wachwechsel terminierte.

»Wie lange noch bis zur nächsten Ablösung?« fragte ich den Sklaven, einen grauhaarigen Mann, dessen langjähriger Dienst in der Legion ihm diesen bequemen, wenngleich durch Schlafmangel gekennzeichneten Posten eingebracht hatte.

»Zwei Stunden, Herr. Vier Stunden Wache, vier Stunden Pause, so läuft das in dieser Legion. Die erste Nachtwache beginnt eine Stunde vor Sonnenuntergang, die letzte wird eine Stunde nach Sonnenaufgang abgelöst.«

Ich betrachtete die Wasseruhr. Es war eine raffinierte griechische Konstruktion, die aussah wie ein mit Wasser gefüllter, verzierter Bronzeeimer. Das Wasser floß durch ein schmales Rohr am Boden des Eimers ab, und ein Schwimmer löste stündlich einen Hebel aus, der bewirkte, daß eine kleine Bronzekugel mit einem lauten Scheppern in eine flache Schüssel aus demselben Metall fiel. Ich hatte einmal die riesige Wasseruhr in Alexandria gesehen, die ein Geräusch produzierte, das in der ganzen Stadt zu hören war. Warum, war mir schleierhaft, da die Alexandriner ohnehin nie darauf achten, wie spät es ist.

»Und was machst du im Winter, wenn es friert?« fragte ich.

»Ich rücke näher ans Lagerfeuer, damit das Wasser nicht friert. Wenn ein kräftiger Wind weht, friert es allerdings trotzdem, und man muß sich an den Sternen orientieren. Wenn es bewölkt ist, muß man raten.«

»Das gibt doch bestimmt eine Menge Ärger«, vermutete ich. »Jeder wird glauben, daß er länger Wache gestanden hat als die Ablösung.«

Der Sklave nickte. »So weit nördlich ist der Winter wirklich eine üble Zeit.«

Ich begab mich zu meinem Zelt, wo Hermes pflichtschuldigst die Lampen am Brennen hielt. Er reichte mir eine Reiseflasche. Seine Arme und Schultern schienen sich ein wenig erholt zu haben, denn er schaffte es, sie in Hüfthöhe zu halten. Ihre Wärme tat meinen kalten Händen gut.

»Es ist dieses gräßliche Essiggebräu, das Soldaten trinken«, sagte er entschuldigend, »aber es wird dich sicher wärmen.« Ich nahm einen Schluck, und er war höflich genug zu warten, bis meine Augen zu tränen aufgehört hatten, bevor er mir die unvermeidliche Frage stellte. »Sind das die Barbaren, die den ganzen Lärm da draußen veranstalten?« Mein Zelt lag nahe genug am Nordwall, um sie deutlich hören zu können.

»Es ist jedenfalls bestimmt nicht die Verstärkung aus Rom.

Aber mach dir keine Sorgen, das ist lediglich ihr nächtliches Unterhaltungsprogramm für uns.«

»Wenn es dir nichts ausmacht, mache ich mir trotzdem Sorgen.« Dann senkte er die Stimme, obwohl er für seine Verhältnisse bereits sehr leise sprach. »Wir stecken wirklich tief drin, was? Ich habe Soldaten reden hören, daß wir ohne jede Unterstützung mitten in barbarischem Territorium lagern und es nur eine Frage der Zeit ist, bis Tausende von ihnen gleichzeitig über uns herfallen.«

Als ich nickte, muß mein Gesicht in etwa so säuerlich ausgesehen haben, wie das Pulsum schmeckte. »Es ist wahr, doch das ist noch nicht mal das Schlimmste. Ich glaube, es gibt hier im Lager einen Mann, der uns viel gefährlicher werden könnte als jede Bedrohung von außen.«

»Wie schaffst du es nur immer, diese Menschen gegen dich aufzubringen?« fragte Hermes.

»Die Götter sind nicht völlig humorlos. Das ist ihr kleiner Spaß mit mir.«

»Dann müssen sie sich heute nacht im Olymp die Bäuche halten vor Lachen«, sagte Hermes. »Sie haben dir den übelsten Kreuziger der ganzen Legion gegenübergestellt.«

Für einen Sklaven ist der Beiname »Kreuziger« der Inbegriff von Angst und Schrecken. Hermes verfügte über die Fähigkeit eines Sklaven, die Augen und Ohren offenzuhalten, während die freien Männer um ihn herum sprachen, als ob er gar nicht da wäre. Gleichgestellte rügten mich oft dafür, auf das Gerede eines Sklaven zu hören, aber es hat mir schon ein paarmal das Leben gerettet.

»Neuer Soldatenklatsch?«

»Es macht überall im Lager die Runde. Neben den Barbaren sind der Erste Speer und seine germanische Frau das Lieblingsthema. Jeder spricht davon, daß Vinius und der neue Offizier es Mann gegen Mann austragen werden.«

»Der arme Caesar«, sagte ich. »Er ist gewohnt, daß jeder nur über ihn redet. Gibt es schon Wetten?«

Er schüttelte den Kopf. »Nein. Jeder sagt, daß du wie eine Wanze zerquetscht werden wirst.«

Ich nahm einen weiteren Schluck Pulsum und würgte ihn hinunter. »Schon sehr bald wird es noch sehr viel schlimmer werden. Ich möchte, daß du dich morgen umhörst, um zu sehen, ob du Wetten auf mich abschließen kannst.«

Er sah mich mitleidig an. »Du erwartest doch nicht, daß ich Geld auf dich setze, oder?«

»Du bist ein Sklave. Du hast gar kein eigenes Geld zu haben. Oder hast du mich wieder bestohlen?« Laut Gesetz durften Sklaven über keinerlei eigenen Besitz verfügen, doch die Kluft zwischen Gesetz und Wirklichkeit ist so tief wie die zwischen Olymp und Hades. Im Grunde bestahl mich Hermes so gut wie nie, doch es war nur gut, wenn er wußte, daß ich ihn ständig verdächtigte.

Er wich der Frage aus. »Werden die Quoten noch steigen?«

»Und ob. Ich will Titus Vinius noch wütender machen. Wenn wir Glück haben, fällt er aus reiner Wut tot um.«

V

Als ich ans Wachfeuer zurückkehrte, fiel gerade eine weitere Bronzekugel in die Schale. Die Wachablösung hatte sich in zwei ordentliche Reihen aufgestellt. An ihrer Spitze stand ein Mann, dessen Helm nicht bronzebeschlagen war, sondern silbern glänzte und mit einem Helmbusch aus weißem Pferdehaar besetzt war. Er riß die Augen auf, als er mich sah, und dann noch ein Stück weiter, als er erkannte, daß ich nicht allein war. Er salutierte mit der lässigen Verachtung eines Berufssoldaten.

»Aulus Vehilius«, stellte er sich vor. »Optio der ersten Kohorte und Kommandant der Wachablösung.« Dies war also Vinius' rechte Hand, der ihm die Ersatzstöcke hinterhertrug.

»Decius Caecilius Metellus, Hauptmann der praetorianischen Ala und Offizier der Nachtwache.«

»Wer ist das?« fragte Vehilius und wies mit seinem Helmbusch auf die Männer, die hinter mir standen.

»Meine Schwadron der praetorianischen Ala.«

»Auxilia haben auf dem Lagerwall nichts zu suchen. Er ist ausschließlich von Legionären zu besetzen.«

»Betrachte sie als meine persönliche Leibwache. Als Schutz gegen Mordanschläge politischer Rivalen.«

Er sah mich an, als ob ich verrückt wäre, was aus seiner Sicht durchaus verständlich war, bevor er mich anfuhr: »Wir verschwenden unsere Zeit. Wachablösung, marsch!« Er fuhr auf seinen Nagelschuhen herum und stolzierte davon. Die Wachablösung marschierte mit prächtigem martialischem Gerassel hinterdrein. Ich sah, daß einige der Männer das Unbehagen des Optio mit einem Grinsen quittierten.

Ich ging neben Vehilius, der mich angestrengt ignorierte. Hinter mir schlenderten Lovernius und seine Männer in ungleich weniger geordneter Formation. Schließlich waren sie nicht nur Gallier, sondern auch Kavalleristen, die selbst dann nicht im Gleichschritt hätten marschieren können, wenn es sie vor dem Kreuz bewahrt hätte.

Bei der Porta praetoria begann Vehilius die Wachposten entlang des Walls abzulösen. Vor jedem Posten wurde auf Zuruf die Parole genannt, bevor der Optio den Bericht des ranghöheren Legionärs entgegennahm. Dann übernahmen die beiden ersten Männer der Kolonne die Stellung der beiden Wachen, die sich ihrerseits hinten anschlossen.

So ging es weiter, bis wir den Nordwall erreichten. Der Lärm und der Hagel von Wurfgeschossen waren zu meiner großen Erleichterung abgeklungen. Wahrscheinlich wurden auch die Gallier irgendwann müde. Außerdem mußten sie sich bei Anbruch der Dämmerung wieder so weit zurückgezogen haben, daß wir ihnen nicht mit unserer Kavallerie nachsetzen konnten.

Als wir den Posten erreichten, an dem Burrus und Quadratus Dienst taten, durchliefen wir das gewohnte Ritual mit dem Kennwort, bevor Quadratus Bericht erstattete. Dann befahl Vehilius der Kolonne weiterzumarschieren.

»Einen Augenblick, Optio!« sagte ich.

Er blieb stehen. »Ja, Hauptmann?«

»Wollen wir diese Männer nicht ablösen?« verlangte ich zu wissen.

»Nein, das wollen wir nicht. Diese beiden und die Männer auf den nächsten drei Posten gehören zum sechsten Contubernium der Ersten Centurie, Erste Kohorte. Sie haben zur Strafe die ganze Nacht Dienst.«

»Ich verstehe. Ich vermute, das gilt nur für diese Nacht?«

»Sie haben Nachtdienst ohne Ablösung, bis der Erste Speer etwas anderes anordnet.«

»Gefährdet das nicht die Sicherheit des gesamten Lagers?«

»Das habe ich nicht zu beurteilen. Und nun würde ich, wenn es dir recht ist und auch, verdammt noch mal, wenn nicht, gerne mit der Ausübung meiner Pflichten fortfahren.«

»Laß dich nicht aufhalten, Optio. Und eine angenehme Nacht noch.«

Steif wie eine Lanze wandte er sich ab und trampelte – gefolgt von seinen Soldaten – davon, deren breites Grinsen auf der Stelle verschwunden war, als er sich mit wütendem Blick zu ihnen umgedreht hatte.

Lovernius machte eine durch und durch gallische Geste.

»Hauptmann, ich habe immer gehört, daß römische Politiker ein besonderes Talent haben, sich überall Freunde zu machen. Kann es sein, daß ich einer Fehlinformation aufgesessen bin?«

»Das wird Riesenärger geben!« sagte Indiumix begeistert. Gallier sind ganz versessen auf Ärger.

»Patron, was hast du vor?« fragte Burrus.

»Burrus, Quadratus, ihr seid abgelöst. Diese beiden Männer«, ich wies auf zwei meiner Gallier, »werden eure Stellung übernehmen. Bleibt hier oben auf dem Wall, aber ich möchte, daß ihr ein wenig schlaft.«

»Aber das sind doch gar keine richtigen Legionäre!« protestierte Quadratus.

»Ich übernehme die Verantwortung«, versicherte ich ihnen. »Ich bin der diensttuende Offizier der Nachtwache, und ich befehle euch beiden zu schlafen. Am besten fangt ihr gleich damit an, weil ich meine nächste Nachtwache erst in drei oder vier Tagen haben werde.«

Soldaten verfügen über das bemerkenswerte Talent, überall und unter allen denkbaren Umständen schlafen zu können. Vorsichtig drapierten die beiden ihre Schilde auf der Krone des Erdwalls, bevor sie ihre Köpfe darauf betteten. Ohne Schwert und Dolch abzulegen, ihre Speere umarmend und in voller Rüstung waren sie schneller eingeschlafen, als man braucht, um zwei Lampen zu löschen.

Wir marschierten auch zu den folgenden drei Wachposten und lösten die verbliebenen sechs Männer des Contuberniums in derselben unorthodoxen Manier ab. Dann lehnten Lovernius und ich an der Palisade und blickten in die jetzt stille Nacht. Nur die Insekten summten dort draußen, und gelegentlich schrie eine Eule.

»Fünf Sesterzen, daß er nach Sonnenaufgang auf mich losgeht«, wagte ich eine Wette.

»Zehn, daß er wartet und dich am Morgen vor Caesar und dem gesamten Stab denunziert.«

»Abgemacht.« Wir besiegelten die Wette mit einem Handschlag, und Lovernius schüttelte lächelnd und bewundernd den Kopf. Die Gallier hegen eine völlig unerklärliche Bewunderung für leichtsinnige, selbstmörderische Narren. Wie sich herausstellte, sollte er die zehn Sesterzen gewinnen.

Nach einer Weile ging die Sonne auf, wärmte unsere frostelnden Körper und ließ vom See her einen malerischen Nebel aufsteigen, so daß das Lager eine Zeitlang aussah wie ein großes Schiff auf einem Meer aus Wolle. Ich fragte mich, ob sich Jupiter so auf seinem Thron in den Wolken fühlte. Die Luft war erfüllt von den unvermeidlichen Gerüchen eines Legionärslagers, ein Aroma von frisch umgegrabener Erde und verbranntem Holz hing in der Luft. Im Gegensatz zum vielfältigen Gestank der Stadt waren dies angenehme Düfte. In diesem Moment hätte ich sie jedoch nur zu gerne gegen eine gräßlich stinkende Stadt eingetauscht.

Die Männer des leidgeprüften Contuberniums erwachten und nahmen wieder ihre Posten ein. Meine eigenen Männer verließen die Unterstände entlang des Walls und scharten sich um mich.

»Geht zurück zu euren Zelten«, befahl ich ihnen. »Euer Nachtdienst ist beendet.«

»Aber wir würden lieber hierbleiben und zusehen, was als nächstes passiert«, protestierte Lovernius.

»Das weiß ich, aber es ist fast Zeit für die Morgenpatrouille. Wahrscheinlich verbergen sich im Schutz des Nebels noch ein paar Helvetier. Schnappt sie euch. Sie haben mich letzte Nacht sehr geärgert.« Sie lächelten, salutierten und gingen. Was immer geschehen würde, sie hatten nichts damit zu tun, und ich wollte sie da raushalten.

Die Sonne stand schon fast über den Bergkämmen im

Osten, als die nächste Wachablösung unter Leitung eines anderen Optio eintraf. Er war ein Mann mit einer von diversen Brüchen deformierten Nase und einem einnehmend schiefen Grinsen. Sein Salut war so schlampig, daß es, von einem Berufssoldaten kommend, schon fast wieder respektvoll wirkte. Der Gesichtsschutz seines Bronzehelms war mit kleinen stilisierten Heiligtümern verziert, die Glück bringen sollten. Auf der Spitze seines Helms prangte ein Büschel kurzer blauer Federn.

»Ich bin deine Ablösung, Hauptmann«, sagte er, während zwei Männer in seiner Gefolgschaft die Stellung von Quadratus und Burrus einnahmen.

»Irgendwelche besonderen Befehle für mich?« fragte ich ihn.

»Nicht, daß ich wüßte, obwohl ich mir an deiner Stelle gut überlegen würde, was ich Caesar erzähle.«

Ich folgte ihm auf seiner Runde. »Weißt du, ich habe in den letzten vier Stunden über kaum etwas anderes nachgedacht.«

»Und irgendwelche Geistesblitze gehabt?«

»Bisher noch nicht. Irgendwelche Vorschläge für mich?«

»Lauf. Vielleicht nehmen die Gallier dich auf. Andererseits könnten die dich auch zurücktauschen. Vielleicht wären die Germanen besser. Wenn sie dich nicht auf der Stelle erschlagen, schützen sie dich möglicherweise sogar. Sie haben sehr strenge Vorschriften, was die Gastfreundschaft angeht.«

»Es ist wohl nicht damit zu rechnen, daß Caesar mich unehrenhaft nach Rom zurückschickt?«

»Ha! Wenn er das täte, würde die Hälfte seiner Stabsoffiziere das gleiche tun, um dem nahenden Krieg zu entfliehen. Ich habe noch nie einen solch rückgratlosen Haufen von blaublütigen Weichlingen gesehen.«

Er spuckte über die Palisade, in der diverse Pfeile steckten.

»Was bedeuten die blauen Federn?« fragte ich ihn. »Zweite Kohorte?«

»Genau. Ich bin Helvius Blasio, Optio der Vierten Centurie der Zweiten Kohorte. Und wer du bist, weiß ich bereits.«

»So was spricht sich rum, wie?«

»Absolut. In einem Legionärslager weiß jeder alles über jeden. Vor allem, wenn sich jemand der Autorität des Ersten Speers widersetzt. Solche Personen ziehen große Aufmerksamkeit und Bewunderung auf sich. Zumindest für kurze Zeit.«

Ich begleitete ihn, bis er seine Runde beendet hatte. Ich hatte es nicht eilig, meinem Schicksal ins Auge zu sehen. Wir erörterten die Stärke des Feindes und den bevorstehenden Feldzug. Blasio bewahrte sich seine professionelle Lässigkeit, doch ich spürte sein Unbehagen. Das ganze Lager vibrierte vor Anspannung: Die Legion lagerte tief im Feindesland und war im Begriff, sich ins Schlachtengetümmel zu werfen.

Ich verabschiedete mich von Blasio, ließ mich rasieren und ging zu meinem Zelt, wo Hermes bereits zum Frühstück gedeckt hatte.

»Einer der Gallier hat mir erzählt, daß du Ärger hast«, sagte er vergnügt.

»Das ist zutreffend. Und jetzt lauf und melde dich bei deinem Schwertkampflehrer.«

Er stöhnte. »Ich dachte immer, daß derjenige, der die Spitze des Schwertes zu spüren bekommt, der ist, der leiden muß.«

»Ohne Fleiß kein Preis. Und jetzt ab mit dir.« Grummelnd fügte er sich.

Viel zu schnell rief die Tuba zum Offiziersappell. Ich war unendlich müde, doch mir war keine Pause vergönnt. Den Helm unter dem Arm marschierte ich flotten Schrittes zum Praetorium. Einer der Vorteile, die die Herkunft aus einer Familie wie meiner mit sich bringt, ist eine gründliche Ausbildung in allen Disziplinen der Rhetorik, also nicht nur in der Kunst der öffentlichen Rede, sondern auch in der Fertigkeit, sowohl stehend als auch in Bewegung eine gute Figur zu machen. Da ein Mann mit Ambitionen auf höhere Ämter bei der Legion dienen muß, bringt man ihm auch bei, wie er sich vor der Truppe zu präsentieren hat. Es ist eine echte Kunst, den groben Militärumhang effektvoll hinter sich herwehen zu lassen; lässig um den leicht erhobenen Arm gewickelt, verleiht er einem die Würde einer Senatoren-Toga.

Vielleicht konnte Vinius mich niederbrüllen, aber was Haltung und aristokratischen Stil anging, konnte er es nie mit mir aufnehmen. Und ich wußte, daß ich mich in dieser Sache allein auf meinen Stil verlassen mußte, weil ich sonst nichts aufbieten konnte.

Die Mienen der um den Stabstisch versammelten Offiziere rangierten von vorsichtig unverbindlich bis offen feindselig. Der einzige, der lächelte, war ich selbst, und mein Lächeln war so falsch wie das einer Hure. Caesar sah finster aus wie der Tod, aber vielleicht, so hoffte ich, dachte er nur an die Gallier.

»Decius Caecilius Metellus«, sagte er, eine weitere meiner kühnen Illusionen zerstörend, »der Erste Speer hat einige überaus schwerwiegende Anklagen gegen dich vorgebracht, zu denen du dich äußern solltest.«

»Anklagen?« sagte ich. »Hab' ich mich etwa daneben benommen?«

»Du würdest dir einen großen Gefallen tun, wenn du den Ernst deiner Lage anerkennen würdest«, sagte Caesar. »Torheiten, die man in Friedenszeiten in Rom vielleicht übersehen kann, können in einem Legionärslager im Krieg keinesfalls geduldet werden.«

»Ah ja, Torheiten«, bemerkte ich, den Blick nicht auf Caesar, sondern auf Vinius gerichtet. »Meines Erachtens ist es eine Torheit der gefährlichsten Art, angesichts des Feindes Wachen Nacht für Nacht ohne Schlaf zu lassen.«

»Prokonsul«, sagte Vinius, seine Stimme streng unter Kontrolle haltend, »dieser Offizier hat sich in meine Einteilung der Wachposten eingemischt. Seit seiner Ankunft hat er versucht, seinen vorlauten Klienten zu verhätscheln, der zufällig in meiner Centurie dient. In der vergangenen Nacht haben dieser Mann und die übrigen Mitglieder seines Contuberniums während des Wachdienstes geschlafen. Ich verlange ihre Hinrichtung.«

Die Runde hielt geschlossen die Luft an.

»Diese Männer haben auf meinen Befehl hin geschlafen. Ihre Wachposten waren nicht verlassen. Ich habe sie mit Soldaten meiner Ala besetzt.«

»Er hat das Legionärslager von Galliern bewachen lassen!« stieß Vinius vernichtend aus. »Das ist schlimmer als Hochverrat!«

»Das ist in der Tat ein schweres Vergehen«, sagte Caesar. »Trotzdem wäre die Verhängung der Todesstrafe zum jetzigen Zeitpunkt übertrieben. Die Männer haben auf Anweisung eines Vorgesetzten gehandelt, egal wie idiotisch sie auch gewesen sein mag. Wir müssen schließlich die Beweggründe ihres Handelns berücksichtigen. Der Fehler liegt nicht bei den Legionären, sondern bei diesem Offizier.«

Vinius kochte vor Wurt. Es gibt keinen traurigeren Anblick als einen Mann, dem man ein paar Hinrichtungen verwehrt hat.

»Ich bin der Ansicht, daß ich absolut...«

»Ruhe«, sagte Caesar mit besonderem Nachdruck. Ich hielt die Klappe. Caesar verfügte über die bewundernswerte Fähigkeit, ein ganz normal ausgesprochenes Wort wie einen Donnerhall Jupiters klingen zu lassen.

»Decius Caecilius, was soll ich bloß mit dir machen? Ich könnte dich unehrenhaft nach Rom zurückschicken, aber ich vermute, genau das ist dein brennendster Wunsch. Ich könnte dich degradieren, aber du hast bereits den niedrigsten Offiziersrang inne. Ich könnte dich in den Mannschaftsstand zurückversetzen, aber du bist schließlich Senator, und ich würde den Senat nie dadurch beleidigen, daß ich ein Mitglied dieser erhabenen Körperschaft als gemeines Arbeitstier einsetze.« Dies war möglicherweise das letzte Mal in seinem Leben, daß sich Julius Caesar Sorgen darüber machte, den Senat zu beleidigen.

»Du könntest ihn enthaupten lassen«, murmelte Labienus. »Das ist eine ehrenhafte Strafe und eines herrschaftlichen Caeciliers durchaus würdig.«

Caesar strich sich über das Kinn, als würde er den Vorschlag ernsthaft erwägen. »Ich muß auch Rücksicht auf seine Familie nehmen. Der Beginn eines Krieges ist ein denkbar ungünstiger Zeitpunkt, eine der mächtigsten Fraktionen im Senat und den Versammlungen vor den Kopf zu stoßen.«

»Oh, wir werden ihn bestimmt nicht vermissen«, versicherte mein Vetter Knubbel ihm. »Wir haben noch jede Menge Nachwuchs.« Es gibt Männer, die alles tun würden, um eine Schuld von hundert Sesterzen nicht begleichen zu müssen.

»Der Gedanke ist wirklich verlockend«, sagte Caesar, »aber eine Hinrichtung vor dem Beginn ernsthafter Feindseligkeiten könnte als zu strenge Maßnahme angesehen werden. Nein, ich werde mir etwas anderes überlegen müssen. Mir wird schon etwas einfallen. Erster Speer, sei versichert, daß dieser Mann deine Männer oder dich nie wieder bei der Ausübung eurer Pflicht behindern wird.«

Vinius war weit davon entfernt, zufrieden zu sein, hütete sich jedoch zu widersprechen. Selbst als Erster Speer konnte er nicht die Hinrichtung eines höhergestellten Offiziers verlangen.

»Wie der Prokonsul wünscht«, sagte er fast ungehobelt.

Soweit schien ich mit meiner Pose aristokratischer Herablassung ganz gut zu fahren, doch ich war alles andere als beruhigt. Dieses Gerede von einer Hinrichtung war aller Wahrscheinlichkeit nach dazu gedacht, mich einzuschüchtern, doch ich konnte mir dessen nicht völlig sicher sein. Ein militärischer Oberbefehlshaber genoß enorme Freiheiten, was die Maßnahmen anging, die er für angemessen hielt, um Ordnung und Disziplin innerhalb seiner Truppen aufrechtzuerhalten. Wenn er nach Hause zurückgekehrt war und das Imperium niedergelegt hatte, konnte man ihn deswegen vor Gericht zerren, doch in den meisten derartigen Fällen hielten die Geschworenen zu dem Befehlshaber. Jeder Bürger begreift, daß die Sicherheit und der Zustand des Reiches völlig von der Disziplin der Soldaten abhängen, einer Disziplin, die auf der ganzen Welt ihresgleichen sucht.

Lucullus hatte es abgelehnt, Clodius (der damals noch Claudius hieß) hinrichten zu lassen, obwohl er jedes Recht dazu gehabt hätte. Clodius hatte Offiziere und Legionäre von Lucullus' Armee zur Meuterei gegen ihren Befehlshaber angestiftet. Doch Lucullus wollte den mächtigen Klan der Claudier nicht provozieren, außerdem war Clodius nicht besonders erfolgreich gewesen. Andere Kommandanten waren da weniger tolerant.

Für den Rest der Stabssitzung, in der er höchst effektiv die Banalitäten und Kniffligkeiten der gegenwärtigen Situation unserer Armee besprach und im knappen Ton Pflichten und Sonderaufträge verteilte, würdigte Caesar mich keines Blickes. Erneut war ich beeindruckt. Später erfuhr ich, daß unklare Befehle nach Caesars Ansicht zu mehr militärischen Katastrophen geführt hatten als alles andere zusammen.

Nachdem ihm seine Aufgabe zugeteilt war, erhob sich ein jeder, um den Befehl auszuführen. Der letzte, der ging, war Titus Vinius. Er starrte mich haßerfüllt an, was Caesar nicht entging.

»Das wäre dann alles, Erster Speer«, sagte er. »Du kannst wegtreten.«

Vinius hätte beinahe etwas gesagt, besann sich jedoch eines Besseren, salutierte und ging, eine Aura des Hasses hinterlassend, die so greifbar war, daß man einen Speer hätte hindurchstoßen können.

»Nun, Decius Caecilius, was soll ich bloß mit dir machen?« sagte Caesar, als Vinius gegangen war. Das war eine gute Frage. Die Pflichten von Tribunen und Stabsoffizieren sind nur selten klar definiert. Jeder weiß, was ein Legionär zu tun hat, ein Optio oder Centurio. Ein General und sein Legatus haben einen klaren Auftrag vom Senat und vom Volk. Der Rest der Offiziere jedoch steht einem General zur freien Verfügung, und er kann mit ihnen so ziemlich alles machen, was ihm gefällt. Hin und wieder hält ein General einen Tribunen für befähigt genug, den Oberbefehl einer Legion zu übernehmen. Häufiger jedoch erwartet man von ihm lediglich, daß er nicht im Weg rumsteht.

»Darf ich daraus schließen, daß ich mir das Kommando meiner Reiterei bereits verscherzt habe?«

»Du hast dir noch sehr viel mehr verscherzt. Provoziere mich nicht, Decius. Ich bin dir zur Zeit ganz und gar nicht gewogen. Ich habe mir deine Anwesenheit in diesem Lager als persönlichen Gefallen erbeten. Ich weiß, daß ich damals glaubte, einen guten Grund dafür zu haben, dich bei diesem Feldzug in meiner Nähe zu sehen, aber ich muß gestehen, daß er mir im Moment entfallen ist.«

Er dachte eine Weile nach, und ich schwitzte. Ich war sicher, daß es einen verhaßten Dienst geben mußte, den er mir zuteilen konnte. Es gab immer irgendeinen verhaßten Dienst in der Armee.

»Offensichtlich hast du zuviel Freizeit, Decius. Du brauchst etwas, was dich beschäftigt und dich gleichzeitig an die für das Soldatenleben nötige Disziplin erinnert. Von heute an wirst du dich täglich bei Sonnenaufgang beim Kampflehrer dieser Legion melden und dich im Umgang mit den Waffen üben. Du wirst diese Übungen nur für die Offiziersappelle unterbrechen, bei denen du dich im Hintergrund und deinen Mund halten wirst. Nachmittags kannst du dich dann wieder deinen Sekretärspflichten widmen. Und nachts ... nun, es wird sich schon etwas finden, was du nachts tun kannst – etwas, bei dem du absolut nichts mit den Wachposten zu tun hast.«

Er wollte mich also demütigen. Es hätte schlimmer kommen können.

»Es mag dir so vorkommen, als würde ich dir gegenüber eine nicht zu rechtfertigende Milde walten lassen. Das liegt einzig und allein daran, daß auch ich Vinius' Behandlung dieses Contuberniums für unklug halte. Wie dem auch sei, er kennt die Männer, er kennt die Legion, und du kennst sie nicht. Wenn er an ihnen ein Exempel statuieren will, ist das zum Beginn eines Feldzuges nicht unvernünftig. Dann wissen die anderen Männer genau, was sie zu erwarten haben. Vinius gegenüber habe ich derartige Zweifel indes nie geäußert, und wenn ein General es für unnötig hält, einen Centurio wegen der Maßnahmen zu tadeln, mit denen dieser seine Männer diszipliniert, so ist es gewiß nicht die Aufgabe eines neu eingetroffenen Offiziers der Kavallerie, dessen Anweisungen zu unterlaufen. Ich bin es nicht gewohnt, mich gegenüber Untergebenen zu erklären, Decius, und ich hoffe, daß du dieses außergewöhnliche Privileg zu schätzen weißt.«

»Gewiß, Caesar!« sagte ich eifrig.

»Ich tue das nur, weil du trotz deiner zahlreichen dümmlichen Aktionen ein intelligenter Mann bist. Was deine Ala betrifft, werde ich dir das Kommando bis auf weiteres überlassen, doch bis ich etwas anderes anordne, wirst du mit ihnen nur zur Parade ausreiten. Das Kommando bei einem Schlachteinsatz ist für dich momentan eine viel zu würdevolle und ernste Aufgabe. In der Zwischenzeit wird Lovernius in der Lage sein, seine Männer zu führen. Das wäre dann alles, Decius. Melde dich jetzt bei deinem Lehrer, einem der Legionärsausbilder, nicht bloß ein Schwertkampflehrer. Ich möchte, daß du dein Gefühl für das Pilum und das Scutum zurückgewinnst.«

Ich zuckte innerlich zusammen, wohl wissend, was mir bevorstand. »Wie du befiehlst«, sagte ich, salutierte, machte auf dem Absatz kehrt und marschierte von dannen. Ich war ziemlich unzufrieden, doch das war ihm egal. Ich wollte mit ihm über Vinius' Maßnahmen und meine Vorbehalte gegen den Mann selbst sprechen, doch Caesar war ganz offensichtlich nicht daran interessiert. Mir fiel auf, daß Vinius die Aufmerksamkeit von seinem fragwürdigen Verhalten abgelenkt hatte, indem er diese Sache als persönliches Duell zweier willensstarker Charaktere dargestellt hatte. Ich wußte jetzt, daß ich mir einen weit gefährlicheren Feind gemacht hatte als vermutet. Ich hatte geglaubt, daß es mir nicht mehr passieren könnte, einen Mann wegen seiner niedrigen Herkunft oder seiner ungehobelten Manieren zu unterschätzen, doch wie so oft hatte ich mich wieder einmal in mir selbst getäuscht.

Hermes war überrascht, mich auf dem Exerzierfeld zwischen dem Legionärslager und dem der Hilfstruppen auftauchen zu sehen. Er war noch viel überraschter, als ich mich zum Waffentraining meldete. Die jungen Rekruten starrten mit offenem Mund auf den ungewöhnlichen Anblick, den ich zweifelsohne bot, bis ihre Ausbilder sie anfuhren, sie sollten mit ihren Übungen fortfahren, und das monotone Geschepper von Übungsschwertern gegen Schilde wieder anhob.

»Du hast so etwas doch bestimmt schon mal gemacht, Hauptmann«, sagte der Ausbilder am Speer, »also weißt du, wie so ein Drill abläuft. Du kannst dich eine Weile mit den Wurfspeeren aufwärmen und dann mit dem Pilum anfangen. Schilde gibt es dort drüben.«

Meine Schulter zuckte in böser Vorahnung dessen, was da kommen sollte. Das Schleudern eines Wurfspeeres ist eine recht angenehme Disziplin, in der ich durchaus zu glänzen wußte. Natürlich ist es ein erheblicher Unterschied, ob man die Dinger ohne Schild und gewandet in einer Tunika auf dem Marsfeld wirft, oder ob man dieselbe Übung in Rüstung und mit einem Legionärsscutum in der linken Hand absolviert.

Ein Scutum ist etwas anderes als der leichte, flache und schmale Schild der Kavallerie, der auch Clipeus genannt wird. Das Scutum bedeckt einen Mann vom Kinn bis zu den Knöcheln und ist etwa so dick wie eine Hand. Es ist oval und aus drei dünnen Holzschichten gemacht, die unter heißem Dampf verklebt und gebogen werden, so daß sich der Schild an den Körper anschmiegt. Die Vorderseite wird mit Bullenfell, die Rückseite mit dickem Filz bespannt, und das Ganze ist von einem Rand aus Bronze eingefaßt. Der lange spindelförmige Buckel ist mit einer Bronzeschicht überzogen und in der Mitte zu einer Mulde mit einem Griff ausgehöhlt, an dem man das unförmige Gerät mit einer Hand packen und halten muß.

In Wahrheit ist das Scutum nicht so sehr ein Schild als vielmehr eine tragbare Wand, die eine Reihe voranschreitender Soldaten zu einer vorrückenden Festung macht. In der berühmten »Schildkröten«-Formation ist eine Einheit, auf allen Seiten und von oben durch Scuta geschützt, gegen alles unverwundbar, was kleiner ist als ein von einem Katapult abgeschossener Felsbrocken.

Normalerweise muß ein Scutum kaum bewegt werden, weil es fast den ganzen Körper bedeckt. Im Nahkampf muß man es nur gelegentlich ein paar Zentimeter anheben, um einen Stoß auf den Kopf abzuwehren. Wenn man jedoch gleichzeitig einen Wurfspeer schleudern will, muß man es, um das Gleichgewicht zu halten, hochreißen, was einen enormen Druck auf das linke Handgelenk und die Schulter zur Folge hat. Im Verlauf einer Schlacht ergab sich diese Situation höchstens ein paarmal, aber in der Ausbildung übte man sie wieder und wieder, und an diesem Morgen war das nicht anders.

Wurfspeere sind etwa 1, 20 Meter lange, leichtgewichtige Waffen, die die Widerstandskraft eines Feindes brechen sollen, bevor die Schlachtreihen aufeinanderprallen. Anders das Pilum. Es ist etwa mannshoch, aus Esche oder einem anderen festen Holz gemacht und bis zum Gleichgewichtspunkt so dick wie ein Handgelenk, bevor es zu der Dicke und Länge eines Unterarmes anschwillt. Der Rest besteht aus einem Eisenstiel, der in einem kleinen, mit Widerhaken besetzten Kopf endet. Verglichen mit einem Wurfspeer verfügt es über die Flugeigenschaften eines angespitzten Baumstamms.

Waffenbastler denken sich ständig irgendwelche Verbesserungen des Pilums aus, wobei es vor allem darum geht, es dem Feind zu erschweren, den Speer zurückzuschleudern, ein Risiko, das jeder Wurfwaffe innewohnt. Marius ließ den Eisenkopf in einem Schlitz in dem Holzschaft befestigen, wobei die eine Nietung aus Eisen, die andere aus Holz war, damit der Holzpflock durch den Aufprall abbrach, und der Stiel auf dem Eisenstift rotierte, was die Wiederverwendung des Speers verhindern sollte. Caesar hingegen veränderte nur die Spitze, so daß sich der vergleichsweise weiche Schaft beim Aufprall verbog, eine Maßnahme, die ihn bei den Waffenschmieden ungeheuer populär gemacht haben muß, weil die die Speere anschließend wieder geradebiegen mußten.

Natürlich waren die Pila, die zu Ausbildungszwecken benutzt wurden, ungleich haltbarer. Das Ziel war eine mannshohe, knapp zwanzig Meter entfernt stehende Strohpuppe. Weiter wird ein Pilum nie geschleudert. Das liegt vor allem daran, daß es kaum einen lebenden Menschen gibt, der es überhaupt weiter schleudern könnte. Die meisten Centurionen wiesen ihre Männer an, bis auf gut drei Meter an den Feind heranzukommen, bevor sie das Pilum warfen. So konnte man das Ziel kaum verfehlen, und die Wirkung war verheerend.

Der Zweck eines Pilums war es weniger, den Feind zu töten, als ihn vielmehr seines Schildes zu berauben. Wenn sich ein schwerer Speer in einen Schild bohrt und es verbiegt, ist es für den Krieger nahezu wertlos. Die allgemein vermittelte Technik sieht daher vor, daß man zunächst mit dem Pilum den Schild des Feindes festnagelt, dann das Gladius zieht, auf den Gegner zutritt, dem Stiel des Pilums einen Tritt gibt, um den unglückseligen Gegner seiner Deckung zu berauben und dann zuzustechen. Die meisten Barbaren sind zu faul, schwere Schilde römischer Machart mit sich herumzuschleppen, so daß das Pilum ihre Leichtbauschilde oft durchbohrt und die Träger aufspießt. Dann bleibt einem nichts anderes übrig, als sich einen anderen Barbaren zum Niederstechen zu suchen. Manchmal versuchen die Barbaren den ersten Geschoßhagel zu überstehen, indem sie sich unter mehreren Schichten von Schilden zusammenkauern, was jedoch meist zur Folge hat, daß alle ihre Schilde aneinandergenagelt werden: zuletzt stehen alle schutzlos.

Kurzum, obwohl dem Schwert immer alle Ehre zuteil wird, ist das Pilum unsere eigentliche Wunderwaffe.

Der Drill an einem Pilum war immer dergleiche: Vortreten, den Speer über die Schulter heben, wenn man die Wurfdistanz erreicht hat, einen langen Ausfallschritt, das Pilum zurück- und das Scutum hochreißen. Um einen massiven Speer fast zwanzig Meter weit zu schleudern, muß man die Kraft des ganzen Körpers einsetzen, und man spürt die Belastung vom Handgelenk bis in den linken Knöchel. Und im Drill geht das stundenlang so, während der Ausbilder einen mit unglaublich witzigen Bemerkungen anfeuert.

»Das war noch nicht so gut, Herr, aber zumindest mußt du nicht so weit laufen, um es wiederzuholen, was?« Oder: »Ich glaube, dieses Mal hast du ihn richtig erschreckt, aber wie ich höre, erschrecken die Germanen nicht so leicht, also muß das noch besser werden.« Oder: »Ist doch ein bißchen was anderes, als Reden auf dem Forum zu halten, was, Hauptmann? Vielleicht probierst du beim nächsten Mal noch, nicht deinen eigenen Fuß anzunageln.« Oder: »Was hast du denn in deiner letzten Legion getan, Herr? Hattest du einen Sklaven, der für dich deine Zahnstocher geschultert hat?« Wenigstens war er zu den Rekruten noch unflätiger.

Als ich den Tod durch Erschöpfung schon heftig herbeisehnte, war es Zeit für die Schwertübungen.

»Dort ist dein Feind«, sagte der Exgladiator und wies auf einen mit Stroh umwickelten Pfahl. »Töte ihn! Im Gegensatz zu Hermes hast du doch in einer Ludus trainiert, also solltest du diese Barbaren ohne viel Aufwand niederstrecken können. Ich werde es dir ein wenig erleichtern, indem ich dir einen Zielpunkt aufmale.« Mit einem Stück Holzkohle markierte er etwa in Gurgelhöhe einen Punkt, der nicht breiter war als die Kuppe meines kleinen Fingers. »Da. Den kann man doch praktisch gar nicht verfehlen, oder? Und jetzt auf die Gurgel, stoß zu!« Das letzte Wort knallte wie der Bogen einer Ballista, die angetrieben von einem gewundenen Seil ein eisernes Geschoß abfeuerte.

Wenn ich mir Arm und Schulter nicht schon beim Schleudern des Pilums völlig ruiniert gehabt hätte, hätte ich es wahrscheinlich schaffen können. Doch so war ich kaum in der Lage, mein Schwert so weit zu heben, daß ich überhaupt zustoßen konnte. Die Spitze meines Schwertes trudelte schlingernd durch die Luft wie eine kranke Fliege und landete schließlich etwa fünfzehn Zentimeter neben und zwanzig Zentimeter unter dem angepeilten Ziel.

Der Schwertmeister stützte sein Kinn in die Hand und gluckste, zum größten Vergnügen einer Ansammlung von herumlungernden Müßiggängern, von denen es für ein gut organisiertes Armeelager deutlich zu viele gab.

»Herr, ich glaube, ich erkenne einen elementaren Fehler in deiner Technik. Soll ich es dir erklären? Ja? Also, zunächst einmal ist es wichtig, schnell zuzustoßen. Denn wenn dein Schwertarm erst vor dem Schild ist, ist er völlig ungeschützt. Deswegen tragen wir Gladiatoren Manica, wenn wir in der Arena kämpfen.« Das waren die schweren Leder- und Bronzebänder, die Gladiatoren zum Schutz ihres Schwertarms um den Unterarm wickelten. »Deine Spitze sollte hervorschnellen, zustechen und wieder hinter dem Schild verschwunden sein, bevor der Feind überhaupt etwas gemerkt hat.

Doch genau das hast du eben nicht gemacht. So lange wie du gebraucht hast, deinen Stoß anzusetzen und dein Ziel zu verfehlen, hatte dein Barbar nicht nur reichlich Zeit, dir den Arm abzuhacken, sondern es sind auch noch ein paar seiner Freunde vorbeigeschlendert, um sich ebenfalls zu versuchen. Laß uns das Ganze noch einmal probieren, und versuch diesmal, nicht einen völligen Trottel aus dir zu machen, ja?«

Ich war, wenn ich das unbescheiden feststellen darf, ein guter Schwertkämpfer, jedoch aus der Übung und von dem Drill am Pilum schrecklich ermattet. Außerdem hatte ich in der letzten Nacht nicht geschlafen. All das zusammen ließ mich aussehen wie ein absoluter Anfänger. Man muß sich vergegenwärtigen, daß ich all diesen Ertüchtigungen in voller

Legionärsausrüstung nachging: Helm, Kettenhemd, Scutum, bronzener Hüftpanzer und so weiter, zusammen bestimmt gut vierzig Pfund schwer.

Um die Wahrheit zu sagen, sind die meisten römischen Legionäre bestenfalls leidliche Schwertkämpfer. Ein Soldat hat eine große Bandbreite von Pflichten zu erfüllen und diverse Waffen zu beherrschen, so daß der Schwertkampf nur einen geringen Teil seiner Ausbildung in Anspruch nahm. Schlachten werden durch Menschenmassen in enger Formation gewonnen, die zum richtigen Zeitpunkt an der richtigen Stelle maximalen Druck auf die feindlichen Linien ausüben. Nahkampf der homerischen Art kommt nur relativ selten vor, das Gladius wird weit häufiger benutzt, einem bereits verwundeten Feind den Rest zu geben, als im offenen Duell mit einem ebenfalls mit einem Schwert bewaffneten Gegner zu kämpfen.

Gladiatoren hingegen tun den ganzen Tag nichts anderes, als den Nahkampf zu üben. Sie müssen keine Zelte aufschlagen, Gruben ausheben, Wache stehen oder eine der hundert anderen Pflichten eines Soldaten erfüllen. Deswegen waren die besten unter ihnen veritable Künstler mit dem Schwert, und dieser Lehrer würde sich erst zufrieden geben mit einem Grad an Perfektion, der dem seinen nur unwesentlich nachstand.

Und so schleppte sich der endlose Vormittag dahin, bis ich mir vorkam wie eine Wachspuppe, die langsam in der Hitze schmolz. Auch einem Großteil meines Publikums war das mitleiderregende Spektakel langweilig geworden, und sie hatten sich auf die Suche nach einer anderen Ablenkung begeben. Als der Lehrer meinen Qualen schließlich ein Ende bereitete, ließ ich den Schild fallen, steckte das Schwert in die Scheide und zog meinen Helm ab, woraufhin eine Dampfwolke in die kühle Luft aufstieg wie Rauch über einem Altar.

Als ich hinter mir ein mädchenhaftes Kichern vernahm, drehte ich mich um. Schweiß rann mir über das Gesicht, so daß ich zuerst gar nichts erkannte. Ich wischte ihn weg und sah Freda, die mich beobachtete. Neben ihr stand der häßliche kleine Sklave Molon.

»Es ist uralte Sitte«, sagte ich, »die Brutalität von Rekrutenausbildern zu ertragen, die das Recht haben, ihre Schüler ungeachtet ihres Ranges zu tadeln. Unverschämtheit von Sklaven hingegen wird ungleich seltener toleriert. Du solltest deine privilegierte Stellung als persönlicher Besitz des Ersten Speeres nicht überschätzen.«

»Kein Grund zur Bescheidenheit, Senator«, erwiderte der erbärmliche Molon. »Bald wirst du es mit deinem Sklavenjungen aufnehmen können.« Er wies auf Hermes, der die germanische Sklavin verliebt anstarrte und die Demütigung seines Herren komplett ignorierte. Ich hätte Molon umgebracht, wenn ich es geschafft hätte, mein Schwert zu heben.

»Und was gibt dir das Recht, in diesem Ton mit einem Senator zu sprechen?«

»Nach allem, was ich höre, gibt es sechshundert von deiner Sorte, und nicht viele taugen etwas.«

Das war leider verdammt wahr. »Aber ich bin eine Ausnahme.« Was für ein Lügner ich war. Ich hoffte, das germanische Mädchen wäre beeindruckt, obwohl ich es für unwahrscheinlich hielt, daß sie wußte, was ein Senator war.

Der Zwerg runzelte seine mißgestalteten Brauen. »Wirklich? Aus einer großen Familie?«

»Willst du vielleicht behaupten, daß dir das Gens Caecilia kein Begriff ist?«

Er zuckte mit seinen buckligen Schultern. »Ich bin nie in Rom gewesen. Aber wenn ich darüber nachdenke, hat es mal einen Caecilius oder auch zwei gegeben, die hier in Gallien zuständig waren.«

»Da! Siehst du?« Es mag merkwürdig erscheinen, daß ich in meinem eigenen Schweiß ertrinkend dastand und mit einem grotesk aussehenden und unverschämten Sklaven müßig schwatzte. Ich kann nur entgegnen, daß ich mich in meiner Lage ein wenig vom Pfad strikter Vernunft und geistiger Ausgeglichenheit entfernt hatte und mir selbst diese seltsame Ablenkung willkommen war. Das, und die Anwesenheit des germanischen Mädchens.

»Römer«, sagte sie, als ob wir etwas ungeheuer Belustigendes, völlig Unbegreifliches und leicht Geschmackloses wären. Zu meiner Enttäuschung wandte sie sich ab und schlenderte davon, zweifelsohne, um auf ihrem Weg zahllose Erektionen hervorzurufen. Molon blieb, wo er war. Er sah sich um und kam dann noch einen Schritt näher auf mich zu.

»Senator, du brauchst nicht zufällig einen neuen Sklaven?«

Ich war perplex. »Du meinst Freda? Ich bezweifle, daß ich sie mir leisten könnte, und Vinius würde sie mir bestimmt nicht verkaufen!«

»Nicht sie, mich! Könntest du es in Erwägung ziehen, mich zu kaufen?«

»Warum, um alles in der Welt, sollte ich das tun? Hermes macht mir schon genug Kummer.«

Er nickte und nahm einen gerissenen Gesichtsausdruck an. »Einfach so. Ich kann für dich auf ihn aufpassen, ihn schlagen, wenn er stiehlt und dergleichen. Du siehst aus wie ein Herr, der zu weichherzig ist, einen Sklaven zu schlagen.«

»Ich kann verstehen, daß mich das für dich attraktiv macht. Aber warum sollte ich dich kaufen wollen?«

»Ich kenne dieses Land, Senator. Ich kenne das Land und alle Stämme, ich spreche ihre Sprache. Ich genieße bei den Einheimischen hohes Ansehen, Herr.«

»Ich habe gesehen, wie hoch das Ansehen war, das du bei den germanischen Gesandten genossen hast. Und wenn du so wertvoll bist, warum sollte sich Vinius da von dir trennen?«

»Nun, Senator, mein Herr hat Pläne, in denen für mich kein Platz ist. Ich denke, er würde mich billig verkaufen. Wenn du nicht direkt mit ihm feilschen willst, kannst du ja einen Mittler einsetzen.«

»Nun hör mir mal gut zu, kleiner Mann. Du täuschst mich nicht. Ich habe jede lateinische und griechische Komödie gesehen, die je geschrieben wurde, und ich weiß, daß Sklaven, die so häßlich sind wie du, ständig Ränke schmieden.«

Er grinste verschlagen. Andererseits konnte er gar nicht anders aussehen als verschlagen. »Denk einfach darüber nach, Senator.« Er drehte sich um und torkelte davon.

»Du willst ihn doch nicht etwa kaufen?« fragte Hermes entsetzt.

»Vielleicht doch«, warnte ich ihn, »wenn du dich nicht nützlicher anstellst.«

An jenem Abend saß ich nach Beendigung meiner Arbeit an Caesars Berichten in meinem Klappstuhl und dachte lange über die Sache nach, während ich ein frugales Mahl zu mir nahm, genießbarer gemacht durch ein wenig stark gewässerten lokalen Wein.

Glaubte Molon ernsthaft, daß ich ihn kaufen würde? Und wenn ja, warum? Es war leicht vorstellbar, warum er nicht der Sklave eines Mannes wie Titus Vinius sein wollte. Wenn der Mann schon seine Soldaten derart brutal behandelte, wie mußte da erst ein Leben als sein Sklave sein? Doch erwartete er allen Ernstes, daß Vinius ein Angebot meinerseits überhaupt anhören würde?

Es gab natürlich auch eine naheliegende Deutung: Vinius hatte ihn geschickt, weil er einen Spion auf mich ansetzen wollte. Derlei Gedankengängen habe ich mich stets verschlossen. Ich habe zu viele Männer so lange über subversive

Pläne des Feindes grübeln sehen, bis sie überall nur noch Intrigen, Spione und Verschwörungen sahen.

Andererseits bestand der typisch römische Alltag tatsächlich aus Intrigen, Spionen und Verschwörungen. Man erwartete bloß nicht, etwas so Raffiniertes und Finsteres in einem Legionärslager anzutreffen.

Und was hatte er mit Vinius' Plänen gemeint, in denen kein Platz für ihn war? Ich nahm an, daß ein Mann wie Vinius dem höchstwahrscheinlich unverkäuflichen Molon einfach einen Knüppel über den Kopf ziehen und ihn in einem Graben liegenlassen würde, wenn er keine Verwendung mehr für ihn hatte. Wahrscheinlich war das Ganze bloß Geschwafel, um mich von seinem eigentlichen Vorhaben abzulenken. Diese Praxis ist nämlich keineswegs auf Reden vor den Volksversammlungen beschränkt.

Vor allem jedoch fragte ich mich, wie ich an Freda herankommen könnte, und diese Frage beherrschte alle meine Gedanken. Ich war damals etwa zweiunddreißig Jahre alt und hätte solchen jünglingshaften Leidenschaften längst entwachsen sein sollen, doch es gibt Dinge, denen man nie wirklich entwächst. Daß eine komplette, in der Schlacht abgehärtete Legion meinen Zustand zu teilen schien, linderte die Peinlichkeit meiner Situation ein wenig. Aber nicht viel.

VI

»Wach auf!« zischte jemand. Ich blinzelte verschlafen. Im Zelt war es pechschwarz.

»Hermes, bist du das?« fragte ich. Dann hörte ich, daß Hermes seelenruhig neben mir schnarchte.

»Vergiß deinen Sklaven«, sagte die Stimme drängend. »Der Prokonsul befiehlt, daß du dich unverzüglich und ohne jedes Aufsehen bei ihm meldest!«

»Wer ist da? Gib dich zu erkennen!« Wir hätten uns genausogut im tiefsten Schacht einer Mine unterhalten können.

»Ich bin Publius Aurelius Cotta«, sagte er. Ein Jüngelchen von einem Tribun, Träger eines uralten Namens, dem er seiner Nervosität nach zu urteilen wenig Ehre machen würde.

»Worum geht's denn?« verlangte ich zu wissen, während ich mich auf meiner Pritsche aufrichtete und nach meinen Stiefeln tastete.

»Etwas Wichtiges«, sagte er, einen klaren Blick für das Naheliegende beweisend.

»Ich nehme an, du hast keine Lampe mitgebracht? Ich kann meine Ausrüstung nicht finden.«

»Vergiß sie«, sagte er. »Befehl von Caesar.«

Es mußte etwas wirklich Dramatisches sein. Caesar hatte die harte Bestrafung jedes Rekruten angedroht, der auch nur ohne Helm im Lager erwischt wurde. Ich fand immerhin meinen Schwertgürtel und legte ihn an. Mit ausgestreckten Händen tastete ich nach dem Zelteingang und taumelte ins Freie. Cotta faßte meinen Arm und stützte mich, während ich nur das schwache Glimmen der entfernten Wachfeuer erkennen konnte.

»Ich habe gar keinen Alarm gehört«, sagte ich. »Ich nehme doch an, wir werden angegriffen. Wenn Caesar von mir verlangt, daß ich noch mehr von seinen verdammten Berichten an den Senat kopiere, werde ich desertieren.«

»Ich vermute, es ist schon ein wenig wichtiger«, sagte Cotta, um eine Aura aristokratischer Lässigkeit bemüht. Er würde wohl noch ein paar Jahre brauchen, bis sie überzeugend wirkte.

»Worum geht es dann?«

»Das darf ich dir nicht sagen. Er hat mir sogar befohlen, dich möglichst leise zu wecken.«

»Er will wohl nicht, daß die Soldaten etwas merken, wie? Muß sich ja um eine überdurchschnittlich schändliche Angelegenheit handeln. Wahrscheinlich hat er vergessen, Wachen aufzustellen, und die Gallier haben sich eingeschlichen und das Lager übernommen, und jetzt will er, daß ich es wieder in Ordnung ...« Ich stolperte über eine Zeltleine und landete auf der Nase. Danach beschränkte ich mich auf das Murmeln von Flüchen und Verwünschungen. Cotta schien der relativen Stille dankbar zu sein.

Die Einfriedung des Praetoriums erstrahlte in ungewohntem Fackelschein; beim Stabstisch stand eine Gruppe von Offizieren, in wollene Umhänge gehüllt und mit Mienen, die so verdrießlich waren, wie ich mich fühlte. Ich erkannte Labienus, Caesars Legatus, Paterculus, den Praefekten des Lagers und andere, die mir weniger gut bekannt waren. Auch Carbo war anwesend und neben ihm ein Gallier. Der Mann war kleiner als die meisten anderen und trug eine dunkle Tunika und Hosen. Seine Arme und sein Gesicht waren mit dunkler Farbe beschmiert.

»Ist das Metellus?« fragte Caesar, sich unter dem Eingang seines Zeltes duckend. »Gut, dann laßt uns gehen.«

»Außerhalb des Lagers könnten uns gallische Eindringlinge auflauern«, sagte einer der Offiziere.

»Na und?« sagte Caesar. »Sind wir nicht alle gut bewaffnet? Kommt, meine Herren. Dies ist eine ernste Angelegenheit, und ich möchte, daß sie mit allergrößter Behutsamkeit und Diskretion behandelt wird.«

Wir marschierten geschlossen hinter Caesar her. Mir brannten etliche Fragen auf der Seele, aber ich hütete meine Zunge. Wir stapften in nördlicher Richtung los und verließen das Lager durch die Porta decumana im Nordwall. Die Torwache starrte uns entgeistert an, doch Caesar gab den strikten Befehl, den Mund zu halten, und drohte jedem bei Zuwiderhandlung mit dem Tode. Er klang, als ob er es ernst meinte. Die Portale in einem Wall sind keine echten Tore mit Riegeln, sondern vielmehr Überhänge im Lagerwall. Es gibt diverse Arten, solche Tore einzurichten, aber alle bieten die Möglichkeit, den Feind beim Passieren von oben und von beiden Seiten unter Feuer zu nehmen.

Als wir das Lager verlassen hatten, übernahm der Gallier die Führung. Er stürmte gebückt voran, als habe er Augen in den Zehen, und sah aus, als wolle er jeden Moment losrennen. Er erinnerte mich an einen Jagdhund, der an der Leine zerrt.

Der Gedanke, die sichere Umgebung des Lagers zu verlassen, gefiel mir gar nicht. Selbst mit dem großen Damm, der sich irgendwo da draußen befand, gaben wir ein leichtes Ziel für eine berittene Barbarenbande ab. Selbst ein einzelner ehrsüchtiger Krieger hätte problemlos einen oder zwei von uns niederstrecken können, bevor die anderen reagieren konnten. Die Römer haben Kämpfe bei Nacht stets verabscheut, und das aus gutem Grunde.

Soweit ich es beurteilen konnte, bewegten wir uns in nördlicher Richtung auf den See zu. Bald begann der matschige Boden unter meinen Stiefeln zu quatschen, und ich wußte, daß wir uns in der Nähe des Ufers befinden mußten. Dies war das Sumpfgebiet, das Carbo auf Anweisung Caesars gegen gallische Eindringlinge schützen sollte. Vor uns hörte ich ein Gemurmel, und dann passierten wir einen Halbkreis leicht bewaffneter Auxilia.

»Das ist die Stelle«, sagte Carbo. Wir standen am Wasser. Man hörte es leise ans Ufer schlagen, und auf der Oberfläche glitzerte der Widerschein der Sterne. Es roch feucht und modrig wie überall, wo Wasser und Land aufeinandertreffen.

Warum waren wir mitten in der Nacht an diesen See gegangen?

»Man sieht gar nichts«, bemerkte Caesar. »Jemand soll ein Feuer in Gang bringen und ein paar Fackeln anzünden.«

»Dann können uns die Gallier meilenweit sehen«, merkte Labienus an.

»Laß sie kommen!« erwiderte Caesar unwirsch. Offenbar gefiel es ihm genausowenig wie mir, zu einer solchen Stunde geweckt zu werden. Man hörte ein Geräusch wie das Zirpen von Grillen. Das waren die Auxilia. Jeder der Männer hatte die Utensilien ausgepackt, die er zum Entzünden eines Feuers bei sich trug, und sie unterbrachen die Monotonie ihrer langen Nachtwache durch einen Wettbewerb, wer von ihnen mittels eines Feuersteins und eines Eisens als erster ein Feuer in Gang brachte.

»Ha!« rief einer der Männer mit der Befriedigung eines Menschen aus, der gerade Geld von seinen Kollegen gewonnen hat. Einem knienden Gallier war es gelungen, mit einem Funken ein wenig Brennholz zu entzünden, das er auf seinem Schild ausgebreitet hatte. Vorsichtig blies er in die Glut, bis eine Flamme auflöderte. Jemand hielt eine Fackel ins Feuer, und bald hatten wir ein einigermaßen annehmbares Licht.

»Bringt die Fackeln hierher!« befahl Caesar. Er stand am Wasser, und jetzt konnte ich erkennen, daß irgend etwas unweit des Ufers im See trieb. Ich war sicher, daß es sich um einen Menschen handelte. Was sollte uns sonst zu dieser Stunde hierherlocken? Aber wer war es?

»Der Gallier hatte recht«, sagte Labienus. »Muß Augen haben wie eine Nachteule, um ihn in der Dunkelheit zu erkennen.«

»Zieht ihn aus dem Wasser«, sagte Caesar. »Decius Caecilius, komm zu mir.«

Ich trat neben ihn, während zwei Männer der Hilfstruppen ins Wasser wateten, um die Leiche zu bergen. Es waren Gallier, und der römische Ekel im Umgang mit Toten ging ihnen ab. Kopfjäger dürfen nicht allzu pingelig sein.

»Prokonsul?« sagte ich.

»Decius, mir ist wieder eingefallen, warum ich dich in meiner Nähe haben wollte. Es war für Umstände wie diesen.«

Die Leiche war jetzt aus dem Wasser gezerrt und lag auf dem Rücken am Ufer. Zwei Gallier hielten ihre Fackeln hoch, damit wir den Toten eingehend betrachten konnten. Seine Gesichtszüge waren leicht angeschwollen, offenkundige Anzeichen einer Erdrosselung mit der Schlinge, die deutlich sichtbar um seinen Hals lag. Trotzdem konnte man ihn noch erkennen.

Es war Titus Vinius. Erster Speer der Zehnten Legion.

Ich richtete mich auf. »Also gut, ich beteilige mich an dem Beerdigungsfonds, obwohl ich wette, daß man in diesen Breiten keine professionellen Klageweiber mieten kann.«

»Versuche nicht, mich zu provozieren, Decius!« fuhr mich Caesar an. »Dies ist ein mehr als gravierender Verlust für die Legion. Die Stimmung der Männer ist ohnehin schon gedrückt genug, und jetzt wurde auch noch der Erste Speer ermordet! Das könnte katastrophale Folgen haben!«

»Ich glaube eher, daß es die Moral der Truppe enorm hebt.«

»Laß deine albernen Witze. Ich will, daß der Mörder gefunden wird, damit er unverzüglich hingerichtet werden kann.«

»Wie kommst du darauf, daß es Mord war?« fragte ich. »Und was hat er überhaupt hier draußen gemacht? Wenn der Schwachkopf hier alleine rumgerannt ist, hat ihm wahrscheinlich ein Gallier aufgelauert und ihn getötet. Das war kein Mord, sondern die Tat eines Feindes.«

Caesar seufzte. »Decius Caecilius. Ich dachte, solche Geschichten wären deine Spezialität. Selbst mir, dem es an deinem einzigartigen Talent mangelt, ist aufgefallen, daß Titus Vinius' Kopf noch immer auf seinem Hals sitzt.«

»Das ist fürwahr ungewöhnlich, doch noch längst kein zwingender Beweis. Möglicherweise ...« Ich wurde unterbrochen, was mir nicht unwillkommen war, da ich keine überzeugende Antwort parat hatte.

»Caesar«, sagte Paterculus, »darf ich offen sprechen?« Er war ein graubärtiger Haudegen mit einem wettergegerbten Gesicht.

»Bitte, nur zu.«

»Du brauchst diesen ... diesen Philosphen nicht, um herauszufinden, wer Titus Vinius getötet hat. Es müssen die Männer seiner eigenen Centurie gewesen sein. Sie haben ihn alle gehaßt.«

»Gewiß«, sagte ich, weil mir die Richtung nicht gefiel, in die seine Andeutung wies. Sobald ich Titus Vinius' totes Antlitz gesehen hatte, war mir klar, wer die am dringendsten Verdächtigen waren. »Sie haben ihn einfach mitten in der Nacht auf einen Spaziergang am See eingeladen, unbewaffnet. Er ist ihrer Bitte mit der rauhen Herzlichkeit nachgekommen, für die er überall berühmt war.«

»Red keinen Unsinn«, sagte Paterculus. »Sie haben ihn im Lager oder auf dem Wall getötet und dann hierher geschleift.«

»Und das haben sie zuwege gebracht, ohne daß es jemand bemerkt hat?« wollte ich wissen.

»Nichts leichter als das. Die Erste Centurie hatte heute die Nachtwache am Nordwall.«

»Achtzig Mann können nie im Leben eine Verschwörung geheimhalten.«

»Es war ja auch nicht die ganze Centurie«, erwiderte Paterculus. »Nur das eine Contubernium, das ihm so viel Ärger gemacht hat. Dieser Junge ... wie heißt er noch? Burrus?

Überlaßt ihn mir für eine Stunde, dann quetsche ich die ganze Geschichte aus ihm heraus.«

Die Sache wurde immer ominöser. »Caesar«, drängte ich, »wenn der Tod des Ersten Speers schon ein Schlag ist, welche Auswirkung würde dies erst auf die Zehnte haben? Wenn Männer der Legion ihren eigenen Centurio ermordet haben sollten, könnte das weit schlimmere Folgen haben als die bloße Untergrabung der allgemeinen Moral. Es könnte Nachahmer inspirieren.«

Caesar stand eine Weile in stumme Gedanken versunken. Dann sprach er mit leiser, aber für jeden von uns vernehmbarer Stimme.

»Was du sagst, ist nur zu wahr. Decius, ich ernenne dich zum ermittelnden Offizier. Wenn dieser Mord nicht von Männern der Ersten Centurie der Ersten Kohorte begangen wurde, mußt du herausfinden, wer es getan hat, und zwar schnell. Hiermit entbinde ich dich von sämtlichen anderen Pflichten. In der Zwischenzeit muß ich gewisse disziplinarische Maßnahmen treffen.«

»Habe ich deine Vollmacht, jeden zu befragen, den zu befragen ich für notwendig erachte, Legionär oder Offizier, Freier oder Sklave, Bürger oder Barbar?«

»Dies ist meine Provinz, und du hast meine Vollmacht als Prokonsul von Gallien und Illyrien, jedes menschliche Wesen innerhalb der Grenzen meines Imperiums zu befragen, solange du deine Ermittlungen mit äußerster Diskretion betreibst.«

»Nein, Caesar«, entgegnete ich. Die gemurmelten Gespräche um uns herum erstarben.

»Was?« sagte Caesar, als traue er seinen Ohren nicht.

»Ich werde diese Ermittlungen durchführen, doch ich kann mich nicht durch Verschwiegenheitsbedenken behindern lassen. Egal, wie häßlich oder schmutzig dieses Verbrechen auch sein mag, ich werde ihm auf den Grund gehen. Ich möchte nicht, daß irgend jemand denkt, daß ich aus Angst, dich zu beschämen oder zu blamieren, vor irgend etwas zurückschrecken könnte. Es ist notwendig, daß du mir vor diesen Offizieren die unumschränkte Vollmacht zur Ermittlung und gegebenenfalls auch zur Festnahme von Verdächtigen erteilst. Wenn nicht, werde ich meine Ausbildung an den Waffen fortsetzen.«

Es herrschte Totenstille, als Caesar mich mehrere Sekunden lang wütend anstarrte. Das flackernde, rotgelbe Licht der Fackeln ließ sein Antlitz geradezu furchterregend aussehen. Dann lächelte er knapp und deutete ein Kopfnicken an, so vage, daß es auch eine optische Täuschung gewesen sein könnte.

»Also gut. Ich werde dir als Insignien deiner Autorität zwei meiner Liktoren überlassen. Heute nachmittag werde ich an den Beerdigungsriten für Titus Vinius teilnehmen. Danach werde ich nach Italien aufbrechen, um meine Legionen einzusammeln. In meiner Abwesenheit wird Labienus das Kommando übernehmen. Ich möchte, daß du die Schuldigen bis zu meiner Rückkehr entlarvt hast. Wenn nicht, muß ich unangenehme, aber notwendige Schritte unternehmen, um die Ordnung und Disziplin der Zehnten Legion wiederherzustellen.«

»Caesar, möchtest du, daß meine Männer seinen Leichnam ins Lager tragen?« fragte Carbo.

»Laßt ihn bitte bis Tagesanbruch liegen«, sagte ich. »Sobald die Sonne aufgegangen ist, möchte ich die Leiche und den Tatort eingehend inspizieren.«

»Also gut«, sagte Caesar erneut. »Es ist wahrscheinlich besser, ihn nicht nächtens ins Lager zu schaffen. Die Trompeten werden ohnehin bald den Weckruf blasen, und die Soldaten stehen auf. Wenn wir ihn dann zurückbringen, können wenigstens alle sehen, was heute nacht passiert ist. Carbo, führe alle deine Männer hierher, um die Stelle zu sichern, aber halte sie in angemessener Entfernung. Auf geht's, meine Herren. Wir haben Pläne zu besprechen.« Er wandte sich zum Gehen.

»Mit deiner Erlaubnis, Prokonsul«, sagte ich, »möchte auch ich bis Tagesanbruch hierbleiben, um sicherzugehen, daß sich niemand dem Tatort nähert.«

»Wie du wünschst«, sagte Caesar und machte sich auf den Rückweg ins Lager. Carbo ging los, um seine Männer zusammenzutrommeln, und die anderen folgten Caesar. Jeder von ihnen musterte mich verwundert, keiner hatte eine Ahnung, was er von mir halten sollte. Labienus blieb noch einen Moment zurück.

»Metellus, was für ein Mensch bist du? Ich habe noch nie einen Mann gesehen, der sich derart schamlos und unverfroren aufgeführt hat. Bist du ein Held oder nur eine Art Irrer?«

»Eine Frau hat mich einmal eine männliche Harpyie genannt. Ich spüre Übeltätern nach, bis ich sie zur Strecke gebracht und ihrem verdienten Schicksal zugeführt habe.«

Er nickte. »Das klärt die Sache. Du bist ein Irrer.« Mit diesen Worten ging er davon.

Die Auxilia vertrieben sich ihre Zeit mit einem Würfelspiel im Fackellicht. »Wo ist der Mann, der die Leiche entdeckt hat?« Einer der Würfelspieler rief etwas über seine Schulter, und ein Mann trat aus dem Dunkel wie ein Stück Finsternis, das sich aus der Nacht gelöst hatte und zum Leben erwacht war.

»Erzähl mir, wie du ihn entdeckt hast«, sagte ich.

»Wir haben unsere nächtliche Suchaktion durchgeführt ...«

»Zuerst möchte ich wissen, wer du bist.«

»Ich bin Ionus von den gallischen Spähern, die der zweiten Kohorte zugeordnet sind«, begann er mit einem so schweren Akzent, daß ich ihn nur mit Mühe verstehen konnte. Die Auxilia sind nur in Kohorten, nie in Legionen organisiert. »Wir stehen unter dem Kommando von Hauptmann Carbo, kühn wie ein Löwe, schlau wie eine Schlange, männlich wie ein Wildschwein ...«

»Ja, ja, Hauptmann Carbos Tugenden sind mir bekannt. Wir sind alte Freunde. Erzähl mir einfach, wie du den Toten entdeckt hast.«

»Jeden Abend direkt nach Einbruch der Dunkelheit durchkämmen wir das Gelände nach Helvetiern, die möglicherweise durch den Sumpf vorgedrungen sind. Vom Lager aus fächern sich die leichtbewaffneten Plänkler in zwei Linien bis zu dem großen Damm zur Linken auf. Hauptmann Carbo befehligt uns von der rechten Flanke aus. Auf sein Kommando hin marschieren wir langsam bis zum See hinunter. Wir Späher gehen hundert Schritte vor den Linien. Wir sind ausgewählte Männer, die bekannt sind für ihre gute Nachtsicht und die Fähigkeit, sich lautlos zu bewegen. Mein eigener Stamm, die Volcer, ist besonders berühmt für diese Talente.«

»Ich nehme an, ihr seid auch große Viehdiebe?«

»Die allerbesten!« erklärte er mit einem stolzen Grinsen. Genau wie die Griechen Homers das Seeräubertum für die Berufung anständiger Männer und unsere Vorfahren den Raub von Frauen für völlig korrekt gehalten hatten, glaubten die Gallier, daß Viehdiebstahl ein prächtiger Sport und ein legitimes Mittel zur Mehrung des eigenen Wohlstands war.

»Und weiter? Ihr seid zu eurer allabendlichen Suchaktion aufgebrochen. Habt ihr irgendwelche Eindringlinge aufspüren können?«

»Heute nacht haben wir keine entdeckt, und das kam uns merkwürdig vor, weil wir normalerweise mindestens drei

Mann, manchmal auch ganze Scharen von ihnen aufscheuchen. Vielleicht liegt für die Helvetier auf dieser Nacht ein schlechtes Omen, so daß sie die Ausflüge lieber verschoben haben.«

»Ihr seid bis zum See vorgedrungen?«

»Ja. Dann hat Hauptmann Carbo den Spähern befohlen, die umliegenden Gewässer gründlich abzusuchen. Manchmal verstecken sich die Eindringlinge im Schilf, bis der Suchtrupp wieder abgezogen ist. Ich habe diese Speerkämpfer angeführt«, er wies auf die würfelnden Plänkler, »und wir sind hierhergekommen. Da habe ich den toten Mann entdeckt.«

»Das ist also gar nicht der See selbst?« fragte ich ihn überrascht.

»Nein, wir sind noch etwa fünfhundert Schritte vom See entfernt. Dies ist ein Teich. Davon gibt es hier jede Menge. Das Schilf bietet ein gutes Versteck. Die Plänkler hatten gerade angefangen, mit ihren Speeren in die Schilfbüschel zu stechen, als ich etwas auf dem Wasser treiben sah. Zuerst hielt ich ihn für einen toten Helvetier, der vielleicht in der Nacht zuvor verwundet worden war, sich hier im Schilf versteckt hatte und gestorben war. Seine Tunika war dunkel. Doch dann sah ich, daß er nackte Beine hatte wie die Römer.«

Die meisten Gallier tragen Hosen. Sie kämpfen häufig mit nackter Brust oder nur mit einem spärlichen Umhang über den Schultern, manche kämpfen sogar splitternackt, weihen sich ihren Göttern und sind sicher, dies sei der einzige Schutz, den sie brauchen. Nur ganz selten tragen sie Tuniken und lassen die Beine wie jeder ordentliche Soldat frei.

»Wann hast du ihn erkannt?«

»Er trieb mit dem Gesicht nach unten im Wasser. Ich bin zu ihm gewatet, um seinen Kopf als Trophäe zu nehmen, falls es sich um einen Feind handelte. Als ich jedoch sein kurzes

Haar sah, wußte ich, daß es ein Römer war. Ich habe ihn umgedreht und sein Gesicht sofort erkannt. Bei Inspektionsappellen steht er immer auf dem Podium direkt neben Caesar.«

»Du hast nicht gelogen, als du dich deiner guten Nachtsicht gerühmt hast. War sonst noch was?«

»Ich habe den Speerkämpfern gesagt, sie sollten hierbleiben und die Leiche bewachen, und bin dann losgerannt, um Carbo Bericht zu erstatten. Gemeinsam sind wir zu Caesar gegangen. Er wollte uns zuerst nicht glauben und hat nach seinem Ersten Speer schicken lassen. Nachdem der nicht gefunden werden konnte, hat er seine Offiziere rufen lassen, und ich habe euch alle hierher geführt.«

Der Rest von Carbos Männern traf ein, und ich war eine Weile damit beschäftigt, sie einen Kordon um den Tatort bilden zu lassen. Ich befahl ihnen, näher zu kommen, weil meine Hauptsorge der möglichst optimalen Absicherung des Tatorts galt, obwohl es unwahrscheinlich war, daß ich noch deutbare Indizien finden würde, nachdem so viele Menschen bereits auf der Stelle herumgetrampelt waren.

Langsam breitete sich am östlichen Horizont ein blasser Lichtstreifen aus. Unmerklich wurden nach und nach einzelne Gegenstände erkennbar. Es wurde auch deutlich, daß ich tatsächlich an einem Teich stand, der sich über etwa drei Morgen erstreckte und zur Hälfte von dichten Gräsern zugewachsen war. In der Ferne konnte ich den eigentlichen See Lemannus erkennen. Als ich mit den Lichtverhältnissen zufrieden war, trat ich zu der Leiche und kauerte mich neben sie.

Der Tod hatte Titus Vinius nicht schöner gemacht. Sein Mund war verzerrt, als hätte er um Luft gerungen, als der Tod ihn überraschte. Das Seil aus geflochtenem Leder war im Nacken zusammengebunden und hatte sich tief in seinen Hals gegraben.

Er hatte eine dunkle Tunika aus grober Wolle an, wie Sklaven sie tragen. Als es heller wurde, entdeckte ich direkt über dem Herzen eine lange schmale Schnittwunde. Ich griff in die Halsöffnung und riß das Kleidungsstück auf. Etwa fünf Zentimeter links des Brustbeins entdeckte ich einen Stichwunde, die wahrscheinlich das Herz durchbohrt hatte. Blut sah ich nicht, doch die Leiche hatte ja auch im Wasser gelegen. Außerdem würde eine Stichwunde in den Leib ohnehin nur innere Blutungen hervorrufen. Das hatte mich mein alter Freund Asklepiodes gelehrt, und ich wünschte mir sehnlichst, ihn in diesem Moment an meiner Seite zu haben. Er konnte Wunden lesen wie Jäger Tierspuren.

Ich erkannte lediglich, daß die Wunde von einem zweischneidigen Dolch herrühren mußte. Jeder Soldat in beiden Lagern trug eine solche Waffe, genau wie ich selbst auch. Es mußten also mindestens zwei Täter gewesen sein. Ich konnte mir den Tathergang lebhaft vorstellen: Ein Mann hatte von hinten die Schlinge um Vinius' Hals gelegt und fest zugezogen. Vielleicht hatte er sich heftig gewehrt, und ein Komplize hatte ihn deswegen von vorne erstochen. Vielleicht war die Schlinge auch nur dazu gedacht gewesen, das Opfer festzuhalten, damit der Messerstecher die eigentliche Hinrichtung vollstrecken konnte.

Dann erkannte ich, daß irgend etwas mit der Kopfhaut nicht stimmte. Ich kämpfte gegen meinen abergläubischen Widerwillen an und fuhr über das feuchte Haar der Leiche. Unter den dichten strohigen Locken ertastete ich eine Platzwunde. Ich konnte spüren, wie der Knochen sich unter dem Druck meiner Finger bewegte. Jemand hatte Vinius' Schädel mit einem Knüppel oder einem ähnlichen Gegenstand eingeschlagen. Also mittlerweile schon drei Mörder?

Nicht notwendigerweise. Menschen wehren sich oft heftig gegen den Tod, und bei einem Mann wie Vinius konnte man davon ausgehen, daß er nur sehr ungern gestorben war. Vielleicht hatte ihn der Würger oder der Messerstecher auf den Kopf geschlagen, um ganz sicherzugehen. Man hätte meinen sollen, das verknotete Seil hätte gereicht. Und wenn dann noch ein Rest Unsicherheit geblieben war, warum hatte man nicht noch ein paarmal auf ihn eingestochen? Männer, die gewillt sind, andere Männer zu erstechen, haben normalerweise keinerlei Hemmungen, mehrmals zuzustechen.

In meinem Kopf nahm eine Theorie Gestalt an, die mir überhaupt nicht gefiel. Sie wies geradewegs auf die Erste Centurie und besonders auf jenes spezielle Contubernium.

Die Leiche selbst ließ wenig weitere Rückschlüsse zu. Das Opfer war unbewaffnet und trug weder Börse noch Schmuck. Das hatte wenig zu bedeuten, da die Gallier ihn sämtlicher Wertsachen beraubt haben konnten. Ich hoffte noch immer auf die Gallier als mögliche Tatverdächtige, obwohl der Verbleib seines Kopfes dagegen sprach.

Ich untersuchte den Boden um die Fundstelle der Leiche, doch er war von zahllosen Nagelschuhen dermaßen aufgewühlt, daß sämtliche Spuren, die sich möglicherweise dort hätten finden lassen, verwischt waren. Ein kräftiger und schlachterprobter Mann wie Titus Vinius, so überlegte ich, mußte sich doch heftig gewehrt haben, und sei es nur für Sekunden. Ich hoffte, abgerissene Teile von Kleidungsstücken, Schmuck oder Waffen zu entdecken, konnte jedoch nichts dergleichen finden. Ein einziger ausländischer Dolch hätte gereicht, den Verdacht von der Legion abzulenken, aber das einzige, was ich fand, war ein Fetzen weißen Leinens.

Ein Schwall von Fragen überflutete mich. Warum trug der Tote eine schmuddelige Sklaventunika? Warum war er überhaupt hierhergekommen? Warum gerade in dieser Nacht? Und aus welchem der zahlreichen und triftigen Gründe war er getötet worden?

Meine Gedanken wurden unterbrochen, als sich vom Lager eine feierliche Prozession näherte. Die meisten der Männer waren Soldaten, doch sie glänzten prachtvoller als die Legionäre, die ich bisher gesehen hatte. Dann erkannte ich die blitzenden Beinschienen, und mir war klar, daß es sich um die überlebenden Centurionen der Zehnten handelte. Sie hatten für diese traurige Pflicht ihre Paradeuniformen angelegt. Mit ihnen kam eine kleine Gruppe von Sklaven, darunter auch Molon, der übertrieben klagte und ein großes Bündel auf dem Rücken trug.

Der Anführer ließ den kleinen Zug halten. »Ich bin Spurius Mutius, Centurio der Zweiten Centurie, Erste Kohorte der Zehnten und zur Zeit amtierender Erster Speer. Wir sind gekommen, den Leichnam unseres Kameraden zur Beerdigung zurück ins Lager zu bringen.«

»Hat der Prokonsul dich über meine Sondervollmachten unterrichtet?«

»Das hat er.« Ich blickte in neunundfünfzig harte, verschlossene Gesichter und wußte, was mir bevorstand. Ich war nur ein Außenseiter, ein weiterer politischer Eindringling. Dies waren die Profis der Zehnten. Sie schlossen ihre Reihen und rückten enger zusammen wie die alten Manipel, in denen die Principes, die Hastati und die Triarii ihre Formation angesichts des Feindes zu einem undurchdringlichen Block verschmolzen hatten.

»Ihr könnt ihn mitnehmen«, sagte ich. »Ich brauche ihn hier nicht mehr.«

Mutius wandte sich an die Sklaven. »Tut eure Pflicht.« Es waren Beerdigungssklaven, von denen jede Legion einen gewissen Bestand hat. Auf einem Feldzug verzichteten sie auf die archaischen Gewänder, die sie in Rom trugen, und sahen daher aus wie gewöhnliche Legionssklaven. Der Priester, ebenfalls ein Sklave, zelebrierte das Lustrum, um die Leiche zu reinigen. Ausländer sind bisweilen entsetzt darüber, daß bei uns Sklaven auch Priester sein können, aber unsere Götter sind nicht so snobistisch wie manche Menschen.

Die Bestatter zogen Vinius' Leiche die schmuddelige Tunika aus, und der noch immer weinende und wehklagende Molon stellte sein Bündel auf den Boden. Er schlug die Decke zurück und breitete die glänzende Paradeuniform seines Herren aus. Mit behenden, geübten Handgriffen kleideten die Sklaven die Leiche an.

»Molon, geh irgendwo anders trauern«, befahl ich. »Aber nicht zu weit weg. Ich möchte dich gleich sprechen.« Er nickte und ging klagend davon. Es war wirklich ärgerlich, aber wir waren alle durch die Tradition gebunden, und daran ließ sich nun mal nichts ändern.

Wenig später lag Vinius festlich gewandet auf seinem Schild. Sein versilberter Helm wurde von einem prachtvollen breiten Helmbusch aus purpurnem Pferdehaar geziert, und seine Beinschienen waren auf Hochglanz poliert. Die Rüstung war besonders prächtig; ein aus kleinen Schuppen gearbeitetes Kettenhemd war abwechselnd gold und silbern beschlagen, so daß es an das Federkleid eines Fabelvogels erinnerte. Die Phalerae waren auf einem anschnallbaren Panzer über den ganzen Leib verteilt; neun dicke Silberscheiben vom Durchmesser einer Handfläche, jede von ihnen mit dem Relief eines anderen Gottes verziert. Alles in allem sah er deutlich besser aus als die schmutzige Wasserleiche, die die Gallier gefunden hatten. Die Beerdigungssklaven hatten es sogar geschafft, seine Gesichtszüge zu einem Ausdruck strenger Erhabenheit zu glätten.

»Welcher Gott hat uns nur mit seinem Fluch belegt?« murmelte ein graubärtiger Veteran. »Der Erste Speer bei Anbruch des Feldzuges ermordet! Hat es je ein schlimmeres Omen gegeben?«

»Sei still, Nonius«, sagte Mutius. »Laßt ihn uns zurück ins Lager tragen.« Unter den Schild hatte man drei Speere gelegt, und sechs der Centurionen bückten sich, um ihre Enden zu packen, doch in diesem Moment fiel mir etwas auf.

»Wartet.« Die sechs hielten inne, und ich wies auf einen Streifen blasser Haut um Vinius' rechtes Handgelenk. Als ich vor ein paar Tagen dieses Handgelenk gepackt hatte, um ihn daran zu hindern, weiter auf Burrus einzuschlagen, hatte ich unter meinen Fingern ein Armband gespürt. Bei den Römern tragen nur Soldaten Armbänder als Auszeichnung für ihre Tapferkeit. »Er trug ein Armband. Wo ist es?«

»Du hast recht«, sagte Mutius und rieb sich über sein stoppeliges Kinn. »Das hat er in Afrika verliehen bekommen, als er noch einfacher Legionär war. Es war seine erste Auszeichnung für Tapferkeit, und er hat sie immer getragen.« Er drehte sich ein wenig zur Seite. »Molon!« bellte er. »Komm her, du häßlicher Köter!«

Molon kam zu uns herübergeschlurft, wobei er versuchte, gleichzeitig weiter zu klagen. »Herr?«

»Du hattest Anweisung, alle Orden deines Herren mitzubringen! Wo ist sein Armband?«

Molon wirkte überrumpelt. »Aber ich habe alles mitgebracht! Ich weiß nicht ...« Seine Antwort endete in einem Schmerzensschrei, als Mutius' Stock auf seine Schulter niedersauste.

»Wenn du dieses Armband gestohlen hast, werde ich jeden Zentimeter Haut einzeln von deinem Rücken peitschen, du mißgebildeter Wurm!«

»Es war nicht in der Truhe!« rief Molon, der jetzt, die Hände schützend über den Kopf haltend, auf die Knie gesunken war. »Er hat es nie abgelegt! Er hat es sogar zum Schlafen anbehalten!«

»Das reicht!« sagte ich, so streng ich konnte. »Wahrscheinlich haben es die Mörder an sich genommen. Ich möchte, daß der gesamte Besitz des Vinius versiegelt und unverzüglich ins Praetorium gebracht wird.«

»Wird erledigt«, sagte Mutius. »Und jetzt laßt uns gehen.«

Die sechs hoben den Schild auf ihre Schultern und marschierten in Richtung Lager. Die restlichen Centurionen folgten ihnen in Zweierreihen, und ich trottete hinter dem Zug her.

»Herr, willst du das aufheben?« Ich blickte auf und sah einen der Beerdigungssklaven, der mir die geflochtene Schlinge hinhielt. Ich wollte angeekelt abwinken, besann mich jedoch eines Besseren. Ich nahm sie an mich und stopfte sie unter meinen Schwertgürtel. Wenn sie sonst zu nichts nutze war, konnte sie zumindest meine makabre kleine Sammlung von mörderischen Souvenirs bereichern, die ich Zuhause pflegte.

Ich sah Molon, den Kopf in falscher Trauer gesenkt, neben den anderen Sklaven herschlurfen und gab ihm ein Zeichen, zu mir zu kommen.

»Nun, Herr«, meinte er, »wieder einer von uns gegangen, was?«

»Molon, ich werde dir das nur einmal sagen: Du hast dich zu meiner Verfügung zu halten, weil ich dich noch befragen will. Wenn ich höre, daß du weggelaufen bist, werde ich meine neue Sondervollmacht benutzen, dich von der gesamten Kavallerie jagen und in Ketten zurückbringen zu lassen. Für mich bist du ein Verdächtiger des Mordes an deinem Herrn. Weißt du, was das bedeutet?«

Er zuckte mit den Schultern. »Es bedeutet natürlich das Kreuz. Das macht vielleicht den Sklaven in Rom angst, aber in diesem Teil der Welt verwendet man einige Gedanken auf Foltermethoden und farbenprächtige Hinrichtungen. Jeder Soldat der Armee, der lebendig in die Hände der Feinde fällt, hat Schlimmeres zu erwarten als das Kreuz. Außerdem«, fügte er grinsend hinzu, »werden diese alten Essigtrinker wohl kaum glauben, daß jemand wie ich einen Mann wie Titus Vinius überwältigen könnte.«

»Wer immer es getan hat, war nicht allein«, sagte ich, »und um mit einem Dolch zuzustoßen, muß man kein Riese sein.«

»Das ist aber reichlich weit hergeholt, Herr«, sagte er, klang jedoch nicht mehr ganz so selbstsicher.

»Denk nur daran, daß du unter Verdacht stehst, und verhalte dich entsprechend. Wie viele Sklaven hatte Vinius?«

»Du meinst, hier im Lager?«

»Ja.«

»Nur mich und Freda. Er hat ... hatte ein Anwesen in Italien, aber ich habe es nie gesehen.«

»Kein Koch, Diener oder Reitknecht?«

»Ich bin alles auf einmal, außerdem noch Dolmetscher.«

»Und was macht Freda ... nun ja, ich nehme an, ich muß dich nicht fragen, welche Dienste sie ihm geleistet hat.« Molon grinste vielsagend, und ich boxte ihn in die Seite.

Wir kamen ins Lager, und ich fand Trost in dem Gedanken, daß ich mich heute morgen nicht bei meinem Waffenausbilder melden mußte. Insgeheim war ich jedoch recht froh, daß Caesar mich zu dieser Tortur verurteilt hatte. Ich hatte nicht geahnt, wie sehr ich außer Form war, und das ist kein guter Zustand, wenn man in einen Krieg zieht. Jedenfalls nahm ich mir vor, zwei Stunden am Tag zu trainieren, bis ich wieder so gut war wie eh und je, wenn nicht besser.

Ich befahl Molon, sich mit Vinius' Habseligkeiten bei mir im Praetorium zu melden, was er zu tun gelobte, und kehrte zu meinem Zelt zrück. Auf dem Weg durchs Lager versuchte ich die Stimmung unter den Soldaten aufzufangen. Sie polierten ihre Ausstattung für die formelle Parade, doch jede Festlichkeit ging ihnen ab. Sie sprachen mit gedämpften Stimmen, ihre Mienen waren furchtsam und niedergedrückt.

Außerdem blickten sie zu oft zum Himmel hoch. Unter Soldaten ist das ein schlechtes Zeichen, weil es bedeutet, daß sie aus mangelndem Selbstvertrauen nach Omen Ausschau halten.

Sie ordneten die Büsche auf ihren Helmen, die von gemeinen Soldaten nur zu Paraden und in der Schlacht getragen werden, und nahmen die eingeölten Schutztücher von ihren Schilden. Wegen seiner Schichtkonstruktion ist das Scutum sehr anfällig für Feuchtigkeit und weicht leicht durch. Deswegen wird es die meiste Zeit zugedeckt gehalten und die in leuchtenden Farben bemalte und reichhaltig verzierte Vorderseite nur für eine Parade und die Schlacht selbst enthüllt. Doch weder Farbe und Vergoldung noch sämtliche Federn und Pferdehaare der Welt konnten diese Legion wie die beste Roms aussehen lassen. Die Gallier hatten sich noch nicht einmal in voller Stärke blicken lassen, doch die Zehnte sah jetzt schon aus wie eine geschlagene Armee.

Hermes erwartete mich mit dem Frühstück sowie heißem Wasser und einem trinkbaren Wein. Manchmal war er doch nicht nur eine Last.

»Stimmt es, was ich gehört habe?« fragte er, als ich mich über mein Frühstück hermachte.

»Wenn du gehört hast, daß der Erste Speer getötet wurde, stimmt es«, sagte ich mit vollem Mund. »Ob er ermordet wurde, konnte noch nicht zweifelsfrei geklärt werden, aber wenn die Gallier ihn abgemurkst haben, haben sie ihn vorher dazu gebracht, sich äußerst merkwürdig zu kleiden.«

»Dies ist eine merkwürdige Armee und ein seltsamer Krieg«, erklärte Hermes. »Ich finde, wir sollten heimgehen.«

»Wenn das möglich wäre, hättest du ernsthafte Schwierigkeiten, mit mir mitzuhalten. Und glaub mir, selbst im besten aller möglichen Kriege ist es noch übel, bei der Armee zu sein.

Und jetzt lauf zu deiner Waffenausbildung und laß mich nachdenken.«

Und so saß ich in meinem Klappstuhl und versuchte nachzudenken, doch die Gedanken kamen nicht. Erschöpfende Tage und kurze Nächte verlangten ihren Tribut. Die vergangene Nacht war mit kaum mehr als zwei Stunden Schlaf und jeder Menge Aufregung noch kürzer gewesen als die meisten anderen, und jetzt begann ein weiterer Tag, und was mich erwartete, gefiel mir gar nicht.

Bisher war ich für die Zehnte Legion nicht mehr als ein Sonderling gewesen. Das war nichts Neues. Auch in Rom galt ich als eine Art Sonderling. Doch jetzt war ich Chefermittler, was mich zum unbeliebtesten Mann ganz Galliens machen würde. Meine Nachforschungen würden wahrscheinlich einen oder mehrere Männer dem Henker ausliefern, und meine allseits bekannte Sympathie für Burrus und sein Contubernium stellte meine Unparteilichkeit als Ermittler ernsthaft in Frage. Jeder würde unterstellen, daß ich nach einem Sündenbock suchte, um meinen Klienten von jeder Schuld freizusprechen.

Das Schlimmste dabei war, daß bisher alle Indizien auf eben dieses Contubernium wiesen. Sie hatten auf jeden Fall ein Motiv, Vinius zu töten. Ich hatte die Brutalität, mit der er sie behandelt hatte, mit eigenen Augen gesehen, und ich wußte, daß sie befürchteten, er wolle sie zu einer Meuterei provozieren, um sie dann hinrichten zu lassen. Sie hatten in der betreffenden Nacht am Nordwall Wachdienst gehabt und damit die Gelegenheit, ihn unbemerkt aus dem Lager zu schleifen und in dem Teich zu deponieren. Es waren acht Männer, alles harte, ausgebildete Soldaten, die durchaus in der Lage waren, selbst einen Mann wie Titus Vinius zu überwältigen und zu töten.

Diese Theorie ließ zwar einige Fragen offen, doch die Argumentation hätte vor fast jedem römischen Gericht ausgereicht, sie zu verurteilen. Hier in Gallien lag ihr Leben in den Händen des Prokonsuls. Zumindest hatte ich es bei Caesar mit einem Anwalt zu tun, der die Feinheiten von Indizien zu würdigen wußte. Deswegen hatte ich überhaupt ein paar Tage Zeit bekommen, in dem Fall zu ermitteln. Viele Kommandanten hätten längst die Hinrichtung der Verdächtigen angeordnet. Außerdem glaube ich, daß ich Caesar belustigte. Irgend etwas an der Art, wie ich eine Ermittlung durchführte, fand er offenbar unterhaltsam.

Doch wie viele Tage blieben mir? Ich wußte bereits, daß Caesar eine Armee mit nie dagewesener Geschwindigkeit bewegen konnte. Eine Reise über die Berge nach Italien und mit zwei Legionen zurück hätte bei den meisten Männern Wochen gedauert, selbst wenn die Soldaten auf der anderen Seite am Fuße des Passes auf sie gewartet hätten. Doch bei Caesar hatte ich das Gefühl, daß die Soldaten den ganzen Weg bis zum See Lemannus mit qualmenden Caliga zurücklegen würden.

Und was hatte ich sonst noch an Verdächtigen? Die Gallier? Die hätten ihn sicher getötet, wenn sie ihn dort draußen erwischt hätten, aber wie hätten sie das anstellen sollen? Und warum sollten sie seinen Kopf zurücklassen, der doch gewiß eine der wertvollsten Trophäen war, die es in diesem Krieg zu erbeuten gab?

Molon? Ich wußte, daß er Vinius gerne verlassen hätte, doch Mord war fürwahr ein extremer Schritt, und er hätte zumindest einen Komplizen gebraucht. Freda war eine große, kräftige junge Frau, die möglicherweise in der Lage war, eine Schlinge zu werfen und Vinius so lange zu halten, bis Molon ihn mit dem Dolch erledigt hätte. Es war auch denkbar, daß die beiden ihn gemeinsam in den Teich geworfen hatten. Gnomenhafte Männer wie Molon sind oft sehr viel kräftiger, als sie aussehen. Aber wie hätten sie ihn aus dem Lager schaffen sollen?

Außerdem wollte ich das germanische Mädchen nicht verdächtigen, obwohl ich keinen einzigen guten Grund dafür hatte.

Ich schüttelte den Kopf. Diese Spekulationen führten nirgendwohin. Was ich mehr als alles andere brauchte, war Ruhe. Mit vollem Bauch und einem angenehmen Weinglimmer im Kopf ging ich in mein Zelt und brach zusammen.

Es war schon nach Mittag, als die Trompeten mich weckten. Und just in diesem Moment kam auch Hermes zurück, schwitzend und mit keuchendem Atem. Mit seiner Hilfe legte ich meine Paradeuniform an. Wenigstens würde mich diesmal keiner deswegen auslachen. Nach Tagen, in denen ich nur in Feldmontur gelebt hatte, fühlte sie sich steif und unbequem an. Den Helm auf dem Kopf, mit wippendem Federbusch machte ich mich auf den Weg zum Praetorium.

Als ich dort ankam, bestieg Caesar gerade sein Podium. Ich gesellte mich zu den Offizieren auf der tiefer gelegenen Plattform auf dem das Praetorium umgebenden Wall und ließ meinen Blick über die Legion wandern, die, alle zehn Kohorten in prachtvoller Rüstung, in strenger Formation aufmarschiert war. Alle bis auf eine.

Die Erste Kohorte trug keinen Helmschmuck, und ihre Schilde waren noch immer bedeckt. Von ihnen getrennt stand die Erste Centurie, und mein Atem stockte, als ich sie sah. Sie standen unbewaffnet da, ihre Waffen auf die am Boden liegenden Schilde gestapelt.

Vor dieser Centurie standen acht Mann, bis auf die Tuniken entkleidet, die Hände auf den Rücken gefesselt. Ich mußte nicht raten, um wen es sich handelte.

Direkt vor dem Podium hatte man einen Scheiterhaufen errichtet, auf dem Titus Vinius lag. Um den Scheiterhaufen waren die Standartenträger aufgezogen, ihre Fahnen zum Zeichen der Trauer in dunkle Tücher gehüllt. Neben dem Aquilifer standen die beiden Trompeter, die großen Cornus auf ihre Schultern gestützt. Als Caesar das Podium bestiegen hatte, riefen sie die Versammlung mit ihren Instrumenten zur Aufmerksamkeit.

»Soldaten!« begann Caesar ohne jede Vorrede. »Der Erste Speer der Zehnten Legion ist tot, und alle Anzeichen weisen darauf hin, daß er ermordet wurde. Bis die Schuldigen entlarvt sind, verhänge ich folgende Strafen: Die Erste Kohorte, deren befehlshabender Offizier Titus Vinius war, ist in Schande von allen Ehren auszuschließen, bis der Forderung nach Gerechtigkeit Genüge getan ist. Sie wird keinerlei militärischen Dienst tun, sondern darf nur niedere Arbeiten verrichten. Es ist ihr verboten, ihren Offizieren und ihren Standarten zu salutieren, und ihr Gruß darf nicht erwidert werden.

Der Ersten Centurie der Ersten Kohorte wird wegen ihres Versagens, das Leben ihres Kommandanten zu schützen, jeder Umgang mit ehrenhaften Soldaten verwehrt. Sie hat ihre Zelte außerhalb des Lagerwalls aufzuschlagen und dort zu bleiben, bis der Forderung nach Gerechtigkeit Genüge getan wurde.« Die gesamte versammelte Legion hielt die Luft an. Dies war eine grausame Strafe, nur eine Hinrichtung wäre schlimmer gewesen. In gewisser Weise war sie sogar noch brutaler, weil jeder der Männer von den Galliern getötet werden konnte. Doch Caesar war noch nicht fertig.

»Dieses Contubernium«, sagte er, auf die entwaffneten Männer weisend, »steht unter Arrest und wird unter Bewachung gestellt. Auf ihnen lastet der größte Verdacht. Ich werde heute nach Italien aufbrechen, um Verstärkung aufzutreiben und hierher zu führen. Wenn ihre Unschuld bis zu meiner Rückkehr nicht bewiesen ist, werden sie hingerichtet. Da es Bürger sind, können sie nicht gekreuzigt werden. Deswegen verhänge ich folgende Strafe: Der Rest der Ersten Kohorte wird zwei einander gegenüberstehende Linien bilden, und jeder Mann wird mit einem Stock bewaffnet. Diese Männer werden nackt zwischen den beiden Linien hindurchlaufen, um von ihren Kameraden zu Tode geprügelt zu werden. Wenn einer der Delinquenten noch lebt, wenn er das Ende der Formation erreicht hat, wird er umkehren und denselben Weg noch mal gehen, so lange, bis er tot ist.«

Er machte eine kurze Pause und begann dann mit den Bestattungsriten. »Laßt uns jetzt den Schatten unseres Kameraden Titus Vinius zur letzten Ruhe geleiten.« Er absolvierte die Anrufungen der Götter, die so archaisch waren, daß kein Mensch mehr als eines von fünf Worten verstand. Dann hielt er die traditionelle Grabrede. Er zählte Vinius' hervorragende Eigenschaften auf, die Höhepunkte seiner Karriere und die zahlreichen Auszeichnungen für Tapferkeit, bevor er mit einem Dank für seine Dienste endete, die auf dem bevorstehenden Feldzug schmerzlich vermißt werden würden. Militärisch-taktisch mochte das richtig sein, doch ich persönlich würde ihn kein bißchen vermissen. Mir tat es nur wegen des Unglücks leid, das sein Tod heraufbeschworen hatte.

Mit einer letzten Anrufung der Götter stieg Caesar von seinem Podium herab und warf die erste Fackel in den ölgetränkten Holzhaufen. Bald brannte er fröhlich lodernd, während die ganze Armee stillstand und zusah, wie die Flammen gen Himmel schlugen und die Leiche des Titus Vinius verzehrten, zusammen mit seiner wertvollen Rüstung und einigen überaus kostbaren Ausstattungsgegenständen.

Als der Scheiterhaufen niedergebrannt war, bliesen die Cornicines zum Wegtreten, und die Legion zerstreute sich. Ich trat zu einer Gruppe von Offizieren, die vor dem Praetorium Caesars Offiziersappell erwarteten. Die niedergeschlagene Armee marschierte an uns vorbei, zuletzt kam die

Erste Kohorte. Die Gesichter der Männer spiegelten eine erbärmliche Mischung aus Furcht, Wut und Scham wider.

»Da gehen ein paar sehr unglückliche Männer«, bemerkte ich. Das war ausnahmsweise einmal nicht schnoddrig gemeint, aber irgend etwas an meinem Ton muß nicht gestimmt haben, weil ein in der Nähe stehender Mann herumfuhr und auf mich zukam. Es war einer der Centurionen, sein großer hufförmiger Helmbusch war braun-weiß gestreift. Er baute sich einen Schritt vor mir auf und bellte mir ins Gesicht.

»Natürlich sind sie unglücklich! Sie sind die Erste der Zehnten, die besten Soldaten der Welt, und sie sind entehrt worden! Ihr Forumspolitiker wißt nicht, was das heißt, weil ihr vergessen habt, was Ehre ist! Nun, wir in den Zehnten haben es nicht vergessen!« Ich war völlig perplex, als ich Tränen über seine wettergegerbten Wangen rollen sah. Dann machte er auf dem Absatz kehrt und stapfte nach seinem Decurio rufend davon.

Carbo kam auf mich zu. »Du solltest äußerst vorsichtig und sehr behutsam vorgehen«, riet er mir. »Sonst stehen die Chancen gut, daß du der nächste bist, der in dieser Legion ermordet wird.«

»Dessen bin ich mir bewußt. Die einzigen, mit denen ich mich zur Zeit verstehe, sind entweder Barbaren oder Entehrte. Wie kann er eine ganze Centurie aus dem Lager verbannen? Das ist empörend!«

»Genau wie der Mord am Ersten Speer. Es mußte ein Exempel statuiert werden, so haben sie zumindest eine Chance. Er hätte auch gleich ihre Hinrichtung anordnen können. Oder ihnen den Marsch nach Germanien befehlen, wo sie zu bleiben hätten, bis er sie zurückruft. Vielleicht ist es das beste, wenn man diese acht Männer einfach hinrichten läßt. Die Legionäre wären zwar nicht völlig befriedigt, aber die Legion könnte zu einer gewissen Normalität zurückkehren.«

Ich schüttelte den Kopf. »Nein! Bei den anderen bin ich mir nicht sicher, aber ich weiß, daß Burrus seinen Centurio nicht getötet hat, sosehr der Mann es auch verdient hatte, und ich werde nicht zulassen, daß er dafür bestraft wird.«

»Da hast du dir aber einiges vorgenommen«, meinte Carbo. »Es geht um mehr als Burrus' Leben. Diese Männer wollen ihre Ehre zurück, und wenn dieses Contubernium nicht exekutiert werden soll, mußt du ihnen was Besseres liefern.«

Seine letzten Worte waren vom Ruf zum Offiziersappell unterbrochen worden, und wir traten an. Neben Caesars Zelt stand Molon mit einigen Truhen und Bündeln, den Habseligkeiten des verstorbenen Titus Vinius. Zuoberst saß Freda, die ihre Umgebung wie immer verächtlich musterte.

»Meine Herren, ich muß mich kurz fassen«, begann Caesar. »Ich brauche jede verbleibende Stunde Tageslicht, um nach Italien zu reiten. Diese leidige Affäre hat mich ohnehin schon den halben Tag gekostet. Schatzmeister, dein Bericht.«

Der Schatzmeister der Legion war ein Optio, der wegen seines ausgezeichneten Erinnerungsvermögens, seines guten Schreibstils und seines Zahlengedächtnisses für diesen Posten ausgewählt worden war.

»Titus Vinius war nie verheiratet und hinterläßt keine Kinder oder eine Familie, von der er mir je berichtet hätte. Er hat auch kein Testament aufgesetzt. Deswegen ist nach alter Sitte der Prokonsul Treuhänder seines Vermögens, bis ein Mitglied der Familie Ansprüche erhebt. Wir werden den Verwalter seines italischen Gutes benachrichtigen, der seinerseits vermutlich die Familie in Kenntnis setzen wird, so es eine gibt. Titus Vinius hat regelmäßig in den Bestattungsfonds eingezahlt, der, unterstützt durch einen großzügigen Beitrag des Prokonsuls, für einen ansehnlichen Grabstein aufkommen wird. In Massilia gibt es ausgezeichnete griechische Steinmetze; ein entsprechender Gedenkstein wird unverzüglich in Auftrag gegeben.

Der bereits erwähnte Verwalter hat Titus Vinius zweimal im Jahr besucht, und bei diesen Anlässen hat der Erste Speer seine Bankgeschäfte getätigt, vermutlich mit einem italischen Bankier. Zusätzlich hatte er stets tausend Sesterzen bei der Bank der Legion hinterlegt.« Das war eine ganz ordentliche, wenngleich keineswegs fürstliche Summe. Ein leitender Centurio konnte es mit seinem Sold, der Beute aus Plünderungen und den üblichen Bestechungsgeldern durchaus zu bescheidenem Wohlstand bringen.

»Gut, Schatzmeister. Meine Herren, hiermit übernehme ich die Treuhänderschaft über den Besitz des verstorbenen Titus Vinius. Er wird hier im Praetorium bleiben, bis Decius Caecilius Metellus seine Ermittlungen abgeschlossen hat. Bleibt die Frage seiner beweglichen Habe, seines Viehs und seiner Sklaven. Sie müssen untergebracht werden, und mein Personal ist bereits komplett.«

Langsam wandte sich jeder Kopf, bis wir alle gemeinsam Freda anstarrten, die uns keines Blickes würdigte.

»Wenn ich mir's recht überlege«, meinte Labienus, »ist in meinem Zelt noch Platz ...«

»Also, ich könnte durchaus eine Köchin gebrauchen ...« Und so weiter. Jeder entdeckte, daß er gerade noch Platz für einen weiteren Sklaven hatte. Jeder, außer meinem Vetter Knubbel. Vielleicht war an den Gerüchten, die in der Familie über ihn kursierten, doch etwas dran.

»Bedenkt, meine Herren, daß Molon mit ihr kommt.« Selbst diese grauenvolle Aussicht dämpfte die Unterbringungsangebote der versammelten Offiziere kein bißchen. Schließlich brachte Caesar sie mit einer Handbewegung zum Schweigen, und ein Ausdruck abgrundtief bösartigen Humors legte sich auf sein Gesicht.

»Decius, du kannst sie haben.« Sofort starrte mich jeder der versammelten Männer wütend an, sogar mein alter Freund Carbo. Das war perfekt. Jetzt haßten mich bis auf die Gallier wirklich alle.

»Und nun, meine Herren, muß ich losreiten. Ich werde nur eine kleine berittene Eskorte mitnehmen. Ich habe vor, in zehn Tagen mit unserer Verstärkung zurück zu sein.«

»Ist das überhaupt möglich?« fragte Labienus ungläubig.

»Wenn nicht, habe ich vor, es möglich zu machen«, sagte Caesar mit jener absoluten Selbstgewißheit, die nur er aufbringen konnte. Es war ein Trick, den er perfekt einzusetzen verstand. Er konnte selbst mich fast davon überzeugen, daß die Götter wirklich auf seiner Seite standen. »Ihr könnt bis auf Decius Caecilius wegtreten.«

Die anderen gingen, und die kleine berittene Eskorte meldete sich. Ich war froh, daß Lovernius und seine Ala nicht darunter waren. Im Moment brauchte ich jeden Freund.

»Decius«, begann Caesar, »Ich kann gar nicht nachdrücklich genug betonen, wie viel für mich davon abhängt, daß du diesen Mordfall aufklärst. Selbst mit der erhofften Verstärkung wird diese Armee noch immer sehr klein sein. Ich brauche die Zehnte! Und ich brauche sie in bester Kampfbereitschaft und nicht geschwächt durch Mißtrauen, Entehrung und Furcht vor bösen Omen.«

»Caesar, Vinius war eine ungeheuerliche Kreatur. Innerhalb dieser Wälle gibt es gut sechstausend Verdächtige.«

Er wischte meinen Einwand mit einer Handbewegung beiseite. »Männer bringen es nicht zum Centurio, weil sie besonders milde sind. Niemand mag einen Centurio. Trotzdem werden sie nur in den seltensten Fälle ermordet. Du mußt die Mörder für mich finden, Decius. Wenn nicht, sehe ich mich gezwungen, Burrus und die anderen hinrichten zu lassen, egal, ob sie schuldig sind oder nicht. Dieser Krieg kann täglich beginnen, und dann haben wir keine Zeit mehr für Nettigkeiten.« Ein Gallier führte ein Pferd heran und half Caesar in den Sattel.

»Einen Moment noch, Gaius Julius«, sagte ich.

»Ja?«

»Warum hast du mir diese Frau gegeben?«

Er saß einen Moment da und erfreute sich an seinem eigentümlichen Scherz. »Zunächst einmal verdienst du etwas für das Elend, das du zu erleiden haben wirst. Andererseits wird der Mann, der sie besitzt, mit der eifersüchtigen Mißgunst seiner Mitoffiziere leben müssen, und alle anderen meiner Offiziere sind wertvoller als du. Mir ist es lieber, wenn ihre Kampfkraft nicht beeinträchtigt wird. Vor allem jedoch, Decius, könntest du eines Tages von großem Wert für mich sein, und dann habe ich etwas in der Hand gegen dich.«

Ich wußte genau, was er meinte. Ich war mit seiner Nichte Julia verlobt, die mir den Besitz dieser Frau nie verzeihen würde. »Gaius Julius«, sagte ich bitter, »du bist ein etruskischer Strafgott in menschlicher Gestalt!«

Caesar ritt lachend davon.

VII

Ich stand vor der wahrscheinlich größten Herausforderung meiner wahrlich bewegten Karriere. In Rom hätte ich gewußt, wo ich anzufangen hatte, doch hier befand ich mich auf komplett unbekanntem Gelände. Ich war nicht nur nicht in Rom, ich befand mich zudem in einem Legionärslager, das wiederum in Gallien lag, einem Land, in dem Krieg herrschte. All dies waren überaus beunruhigende Umstände. Bevor ich überhaupt mit meiner Ermittlung beginnen konnte, mußte ich meine Gelassenheit wiedergewinnen. Ich mußte mit den einzig vernünftigen und normalen Menschen im Lager sprechen. Ich beschloß, meine Gallier zu besuchen.

Bevor ich das jedoch tun konnte, mußte ich einige Vorkehrungen für meinen Haushalt treffen. Ich ging zu dem Haufen mit Vinius' Habseligkeiten. Molon trug ein nervöses Grinsen zur Schau, während Freda mich musterte, als wäre ich eine Art seltsamer Käfer.

»Habt ihr beide verstanden, daß ihr jetzt mir gehört?«

Molon nickte lebhaft. »Ja! Ich bin überaus froh, dein Besitz zu sein, Herr!«

»Und was ist mit dir?« fragte ich Freda.

Sie zuckte mit den Schultern. »Ein Römer ist wie der andere.«

Es gefiel mir nicht, mit Titus Vinius verglichen zu werden, doch ich ließ es vorerst dabei bewenden. »Du«, sagte ich zu Molon, »wirst die Sachen deines früheren Herrn hier neben dem Schreibtisch ausbreiten. Ich möchte heute nachmittag eine vollständige Inventur vornehmen. Du«, fuhr ich an Freda gewandt fort, »gehst in mein Zelt und machst dich dort nützlich: putze oder was immer du für Titus Vinius gemacht hast, wenn er fort war. Mein Junge Hermes wird auch da sein. Wenn er versucht, dich anzufassen, darfst du ihn schlagen.«

Sie stieg von ihrem Hochsitz und ging an mir vorbei, ohne mich eines weiteren Blickes zu würdigen. Ich starrte ihr unverhohlen hinterher. Was für ein Anblick!

»Hat sie sich gegenüber Titus Vinius auch so benommen?« fragte ich Molon. »Er schien mir mehr ein Mann zu sein, der mit aufsässigem Gesinde wenig Langmut hatte.«

»Sie ist nicht gerade eine typische Dienstbotin, Herr«, sagte Molon. »Und sie hat, wenn du mir die Bemerkung verzeihst, einen unfehlbaren Blick für die Schwächen der Männer. Ich vermute, daß sie dich bereits eingeordnet hat.«

»Sie hält mich wohl für einen Mann, mit dem man alles machen kann, was? Nun, dann wird sie sich eines Besseren belehren lassen müssen.« Ich zupfte an Molons Tunika und legte seine Schulter frei. Sie war von Blutergüssen fast schwarz. »Ich bin kein Centurio, also trage ich auch nicht ständig einen Stock bei mir. Ich schlage Sklaven nur bei überaus ernsten Vergehen, dann jedoch kenne ich keine Gnade. Wir wollen unsere künftige Beziehung auf folgende Übereinkunft gründen: Solange du mir keinen Anlaß zur Unzufriedenheit bietest, darfst du bei mir bleiben. Andernfalls verkaufe ich dich an einen weniger laxen Herrn, und fast jeder Herr der Welt wird weniger lax sein als ich.«

»Oh, glaube mir, Herr, ich will bei dir bleiben! Andererseits«, ein gerissenes Funkeln blitzte in seinen Augen auf, »bist du sicher, daß du mich überhaupt verkaufen darfst? Vielleicht taucht irgendwann ein Verwandter von Titus Vinius auf und beansprucht mich.«

»Molon, jeder, der auch nur über das Hirn einer Schnecke verfügt, würde dir eher eins mit dem Knüppel über den Kopf geben und dich im Straßengraben liegenlassen, als dich den weiten Weg zurück nach Italien durchzufüttern. Möglicherweise habe ich Verwendung als Dolmetscher für dich. Ich werde mich nicht länger als ein Jahr in Gallien aufhalten. Wenn du mir keinen Grund zur Klage bietest, werde ich dich bei meiner Abreise an einen freundlichen Händler verkaufen, der deine Talente nutzen kann. Dann kommst du aus den Legionärslagern raus und hast ein angenehmes Leben.«

Er nickte und rieb sich die Hände. »Das wäre mir höchst willkommen.«

»Dann tu etwas dafür. Wenn irgend jemand nach mir fragt, ich bin jetzt eine Weile bei der praetorianischen Kavallerie. Wenn ich zurückkomme, hast du alles für mich vorbereitet.«

»Überlaß das nur mir, Herr.«

Ich habe zeit meines Lebens die Erfahrung gemacht, daß Sklaven auf Freundlichkeit besser reagieren als auf Strenge, obwohl sie eine vermutete Schwäche auch ganz schnell ausnutzen. Doch Molon wußte, in welch schwacher Position er sich zur Zeit befand, und ich war mir sicher, daß er sich ein Bein ausreißen würde, um mir gefällig zu sein. Bei Freda hingegen war das vermutlich eine ganz andere Frage.

Ich traf meine Ala bei der Pflege der Pferde nach ihrer morgendlichen Patrouille an. Als Nicht-Bürger hatte man sie nicht gebeten, an den Bestattungsfeierlichkeiten teilzunehmen. Sie begrüßten mich mit Grinsen und Schulterklopfen.

»Schön, daß du wieder bei uns bist, Hauptmann!« sagte Lovernius. »Wirst du wieder mit uns ausreiten?«

»Vorerst wohl nicht, wie das Schicksal es will. Caesar hat mich beauftragt, den Mord am Ersten Speer zu untersuchen.« Nach ihrem Lächeln und ihrer fröhlichen Haltung zu urteilen, teilten diese Männer die miese Moral der übrigen Truppe nicht. Sie gehörten nicht zur Zehnten Legion, und der Tod des leitenden Centurios schien sie nicht weiter zu bestürzen.

»Wir haben mit den Speerkämpfern gesprochen«, sagte Lovernius. »Sie haben uns erzählt, daß er erdrosselt wurde.«

»Man hat ihn erdrosselt, erstochen, erschlagen und in einen Teich geworfen«, führte ich aus. Die Mienen der Gallier verdüsterten sich blitzartig, und einer knurrte etwas in ihrer Muttersprache.

»Was hat er gesagt?« fragte ich überrascht.

Lovernius machte einen leicht nervösen Eindruck. »Wenn du mir diese Bemerkung verzeihst, Hauptmann, aber sie nehmen es sehr übel, daß jemand einen römischen Kadaver in einen unserer Teiche wirft. Es sind ungebildete und abergläubische Männer.«

Die Bemerkung gefiel mir in der Tat nicht, wenn auch nicht aus dem Grunde, den er vermutete. »Es tut mir leid, das zu hören. Ich hoffte immer noch, diesen Mord den Helvetiern nachzuweisen, aber sie würden einen heiligen Ort vermutlich nicht derartig entweihen.«

»Bestimmt nicht«, sagte Lovernius. »Und bei den Verletzungen ist es unwahrscheinlich, daß er aus eigener Kraft dorthin gerobbt ist, um zu sterben. Warum bist du so erpicht darauf, die Sache den Helvetiern anzuhängen?«

»Mord innerhalb der eigenen Truppe ist schlecht für die Moral. Daß das Opfer ein leitender Centurio war, macht das Ganze noch schlimmer. Nicht, daß irgend jemand den brutalen Schläger leiden konnte, doch diese Männer haben ein ausgeprägtes hierarchisches Denken, und ein Centurio sollte unantastbar und nur in der Schlacht zu fällen sein. Eine ganze Kohorte ist entehrt worden, und ein Contubernium sieht bei Caesars Rückkehr einer wahrhaft grausamen Hinrichtung entgegen. Um alles noch schlimmer zu machen, ist einer der Hauptverdächtigen ein Freund und Klient von mir.«

»Das ist schlimm«, sagte Lovernius mitfühlend. »Aber nur Mut. Vielleicht waren es die Germanen. Sie haben keinerlei Respekt vor heiligen Gewässern.«

»Ist das wahr? Nicht, daß mir der Gedanke, daß dort draußen Germanen lauern, besonders angenehm wäre, aber es würde mir immens weiterhelfen, wenn ich ihnen die Schuld zuschieben könnte. Kennen sie keine heiligen Orte?«

»Nur Haine in den tiefen Wäldern jenseits des Rhenus. Die Eiche, die Esche und die Eberesche sind ihre heiligen Bäume, und Orte, an denen der Blitz eingeschlagen hat, gelten ihnen als geweiht. Sonst nicht viel.«

»Es lohnt sich zumindest, der Sache nachzugehen. Indiumix, sattle mein Pferd. Lovernius, ich möchte ein bißchen mit dir ausreiten.«

»Es ist mir ein Vergnügen.« Dann hielt er in seiner Muttersprache eine längere Rede an seine Männer. Sie nickten düster. Ich hätte nicht gewußt, daß ein Toter im See ihre Stimmung derartig dämpfen würde, aber Barbaren sind manchmal seltsam.

Nachdem ich mein Pferd bestiegen hatte, ritten wir durch die Porta decumana im Nordwall. Wir hörten, wie in der Nähe Holzpflöcke in die Erde geschlagen wurden, und folgten dem Geräusch bis zu einer Stelle nordöstlich des Legionärslagers, wo die Erste Centurie von keinem Wall geschützt ihre Zelte aufschlug. Von meinem Sattel aus entdeckte ich ohne Probleme den silbern glänzenden Helm des Optio, auf den ich neulich nachts einen so miserablen Eindruck gemacht hatte. Er gestikulierte und brüllte Befehle in die angespannten Gesichter seiner Männer, denen eine überaus angstvolle Nacht bevorstand. Als ich auf ihn zuritt und abstieg, verzog er keine Miene.

»Optio«, begann ich, »ich weiß, daß du zur Zeit sehr beschäftigt bist, so daß ich dich nicht lange aufhalten will. Ich möchte dich morgen früh im Praetorium zu den Aktivitäten des verstorbenen Titus Vinius befragen.«

Er spuckte auf den Boden und verfehlte meinen linken Caliga nur knapp. »Ich werde dort sein, vorausgesetzt, ich lebe morgen früh noch.«

»Nun, diese unangenehme Möglichkeit besteht natürlich durchaus.«

»Die Hälfte der Männer wird ständig Wache stehen.«

»Die ganze Armee ist eine einzige Verschwörung gegen ausreichend Nachtschlaf«, erwiderte ich. »Vielleicht kann ich dich ein wenig unterstützen. Ich werde meine gallischen Reiter anweisen, in diesem Gebiet die ganze Nacht zu patrouillieren. Und ich werde mit Gnaeus Carbo sprechen, dir zum selben Zweck ein paar seiner Plänkler zu schicken.«

»Wir sind bestraft worden, Hauptmann«, sagte der Optio. »Du mischst dich ein.«

Das schien mir selbst für einen Mann wie ihn eine übertrieben starrsinnige Reaktion. »Ich bin zufällig der Ansicht, daß diese Bestrafung ungerecht ist.«

»Trotzdem hat unser Kommandant sie verhängt, und wir werden sie erdulden. Mach, daß du hier verschwindest, Hauptmann. Wir vertrauen lieber auf unsere eigene Stärke als auf die Hilfe von Barbaren.« Die eisigen Blicke der umstehenden Legionäre verrieten mir, daß sie die Geringschätzung ihres Optio für mich und meine Gallier teilten.

Lovernius lachte. »So geschehe es. Narren sollen wie Narren sterben.«

»Das reicht«, sagte ich. Ich hatte nicht erwartet, daß man derart undankbar auf mein Angebot reagieren würde. Andererseits habe ich Berufssoldaten noch nie verstanden. »Bis morgen dann, Optio.« Ich schwang mich auf mein Pferd, und wir ritten davon.

»Ich möchte, daß du trotzdem nächtliche Patrouillen aufstellst«, erklärte ich Lovernius. »Sie mögen sture Idioten sein, aber sie sollten dessenungeachtet nicht einer solchen Gefahr ausgesetzt werden, nur weil ein Mann wie Vinius sich hat ermorden lassen.«

»Was immer du befiehlst, Hauptmann.«

An jenem Abend machte ich mich daran, die Hinterlassenschaft des Ersten Speers durchzusehen, eine alles in allem durchaus überschaubare Aufgabe. Eine Legion hat weite Strecken zurückzulegen, und selbst einem höheren Offizier wurden nicht mehr als vier oder fünf Packesel für seinen persönlichen Bedarf zugestanden. Die Truhe, in der Vinius seine Paraderüstung und seine Orden aufbewahrt hatte, war jetzt leer, da diese Gegenstände mit dem Leichnam verbrannt worden waren.

Es gab eine weitere Truhe für seine Kleidung und eine für seine Waffen und die Feldausrüstung, die fast identisch war mit der eines gemeinen Legionärs, wenn auch von besserer Qualität. Eine weitere Kiste enthielt eingelegte Lebensmittel, Honigtöpfe und Gewürze; die Art kleiner Annehmlichkeiten und Luxusgüter, die jeder Soldat auf einen Feldzug mitnimmt, um sich das strenge Militärleben zu versüßen. Die kleinste Truhe war für ihre Größe erstaunlich schwer. Sie war mit einem Schloß verriegelt, das ziemlich kompliziert aussah. Unter den auf dem Tisch verstreuten Utensilien konnte ich keinen Schlüssel entdecken.

»Molon!« rief ich.

»Hier, Herr«, sagte er. »Gleich neben dir.«

»Wo hat Vinius den Schlüssel für diese Truhe aufbewahrt?« verlangte ich zu wissen.

»Er hat mich immer aus dem Zelt geschickt, wenn er diese Truhe öffnete, aber ich habe beobachtet, wie er zu diesen Gelegenheiten nach einem kleinen Beutel an seinem Schwertgürtel gegriffen hat.«

Großartig. Wahrscheinlich lag der Schlüssel jetzt inmitten all des anderen Metallschutts auf Vinius' Scheiterhaufen.

»Dann lauf zum Schmied und hol mir ein Brecheisen. Und beeile dich.« Er rannte zwar nicht direkt, beschleunigte seine Schritte jedoch zu einem behenden Torkeln. Wenig später kehrte er mit dem verlangten Werkzeug zurück. Die Truhe war sogar noch stabiler, als sie aussah, und wir mußten zu zweit zu Werke gehen, um den Deckel aufzustemmen. In der Truhe lagen Papyrusrollen und zusammengeklappte Holztafeln, an einigen baumelte ein bleiernes Siegel.

»Das sieht eher aus wie die Hinterlassenschaft eines Bankiers als wie die eines Soldaten«, bemerkte ich. Ich nahm eine der Tafeln in die Hand und klappte sie auf. Es war eine Besitzurkunde über ein italisches Anwesen in Etrurien.

»Man sollte meinen, er hätte seine Besitzurkunden in einem Tempel in der Nähe seiner Heimat deponiert«, sagte ich, eine weitere Tafel öffnend. Auch hierbei handelte es sich um eine Besitzurkunde für ein Gut, das er erst vor wenigen Monaten im Kampanien erworben hatte. Ich bemerkte, daß Molon über meine Schulter linste, und wies auf die anderen Gegenstände.

»Staple diese Sachen drüben bei dem großen Zelt und besorge dir eine Plane, um sie zuzudecken.« Er sah nicht gerade begeistert aus, doch er machte sich ohne Murren an die Arbeit, während ich die Dokumente rasch durchsah. Der größte Teil waren Urkunden über den Besitz umfangreicher Ländereien. Es sah aus, als wäre Titus Vinius entschlossen gewesen, ganz Italien aufzukaufen. Ich kannte die Namen einiger Verkäufer, doch das hatte nichts zu bedeuten. Viele wohlhabende Römer besaßen Land, das sie selbst nie gesehen hatten. Sie kauften und verkauften es über Mittelsmänner, je nachdem, wie Kriege und politische Zeitläufe seinen Wert veränderten.

Ich überflog die für die diversen Verkäufe eingetragenen Beträge und überschlug die Gesamtsumme, bevor ich mich verblüfft zurücklehnte. Titus Vinius war als Millionär gestorben. Woher stammte das Geld? Söhne wohlhabender Familien machten keine Karriere beim Militär. Die Gesamtsumme seines Soldes, seiner Bestechungsgelder und der Beute aus Plünderungen konnte kaum mehr als ein Zehntel der in diesen Dokumenten festgehaltenen Beträge ausmachen.

»Ist sonst noch ...«

Ich klappte die Urkunde zu, als ich Molons Stimme hörte. »Schleich dich gefälligst nicht so an!« Er war gar nicht geschlichen, doch ich war so vertieft in diese schier unglaublichen Enthüllungen gewesen, daß ich sonst nichts wahrgenommen hatte.

»Wenn du mir die Bemerkung erlaubst, Herr, deine Nerven sind reichlich angegriffen. Soll ich dir ein wenig Wein bringen?«

»Tu das.« Mir wurde plötzlich bewußt, daß ich einen staubtrockenen Mund hatte. Was hatten diese Urkunden mit dem Mord zu tun? Ich war überzeugt, daß es einen Zusammenhang geben mußte. Titus Vinius war unter höchst seltsamen Umständen ums Leben gekommen, und für einen Mann, der nur eine einfache Soldatenlaufbahn absolviert hatte, war er unglaublich reich. Der Charakter oder die Biographie jedes Menschen kann eine Anomalie aufweisen. Doch zwei auf einmal war ich nicht bereit hinzunehmen, es sei denn, sie waren auf irgendeine Weise miteinander verknüpft.

Molon kehrte mit einem Krug und einem Becher zurück, und ich trank dankbar. Dann begann ich, die Dokumente wieder in die Truhe zu packen, wobei ich sie ein Stück verschob. Sie kam mir noch immer außergewöhnlich schwer vor. Ich beschloß, zu warten und der Sache auf den Grund zu gehen, wenn kein Beobachter zugegen war.

»Molon, ich werde jetzt zu meinem Zelt zurückkehren. Du trägst diese Truhe.«

»Verzeihung, Herr, aber willst du ihren Inhalt nicht in die Inventarliste aufnehmen?« Er wies auf die Schriftrolle neben meinem Ellenbogen, die an einem Ende mit einem Dolch, am anderen mit meinem Helm beschwert war. Ich hatte sie völlig vergessen.

»Wir beenden die Arbeit morgen. Es ist schon zu dunkel zum Schreiben. Und was geht dich das überhaupt an?«

»Oh, nichts, gar nichts. Nimm noch einen Schluck Wein, Herr.«

Ich befolgte seinen Vorschlag, und meine innere Anspannung verflog. Wozu sollte ich mich so aufregen? Ich konnte doch nichts daran ändern: Die Dinge lagen anders als erwartet, und das war in einer feindlichen Umgebung immer beunruhigend. Mittlerweile war ich von einer fast soldatischen Sehnsucht nach einem geordneten Leben erfüllt.

Wir trotteten zum Zelt zurück, wobei ich Molon die ganze Zeit vor mir hergehen ließ, um sicherzustellen, daß er nicht in die Truhe spähen konnte. Ich wußte schon, daß ich mit dem Ding noch Probleme bekommen würde. Ich wollte nicht, daß irgend jemand erfuhr, was ich wußte, bis meine Fragen beantwortet waren.

Hermes' Miene wirkte in etwa so unbehaglich, wie ich mich fühlte. Ich faßte sein Kinn zwischen Daumen und Zeigefinger und drehte seinen Kopf, um sein Gesicht besser sehen zu können. Sein eines Auge entwickelte sich zu einem sehr schönen Veilchen.

»Wie ich sehe, hast du Fredas Bekanntschaft bereits gemacht.«

»Warum hast du ihn gekauft?« wollte Hermes mit einem verdrießlichen Seitenblick auf Molon wissen.

»Ich habe niemanden gekauft. Caesar hat sie mir gegeben.«

»Es wird ganz schön eng werden im Zelt«, nörgelte er.

»Nein, das wird es nicht. Du und Molon, ihr beide könnt draußen unter dem Vorzelt schlafen. Wir haben schließlich Frühling, und der Sommer ist nicht mehr weit.«

»Ich werde erfrieren!«

»Ich werde dich vermissen«, versicherte ich ihm.

Die Eingangsplane wurde zur Seite geschlagen, und Freda trat heraus. Sofort erstrahlte Hermes' verärgerte Miene in einem Ausdruck ehrfurchtsvoller Anbetung. Es würde wohl mehr als ein blaues Auge brauchen, um seine jugendliche Leidenschaft zu dämpfen.

»Ich habe dein Zelt aufgeräumt«, berichtete Freda. »Du und dein Junge, ihr beide habe gelebt wie die Schweine.«

»Vermutlich muß man gebürtiger Nomade sein, um zu wissen, wie man ein Zelt in Ordnung hält«, erwiderte ich. »Molon, bring die Truhe hinein und stell sie unter mein Bett.«

Er gehorchte unverzüglich, und ich behielt ihn die ganze Zeit über im Auge, um mich zu vergewissern, daß er nicht hineinsah. Dann ließ ich mir von Hermes aus meiner Rüstung helfen. Von diesem Gewicht befreit, hatte ich jedesmal das Gefühl, fliegen zu können.

»Hermes, hol Lampen und stell sie ins Zelt.«

»Im Zelt steht doch schon eine«, erwiderte er. Er meinte eine winzige Tonlampe, die nur einen äußerst schwachen Schein verbreitete.

»Ich will mehr Lampen und größere«, erklärte ich ihm. »Treib irgendwo welche auf.« Er zog murmelnd ab, während ich Platz nahm, um noch einen Schluck Wein zu trinken, bevor ich mich der Haupttätigkeit der Nacht widmete. Freda stand im Eingang und beachtete mich nicht, während ich mit Molon sprach.

»Jetzt, da du mir gehörst, muß ich mehr über dich wissen«, begann ich. »Erzähl mir deine Geschichte.«

»Da gibt es nicht viel zu erzählen«, behauptete er, was nur bedeutete, daß er mir nicht viel erzählen wollte. »Mein Vater war ein griechischer Kaufmann, der in Massalia lebte. Meine Mutter war eine Gallierin, eine Bojerin aus dem Norden, so daß ich als Kind beide Sprachen lernte. Ich bin mit meinem Vater auf Handelsexpeditionen die Flußtäler hinauf bis zum Meer im Norden gereist.« All das erzählte er, als würde er von jemand anderem sprechen, ohne anzudeuten, ob dies für ihn eine glückliche Zeit gewesen war oder nicht.

»Ich muß etwa sechzehn Jahre alt gewesen sein, als wir von einem Trupp germanischer Freischärler gefangengenommen wurden. Normalerweise können griechische Kaufleute die zwischen zwei Stämmen umkämpften Gebiete absolut unversehrt durchqueren, ohne von den Galliern belästigt zu werden, weil jene den Handel mit dem Ausland sehr hoch schätzen. Doch diese Männer waren Germanen, gerade erst über den Fluß gekommen, für die wir nichts anderes waren als ein paar Fremde. Sie machten sich über den Wein her, den wir erworben hatten, und es dauerte nicht lange, da töteten sie die Männer und vergnügten sich mit dem Sklavinnen, die wir gekauft hatten. Am nächsten Morgen wurden wir nach Germanien verschleppt. Da war mein Vater schon tot, was eine große Erleichterung für ihn gewesen ist.«

»Warum haben sie dich verschont?« fragte ich.

»Später, als ich ihre Sprache gelernt hatte, erfuhr ich, daß sie bei mir eine Ähnlichkeit mit einem ihrer Waldgeister festgestellt haben wollten, einer spitzbübischen Kreatur, die unter den Wurzeln der Bäume lebt und den Menschen Streiche spielt. Sie haben gedacht, es würde Unglück bringen, mich zu töten, also haben sie mich zu ihrem Sklaven gemacht. Zunächst zwangen sie mich zu harter körperlicher Arbeit, doch dann stellte sich heraus, daß ich ihnen als Dolmetscher wertvollere Dienste leisten konnte.«

»Warum?« fragte ich. »Diese germanischen Stämme leben doch schon seit Jahrhunderten in der Nachbarschaft der Gallier. Es dürfte kein Mangel an Menschen herrschen, die beide Sprachen fließend sprechen. Und gallische Sklaven haben die Germanen bestimmt reichlich.«

»In der Tat«, bestätigte er nickend. »Doch bei diesem Stamm handelte es sich um ein Volk aus den tiefen Wäldern, die den am Fluß siedelnden Stämmen mißtrauten, und allen Galliern, egal ob Freien oder Sklaven, sowieso.«

»Was machte dich anders?«

»Ich war Grieche oder zumindest Halbgrieche und deshalb ein Exot. Ich hatte keinerlei Verbindung zu den örtlichen Stämmen, so daß es wenig wahrscheinlich war, daß ich sie wegen irgendeiner Stammesloyalität verraten würde.«

»Und wie hat Vinius dich erworben?«

»Mein He…, das heißt, mein früherer Herr war Mitglied

einer Delegation, die Rom vor zwei Jahren zu Verhandlungen mit König Ariovistus gesandt hat. Sie haben sich am Ostufer des Rhenus getroffen, um die Fiktion aufrechtzuerhalten, die Germanen würden sich nicht wirklich in Gallien aufhalten.«

»Vielleicht sind diese Germanen politisch gar nicht so unkultiviert, wie wir immer glauben«, sinnierte ich.

»Subtilität ist ihnen fremd«, sagte Molon, »doch sie sind sehr versiert in fast allem, was ihnen hilft, ihre Macht auszudehnen. Sie kämpfen gerne, doch noch lieber schüchtern sie ihren Gegner ein, ohne zu kämpfen, und sie sind durchaus bereit zu verhandeln, bis sie stark genug zum Angriff sind.«

»Du erweist dich schon jetzt als ziemlich wertvoll. Hat Vinius dich gekauft?«

»Ich war Teil der an die Gesandten überreichten Geschenke. Titus Vinius hat persönlich um mich gebeten, und die anderen haben bereitwillig zugestimmt, da sie mich für das bei weitem minderwertigste Präsent hielten.«

»Ein verzeihlicher Fehler. Hat er auch Freda auf diese Weise erworben?«

Er musterte sie mit einem Grinsen. Sie starrte wütend zurück. »Nein, sie wurde ihm einige Monate später von einem suebischen Häuptling namens Nasua geschenkt.«

»Warum?« fragte ich. »Und wer sind die Sueben?«

»Sie sind ein östlicher Stamm, der etwa zur selben Zeit wie die römische Delegation am Rhenus eintraf. Und warum – nun, die germanischen Häuptlinge sind große Schenker und versuchen ständig, sich gegenseitig an Großzügigkeit zu überbieten. Nasua führt seinen Stamm gemeinsam mit seinem Bruder Cimberius. Offenbar hatte Cimberius einen prachtvollen, juwelenbesetzten Pokal an den römischen Prokonsul senden lassen, also hat Nasua sie Vinius vor allen Häuptlingen und Würdenträgern überreicht. Er hat behauptet, sie wäre eine gefangene Prinzessin von einem Stamm aus den Tiefen der Wälder, aber ich glaube, sie ist einfach die Tochter eines Kuhhirten, die er selbst satt hatte.«

Freda knurrte irgend etwas und hieb ihm mit der Faust so heftig gegen den Kopf, daß er ein paar Schritte nach hinten taumelte.

»Was hat sie gesagt?« fragte ich ihn. »Es klang ungewöhnlich gehässig.«

Er grinste sein von zahlreichen Zahnlücken geziertes Grinsen. »Sie hat mir erklärt, wie froh sie ist, der Besitz eines so gutaussehenden und adeligen Römers zu sein, Herr.«

»Und ich hatte schon fast angefangen, dir zu glauben. Doch sag mir eins: Warum hast du nie versucht, deine Freiheit auf dem Rechtswege zu erstreiten? Wenn dein Vater ein Bürger Massilias war und du von einem Trupp Freischärler über den Rhenus verschleppt worden bist, dann war deine Versklavung illegal und kann rückgängig gemacht werden.«

Er zuckte mit den Schultern. »Meine Mutter war bloß eine Konkubine. Mein Vater hatte noch einen legitimen Sohn von seiner Ehefrau und hat mich nie als sein Kind anerkannt. Meine Freiheit einzuklagen würde mir wenig nützen, und wozu auch. Freiheit ist ohnehin ein grandios überschätztes Gut. Für die meisten von uns bedeutet es nur die Freiheit, zu verhungern.«

Ich erhob mich, als Hermes mit den Lampen zurückkehrte. Während er sie im Zelt aufstellte, beobachtete ich, wie Freda mich beobachtete. Völlig ohne Angst, mit kühl entschlossener Berechnung.

»Bitte sehr«, verkündete Hermes, als er herauskam. »Erleuchtet wie eine Schmiede.«

»Du und Molon, ihr macht es euch hier draußen bequem«, erklärte ich ihnen. »Freda, du kommst mit mir.« Ich duckte mich unter dem Eingang und setzte mich auf meine Pritsche. Die Seile unter mir quietschten, als ich an den Riemen meiner Stiefel zog. Freda trat ein. »Zieh die Plane hinter dir zu«, befahl ich ihr. Sie gehorchte, wobei ein leicht verächtliches Zucken die vollendete Schönheit ihrer Lippen beeinträchtigte. In der Ferne hörte ich eine Trompete, selbst in einem Legionärslager ein einsames Geräusch.

Nachdem ich mich meiner Stiefel entledigt hatte, legte ich mich zurück und verschränkte die Hände hinter dem Kopf. Das sah lässiger aus und verbarg überdies das Zittern. »Komm näher«, sagte ich. Das Zelt war nicht besonders groß. Mit einem Schritt war sie bis auf wenige Zentimeter an mein Lager herangetreten.

»Was willst du?« fragte sie in einem Tonfall, der ahnen ließ, daß sie ganz genau wußte, was ich wollte.

»Zieh dich aus«, befahl ich ihr mit erstaunlich fester Stimme. Sie zögerte, ein Abbild des reinen Trotzes. »Freda«, sagte ich geduldig, »es gibt drei Männer, vor denen auszuziehen sich eine Frau nie schämen sollte: ihren Ehemann, ihren Arzt und ihren Eigentümer. Also, leg diese barbarische Verkleidung ab.«

Sie verzog ihren Mund noch ein wenig mehr, während sie mit einer Hand die Fibula löste, die ihre Tunika an der linken Schulter zusammenhielt. Die Rundung ihrer Brüste verhinderte, daß der Stoff nach unten glitt, so daß sie mit einem Zupfen nachhelfen mußte. Auch über ihre noch volleren Hüften mußte sie das Kleidungsstück schieben, bis es schließlich jenseits aller Widerstände in einem kleinen Haufen um ihre Knöchel landete.

Für einen Menschen mit ausgeprägt vornehmen Empfindlichkeiten kann der Anblick des Körpers einer Barbarin schockierend sein. Hochgeborene Römerinnen entfernen sorgfältig jedes Härchen, das unterhalb ihrer Kopfhaut an ihrem Körper sprießt. Oft müssen sich sogar ihre Sklaven dieser Prozedur unterziehen. Selbst gallische Männer epilieren sich bis auf ihr Haupthaar und ihr Oberlippenbärtchen. Die Germanen hingegen glauben, daß man der Natur in diesen Dingen am besten nicht ins Gehege kommt. Im Gegensatz zu vielen römischen Männern fand ich Frauen in ihrem natürlichen behaarten Zustand nicht abstoßend. Ganz im Gegenteil sogar, und um so mehr in Fredas Fall. Sie sah aus wie ein junges wildes Tier, nicht wie eine polierte Marmorstatue.

»Dreh dich um«, sagte ich, ohne daß man meiner Stimme die plötzliche Trockenheit meines Mundes angemerkt hätte.

»Was immer mein Herr wünscht«, sagte sie und beschrieb langsam eine halbe Drehung. Ihre wallende goldblonde Mähne reichte bis zu der Spalte zwischen ihren Hinterbacken.

»Halte dein Haar hoch«, befahl ich ihr. Sie hielt die Lockenpracht mit beiden Händen auf ihrem Kopf. Das Gewicht auf ein Bein gestützt stand sie in der klassischen Pose der Aphrodite Kallipygos da. Sie war die personifizierte Jugend, Kraft und Grazie, ein prachtvolles junges Tier mit makelloser Haut, vollkommen bis ins letzte Detail.

»In Ordnung, du kannst dich wieder anziehen.«

Sie fuhr herum und ließ ihr Haar fallen. »Was?« Es war die erste echte Gefühlsäußerung, die ich ihr hatte entlocken können.

»Ich habe gesehen, was ich sehen wollte. Zieh deine Tunika wieder an oder laß sie aus, wenn du lieber so schläfst.«

Sie bückte sich und hob ihre Pelztunika auf. »Du bist aber leicht zufriedenzustellen.«

»Titus Vinius hat dich nicht geschlagen, Freda«, sagte ich. »Warum nicht?«

»Ich habe ihn erfreut«, sagte sie, die Fibula an ihrer Schulter befestigend.

»Sei nicht albern!« fuhr ich sie an. »Der bösartige Bastard hat jeden geschlagen, der in Reichweite seines Stockes kam.

Du hast nicht eine einzige Strieme auf der Haut. Sag mir, warum das so ist.«

Sie ließ sich auf die Koje sinken, die noch vor kurzem von dem nun verbannten Hermes belegt worden war. »Manchmal finden Männer Gefallen an seltsamen Praktiken. Vor allem Männer, die große Macht über geringere Männer haben. Manchmal wollen diese Männer selbst geschlagen werden.« Sie schenkte mir ein hinreißendes Lächeln. »Sie wollen von Frauen gedemütigt und erniedrigt werden. Am besten von Sklavinnen.«

Bei Herkules, dachte ich, diese Germanen waren weit kultivierter, als ich je angenommen hatte.

»Und du hast ihm diese...ähm... Dienste geleistet?«

»Wann immer er danach verlangte. Und er hat mich nie geschlagen, weder mit dem Stock noch mit der Hand, obwohl er vor den anderen manchmal in rauhem Ton mit mir geredet hat. Er sagte, daß er das der Form halber tun müsse. Hinterher hat er mich immer um Verzeihung angefleht und wollte dafür bestraft werden.«

Also wirklich, Titus Vinius, dachte ich. Der Mann entpuppte sich mehr und mehr als überaus eigenwilliger Charakter. Ich habe in meinem Leben Politiker gekannt, die nicht annähernd so viele Marotten pflegten.

»Und du hast ihm immer gehorcht?« fragte ich.

»Natürlich. Schließlich bin ich eine Sklavin.«

»So ist es. Und jetzt geh schlafen, Freda. Ich muß über vieles nachdenken.«

Sie betrachtete mich eine Weile ungläubig, bevor sie sich hinlegte und den Kopf auf ihren angewinkelten Arm bettete. Sie schloß die Augen, doch ich wußte nicht, ob sie wirklich schlief. Ich löschte die Lampen und lehnte mich zurück.

Es war nicht leicht gewesen. Ich hatte mich danach verzehrt, sie mit beiden Händen zu packen und mein Gesicht in diesem wunderbaren Haar zu vergraben, aber ich wußte, daß ich verloren gewesen wäre, wenn ich das getan hätte. Sie mochte eine barbarische Sklavin sein, doch sie wußte um ihre Macht, der ich mich gebeugt hätte, wenn ich mich meinen natürlichen Neigungen hingegeben hätte.

Was immer ich sonst sein mochte, ich würde kein zweiter Titus Vinius werden.

VIII

Am nächsten Morgen führte mich mein erster Weg zum Lagerschmied. Wie viele Handwerker der Legion war er ein einfacher Soldat, der durch die Erledigung notwendiger Handwerksarbeiten einen kleinen Extraverdienst und die Befreiung vom ermüdenden Drill erzielte. Glücklicherweise überstieg die Reparatur von Vinius' Truhe sowie die Anfertigung eines neuen Schlüssels seine praktischen Fähigkeiten nicht. Ich beobachtete ihn bei der Arbeit und gab ihm hinterher ein paar Sesterzen für seine Bemühungen. Das war zwar nicht notwendig, doch es erwies sich stets als ein Fehler, die Dienste solcher Menschen für selbstverständlich zu erachten.

Ich deponierte die Truhe im großen Zelt des Praetoriums, wo sie so sicher sein würde, wie das unter den gegebenen Umständen möglich war. Dann sprach ich mit den Männern, die der Erfolg meiner Mission am unmittelbarsten betraf. Ich fand sie unter strenger Bewachung in einer sieben Meter breiten, sieben Meter langen und vier Meter tiefen Grube, die man neben dem Zelt mit den Standarten ausgehoben hatte. Rundherum stand ein Contubernium, jeder der Männer trug einen

Köcher mit Wurfspeeren sowie ein Pilum. Einer hatte einen weißen Streifen auf dem unteren Rand seines Helmes, der ihn als Decurio identifizierte.

»Ich bin der ermittelnde Offizier«, erklärte ich dem Mann mit dem weißen Streifen. »Ich muß mit den Gefangenen reden.«

»Man hat uns gesagt, daß du freien Zugang zu ihnen hast«, sagte der Decurio. Er wandte sich an den Mann neben ihm. »Silva, laß die Leiter für den Hauptmann hinab.«

»Es wäre mir lieb, wenn du und deine Männer einen Schritt zurücktreten könntet, während ich meine Befragung durchführe. Ich muß ungestört mit den Verdächtigen sprechen.«

Er schüttelte den Kopf. »Kommt überhaupt nicht in Frage, Herr. Wenn es einem der Männer gelingt, Selbstmord zu begehen, muß einer von uns seinen Platz einnehmen. Wenn sie dir etwas antun, kommen wir alle in die Grube. Sprich einfach leise, und wir versprechen, nicht zu lauschen.«

Ich stieg die Leiter hinab, und Burrus sprang auf, um mich zu begrüßen. Die übrigen Männer hockten niedergeschlagen auf dem schlammigen Boden, an ihren Knöcheln wie ein Arbeitstrupp von Sklaven aneinandergekettet. Männern in ihrer Lage muß man mangelnde Begeisterung nachsehen.

»Patron!« rief Burrus. »Was ist los? Die Wachen dürfen nicht mit uns sprechen.«

»Zunächst einmal hat man mich beauftragt, den Mord an Vinius zu untersuchen.«

Er drehte sich zu den anderen um. »Seht ihr? Ich habe euch doch gesagt, daß mein Patron uns hier rausholen wird! Er ist berühmt dafür, Verräter und Mörder aufzuspüren! Wir sind schon so gut wie frei!«

Sein Glaube an mich rührte mich, obwohl ich fürchtete, er könne ein wenig übertrieben sein. Ich betrachtete das restliche Contubernium, und sie schienen meine Skepsis zu teilen.

Quadratus schenkte mir ein säuerliches Lächeln und ein kurzes Nicken. Die anderen musterten mich argwöhnisch. Sie waren typische Soldaten, die meisten von ihnen älter als Burrus, einige sogar Veteranen mit silbergrauen Bartstoppeln. Diese Mischung hielt man in der Armee für nahezu ideal, da die Veteranen die Beständigkeit und Durchhaltekraft, die Rekruten die für einen Angriffskrieg notwendige jugendliche Kühnheit beisteuern sollten. Eine Einheit, die ausschließlich aus Veteranen besteht, ist oft übervorsichtig, eine allein aus Rekruten zusammengesetzte hingegen neigt zu rücksichtslosem Vorgehen und gerät bei Widrigkeiten leicht in Panik. Es war diese Kombination gewesen, mit der wir ein Weltreich erobert hatten.

»Ich bin der einzige Mensch in ganz Gallien, der euch retten kann«, erklärte ich kühn. »Ich glaube nicht, daß ihr Titus Vinius getötet habt, doch selbst ich muß zugeben, daß ihr so schuldig erscheint wie Ödipus.«

»Wer ist Ödipus?« fragte einer von ihnen.

»Er war ein Grieche, der es mit seiner Mutter getrieben hat«, erklärte einer der Veteranen.

»Typisch Grieche«, meinte ein anderer. »Was hast du erwartet?«

Ich sah, daß wir vom Thema abkamen, und nahm mir vor, auf jegliche Metaphorik zu verzichten. »Hört zu. Wenn ich beweisen soll, daß ihr Vinius nicht getötet habt, muß ich alles wissen, was ihr über ihn wißt. Ihr müßt mir nicht erzählen, wie bösartig er war, das weiß ich bereits. Aber hat er beispielsweise Geschäfte außerhalb der Legion getätigt?«

»Welcher leitende Centurio tut das nicht?« gab Quadratus zurück. »Natürlich hatte er Abmachungen mit den hiesigen Händlern und Lieferanten. Der Erste Speer und der Lagerpräfekt schieben sich doch gegenseitig die fetten Brocken zu. Das war schon immer so bei der Legion.«

»Ich bin auf der Suche nach ernsthafteren Vergehen als der üblichen, institutionalisierten Kleinkorruption. Wie hat Vinius es angestellt, so reich zu werden?«

Ein Veteran kratzte sich am Kinn. »Ich hatte keine Ahnung, daß Vinius reicher war als die anderen Männer seines Ranges. Wir haben ihm bezahlt, was wir konnten, um dem Latrinendienst oder anderen Bestrafungen zu entgehen, aber davon allein wird kein Mensch reich. Wir haben immer gesagt, daß er die meisten seiner Bestechungsgelder für neue Stöcke ausgegeben haben muß.« Die anderen quittierten diese Bemerkung mit Gelächter. Es waren offenbar Männer von lobenswert unverwüstlicher Moral.

»Ich habe etwas über Vinius in Erfahrung gebracht«, sagte ich, meine Stimme senkend, »und ich möchte, daß ihr es für euch behaltet.«

Quadratus wies auf die umstehenden Wachen. »Meinst du, wir würden es überall im Lager herumerzählen, oder was?«

»Im vergangenen Jahr«, fuhr ich fort, »hat Titus Vinius massiv in italische Landgüter investiert. Er hat etwas mehr als eine Million Denaru ausgegeben, und ich wüßte gerne, wie er in den Besitz einer derartigen Summe gekommen ist.«

»Das ist mir völlig neu«, sagte Quadratus, und auch die anderen sahen ähnlich verblüfft aus. »Er hat seine finanziellen Transaktionen natürlich nicht mit uns besprochen.«

»Ich wette, daß er sich niemandem anvertraut hat«, sagte ich. »Jedenfalls nicht in dieser Legion. Deswegen will ich ja wissen, was er außerhalb der Legion getrieben hat. Molon hat mir erzählt, daß er Mitglied von mindestens einer oder zwei Gesandtschaften zu den Galliern und den Germanen war.«

»Paß auf, was dir dieser häßliche Zwerg erzählt«, warnte mich einer der älteren Männer. »Ein Sklave sagt nie die Wahrheit, wenn er auch mit einer Lüge durchkommen kann. Aber das ist richtig. Fast jedesmal, wenn der Prokonsul etwas mit den Barbaren zu verhandeln hatte, ist Vinius dabeigewesen. Er war Kommandant der Ehrengarde, und der militärische Rat des Ersten Speers ist immer gefragt. Das ist uralte Sitte.«

»Hat Vinius je hier im Lager mit den ansässigen Galliern oder Germanen verhandelt?«

Diese Frage löste allgemeines Gelächter aus. »Barbaren hier im Lager? Unwahrscheinlich mit Ausnahme der praetorianischen Auxilia.«

Es entwickelte sich immer mehr zu einem dieser Alpträume, die ich manchmal hatte, in denen ich auf dem Weg zum Forum oder nach Hause durch seltsam menschenleere römische Straßen rannte, ohne je anzukommen, sondern statt dessen immer wieder in Sackgassen landete.

»Also gut, dann berichtet mir, was ihr in der Nacht getan habt, als er ermordet wurde.«

»Quadratus und ich hatten denselben Wachposten am Nordwall, an dem du uns vor ein paar Tagen abgelöst hast«, sagte Burrus. »Wir hatten immer dieselben Posten, wenn wir Nachtdienst hatten, und das war in letzter Zeit jede Nacht der Fall.« Er zählte die anderen sechs paarweise auf. Er und Quadratus hatten den östlichsten Posten gehalten, die anderen die nächsten drei in westlicher Richtung.

»Wann habt ihr Vinius zuletzt gesehen?« fragte ich.

»Bei der Abendparade vor Antritt des Nachtdienstes«, erklärte Burrus. »Er stand mit dem Legatus auf dem Inspektionsposten wie an den meisten Abenden.«

»Caesar war nicht anwesend?«

»Der Prokonsul zeigt sich nur zu formellen Paraden«, sagte einer der Veteranen. »Der Morgen- und der Abendappell werden oft auch nur von einem Tribun abgenommen.«

»Und auf dem Wall habt ihr ihn in jener Nacht nicht gesehen?«

»Das kommt nur äußerst selten vor«, sagte Quadratus.

»Warum sollte er sich erst bis zum leitenden Centurio hochdienen, um dann wie ein gemeiner Legionär die ganze Nacht auf dem Wall rumzutrampeln?«

»Gesprochen wie ein wahrer Soldat«, lobte ich ihn. »Man hat ihn in einer groben, dunklen Tunika gefunden wie die eines Sklaven. Hat einer von euch ihn je so gekleidet gesehen?«

Sie sahen einander verlegen an, ein seltsamer Anblick bei solch abgebrühten Gestalten.

»Nun ja, Herr«, setzte einer der Veteranen an, »wir wußten alle, daß Vinius und diese germanische Frau ein paar eigenartige Spielchen gespielt haben, doch das geschah stets hinter heruntergelassenen Zeltplanen. Aber wir haben ihn immer nur wie einen Centurio gekleidet gesehen.«

»Wenn er sich anders in der Öffentlichkeit gezeigt hätte«, führte Quadratus aus, »wäre er sehr schnell der Spott der ganzen Legion gewesen, noch schlimmer als du in deiner Parade-Aufmachung.« Die Runde gluckste auf meine Kosten fröhlich vor sich hin. »Er hätte sich sämtlichen Respekt verscherzt, und das kann sich ein Centurio nicht leisten. Schon gar nicht der Erste Speer.«

»Er wurde nur ein paar hundert Meter von eurem Wachposten entfernt getötet. »Habt ihr irgend etwas gehört?«

»Nur die Barbaren, die ihren üblichen Krawall veranstaltet haben«, erwiderte Burrus. »Genau wie in der Nacht, als du Offizier der Nachtwache warst. Die hätten da draußen ein Dutzend Römer abschlachten können, ohne daß wir etwas davon mitbekommen hätten. Außerdem waren wir alle halbtot vor Müdigkeit.«

»Das ist das einzig Gute daran, hier eingesperrt zu sein«, bemerkte Quadratus. »Trotz des Schlamms und allem haben wir in der letzten Nacht zum ersten Mal seit Wochen wieder durchgeschlafen.«

Ich blickte auf. Über der Grube sah man nichts als blauen

Himmel mit ein paar Wolken. »Ich werde sehen, ob ich Labienus überreden kann, dieses Loch mit einer Plane bedecken zu lassen.«

»So schlimm ist es auch nicht«, sagte einer der Veteranen. »Kein Vergleich zu Libyen.«

Ich verließ sie unter weiteren Beteuerungen, sie aus ihrer mißlichen Lage zu befreien und das drohende Unheil abzuwenden. Die jungen Männer wollten mir offenbar gerne glauben. Die anderen wußten längst, daß nur ein Tor etwas anderes erwartete als das Allerschlimmste.

Auf dem Weg zurück zum Praetorium sah ich, daß sich auf dem Forum eine beträchtliche Menschenmenge versammelt hatte. Ich schlenderte hinüber, um zu sehen, was dort vor sich ging, und kam an dem verbrannten Fleck Erde vorbei, auf dem am Vortag noch der Scheiterhaufen für Titus Vinius errichtet worden war. Inmitten der Menschenmenge sah ich Labienus auf einer niedrigen Plattform auf einem kurulischen Stuhl sitzen, umgeben von einem halben Dutzend auf ihre Fasces gestützte Liktoren. Unter den Schaulustigen entdeckte ich Carbo und gesellte mich zu ihm, um zu erfahren, was los war.

»Der Legatus hält Gericht«, informierte er mich. »Heute morgen ist ein Haufen hiesiger Würdenträger und Anwälte erschienen, die auf Entscheidungen in einigen langwierigen Verfahren drängen.«

»In einem Militärlager im Kriegsgebiet?« fragte ich.

»Das Leben geht weiter«, erklärte Carbo, »sogar im Krieg.«

Es ist eine der vielen Anomalien unseres Regierungssystems, daß wir von einem Propraetor oder Prokonsul, den wir in ausländische Territorien entsenden, erwarten, daß er gleichzeitig Magistrat und militärischer Oberbefehlshaber ist. Deswegen hat er seinen Legatus dabei; so kann er sich auf die wichtigere der beiden Funktionen konzentrieren und die andere seinem Assistenten überlassen. Doch bisweilen mußte ein Mann beide Rollen erfüllen, wie Labienus jetzt. Ich war überrascht, unter den Würdenträgern auch einige gut gekleidete Gallier, einschließlich einiger Druiden, zu entdecken, die genauso aussahen wie jene, denen ich unlängst begegnet war.

Dies war eine wunderbare Gelegenheit, das Praetorium für mich zu haben. Ich nahm die Abkürzung über den Wall beim Rednerpodium und fand das große Zelt verlassen. Bevor ich eintrat, ging ich einmal um das ganze Zelt herum, um sicherzugehen, daß ich unbeobachtet war.

Ich stellte die schwere Truhe auf den Tisch und öffnete sie mit meinem neuen, glänzenden Schlüssel. Zunächst entnahm ich sämtliche Urkunden und erstellte eine Liste mit allen Einzelheiten einschließlich der Kaufpreise. Als alle Papiere und Tafeln auf einem Haufen lagen, hob ich die Truhe an. Sie war noch immer sehr schwer, selbst wenn man das massive Holz und die eisernen Beschläge in Betracht zog. Ich schleppte die Truhe bis zum Eingang des Zeltes und stellte sie so ab, daß die Sonne auf ihren Boden fiel. Er war völlig glatt, ohne jeden Überstand. Ich versuchte, die schweren Nieten zu verschieben, die die Beschläge hielten, doch keine bewegte sich auch nur einen Millimeter.

Ich drehte die Truhe um und untersuchte die Unterseite. Die Truhe stand auf vier etwa drei Zentimeter hohen, stämmigen Füßen, die von unten mit Leder gepolstert waren. Ich versuchte sie zu drehen. Der dritte Fuß gab ein wenig nach. Ich trug die Truhe zurück zum Tisch, packte den Fuß und drehte erneut daran. Nach einer Vierteldrehung hörte man ein Klicken. Die Unterseite der Truhe klaffte einen Spalt weit auf, und es gelang mir, meinen Dolch in den Schlitz zu schieben. Mittels dieses Hebels ließ sich die Holzplatte an der Unterseite ohne Schwierigkeiten lösen, und ich blickte auf eine Art zweiten Boden. Er war aus massivem Gold.

Nach einer Weile besann ich mich wieder zu atmen und betrachtete meinen Fund genauer. Auf der Oberfläche zeichnete sich ein feines Gittermuster ab. Ich stieß mit der Spitze des Dolches in einen Zwischenraum und löste einen Minigoldbarren von der Länge und Breite meines Zeigefingers. Er lag erstaunlich schwer in meiner Hand, und in der rechteckigen Lücke, die er hinterlassen hatte, erkannte ich eine weitere Goldschicht.

Ich setzte den Barren wieder an seinen Platz, befestigte den falschen Boden und drehte den Fuß der Truhe zurück in seine Ausgangsstellung. Dann holte ich mir aus der Vorratstruhe im Zelt einen Krug von Caesars Wein und war ziemlich stolz auf mich, keinen Tropfen verschüttet zu haben.

Wer wußte von diesem Schatz? Vinius schien keine Familie gehabt zu haben. Hatte er sich seinem Verwalter anvertraut? Und wenn ja, wie weit? Heimlich drängte sich ein unwürdiger, aber ungemein verlockender Gedanke in mein Gehirn: Hier lag genug Reichtum, alle meine Schulden zu bezahlen und mir meine notorisch kostspielige Amtszeit als Aedil zu finanzieren. Ich konnte Straßen ausbessern, einen oder zwei Tempel renovieren und spektakuläre Spiele veranstalten, und hinterher hätte ich noch einiges übrig, um mich zu amüsieren. Wie schwierig würde es sein, diese Urkunden zu ändern und auf meinen Namen umschreiben zu lassen? Als Großgrundbesitzer wäre ich zum ersten Mal in meinem Leben wirklich unabhängig. Die Landgüter lagen weit verstreut, und niemand würde je davon erfahren. Reichtum an Ländereien wurde nur äußerst selten hinterfragt. Wie jede andere Art von Reichtum auch.

»Ist es nicht noch ein wenig früh, um sich aus dem Weinvorrat zu bedienen?«

Ich fuhr herum. Im Eingang stand Labienus. »Ich habe die Erfahrung gemacht, daß Wein meinen Gedanken auf die Sprünge hilft«, erklärte ich ihm.

»Gieß mir auch einen Becher ein«, sagte er. »Ein wenig Inspiration kann ich gut gebrauchen.« Er betrat das Zelt. »Ich muß erst mal eine Pause machen, bevor ich ein paar summarische Hinrichtungen anordne, deretwegen ich dann bei meiner Rückkehr nach Rom verklagt werden könnte. Bei den Göttern, ich hasse diese Geschäftsleute und Publicani aus der Provinz.« Er warf einen Blick auf die Urkunden neben der Truhe. »Haben die alle Vinius gehört? Eine Menge Papierkram für einen Centurio.«

Ich reichte ihm einen Becher. »Er war selber ein kleiner Geschäftsmann.«

»Tu dir einen Gefallen«, riet mir Labienus, »vergiß diesen Mord. Ich weiß, daß dieser Junge einer von deinen Klienten ist, aber davon muß deine Familie doch Tausende haben. Niemand wird ihn vermissen, und je schneller die acht hingerichtet werden, desto schneller wird diese Armee zur Normalität zurückfinden. Und zu Beginn eines Krieges braucht man vor allem Normalität.«

»Ich kann diese Sache nicht ruhen lassen, bis mein Gerechtigkeitssinn befriedigt ist«, erklärte ich ihm. »Und der ist weit davon entfernt, befriedigt zu sein.«

»Was ist denn das große Rätsel?« wollte er wissen. »Der Mann war ein brutaler Schläger und hat seine Männer wie Tiere behandelt. Dieses spezielle Contubernium hat die volle Wucht seines Stockes zu spüren bekommen, was sie zu einer törichten Verzweiflungstat getrieben hat. Völlig verständlich, wenn auch unverzeihlich. Laß sie für ihre Schuld bezahlen, und damit ist der Fall erledigt.«

»Aber das Ganze ergibt keinen Sinn«, wandte ich ein.

»Was ergibt keinen Sinn?« fragte er ungeduldig.

»Zuerst einmal der Dolch.«

»Der Dolch? Was ist damit? Eine gute und traditionelle Mordwaffe. Passiert ständig. Was meinst du?«

»Wir haben acht Soldaten, von denen zumindest drei an dem Mord teilgenommen haben. Jeder von ihnen trägt Tag und Nacht ein Gladius. Warum sollte jemand einen Dolch benutzen, wenn er auch ein Gladius verwenden kann? Du weißt, wie die Stichwunde eines Gladius aussieht. Manchmal ist es, als habe jemand dem Opfer eine Schaufel in den Leib gerammt. Einen Dolchstoß kann man überleben, solange keine lebenswichtigen Organe getroffen werden. Ein Stoß mit dem Gladius hingegen bedeutet den sicheren Tod, deswegen haben wir das mörderische Ding überhaupt nur eingeführt.«

»Da hast du allerdings recht«, räumte er ein. »Aber Menschen in Extremsituationen denken häufig nicht logisch. Und es war schließlich eine Verschwörung. Vielleicht wollte jeder von ihnen nur seinen Teil zum Mord beitragen, damit die Schuld gleichmäßig verteilt ist.«

»Ein berechtigter Einwand«, gab ich zu, mich an meine rudimentäre Ausbildung zum Anwalt erinnernd. »Doch es fällt mir schwer zu glauben, daß die Mörder bei der Eliminierung eines so gefährlichen Mannes wie Titus Vinius derart unvorsichtig vorgegangen sein sollen.« Diese juristische Sophisterei half mir auch, meine Gedanken von dem Gold im Boden der Truhe loszureißen. Trotzdem standen Schweißperlen auf meiner Stirn. »Und dann die Geschichte mit der Würgeschlinge. Das ist ganz und gar unsoldatisch. Ich denke, diese Männer hätten saubere und schnelle Arbeit geleistet, wenn sie die Absicht gehabt hätten, ihn zu töten. Und dann ist da noch die Kleidung des Toten.«

»Die war in der Tat äußerst seltsam.«

»Die beschuldigten Männer behaupten, daß sie ihn das letzte Mal gesehen haben, als er bei der Abnahme der Abendparade neben dir stand. Hast du ihn danach noch gesehen?«

»Laß mich überlegen ... er kam zurück ins Praetorium, um eine Weile mit Caesar und ein paar Galliern zu konferieren ...«

»Gallier? Was für Gallier?«

»Ein paar von ihnen sind jetzt draußen. Sie haben Caesar bedrängt, in ihren Verfahren zu entscheiden, weil sie wissen, daß es, wenn der Krieg erst einmal angefangen hat, zu spät sein wird, noch Gerichtstage abzuhalten.«

»Worum geht es in ihren Fällen?«

»Das übliche«, erwiderte er schulterzuckend. »Aufträge für öffentliche Arbeiten, die wegen ihrer außergewöhnlichen Laufzeit von fünf Jahren angefochten werden; einige Morde, die in blutige Fehden ausarten würden, wenn wir ihnen die Rückkehr zu den Sitten ihrer Vorväter erlauben würden; eine Reihe umstrittener Pachtverträge für diverse Ländereien und dergleichen mehr.«

Bei der Erwähnung von Ländereien spitzte ich die Ohren, doch Land in Gallien hatte Titus Vinius anscheinend nicht interessiert. In der Provinz gab es fruchtbarstes Ackerland zu weit günstigeren Preisen als in Italien. Und auch Arbeitskräfte waren billig zu haben. Zu Zeiten eines bevorstehenden Krieges gab es natürlich immer ein paar Unwägbarkeiten, aber falls das der Grund für seine Zurückhaltung gewesen sein sollte, verriet er einen enttäuschenden Mangel an Vertrauen in die römische Waffenkraft.

»Warum brauchte Caesar ihn, um mit den Galliern zu verhandeln?«

»Ich weiß nicht. Ich war nur ein paar Minuten lang dabei, dann mußte ich ins Lager der Auxilia, um die neu eingetroffene Reiterei zu inspizieren. Caesar hat ihnen jedenfalls gesagt, sie sollten in zwei Tagen zur Gerichtsverhandlung wiederkommen. Daß er dann nicht mehr hier sein würde, hat er ihnen nicht erzählt. Er wollte den ganzen Schlamassel nur auf mich abschieben. In manchen Dingen ist er noch immer genauso faul wie früher.«

»Danach hast du Vinius nicht mehr gesehen?«

»Nein. Wahrscheinlich hat er sich mit seiner germanischen Frau in sein Zelt zurückgezogen.« Er sah mich scharf an und erinnerte mich damit an den Groll, den sämtliche Offiziere gegen mich hegten. »Und was hältst du von ihr? Wenn Caesar sie nicht wollte, hätte er sie mir geben sollen. Ich bin sein Legatus.«

»Ich habe mächtige Freunde im Senat.«

»Hm. Wahrscheinlich schuldet er dir Geld. Caesar soll seine Schulden zu guter Letzt ja alle beglichen haben, aber das glaube ich nicht. Sie waren einfach zu gewaltig. Na ja, zurück an die Arbeit.« Er stellte seinen Becher neben die goldbeladene Truhe auf den Tisch. »Beherzige meinen Rat, Metellus: Laß die Hinrichtung dieser Männer geschehen. Es wird für alle das beste sein.«

»Nicht, solange ich nicht von ihrer Schuld überzeugt bin«, erwiderte ich.

»Na ja, es ist ja deine Karriere.« Er bückte sich unter dem Eingang und ging hinaus.

Sorgfältig verstaute ich die Dokumente wieder in der Truhe und verschloß sie. Dann hängte ich mir den Schlüssel um den Hals. So blieb ich eine Weile sitzen und betrachtete die Truhe. Ich hätte sie liebend gern mit in mein Zelt genommen, doch ich wollte die Aufmerksamkeit der anderen nicht darauf lenken. Ich schwelgte in kühnen Visionen, sie im Schutze der Dunkelheit aus dem Lager zu schmuggeln und irgendwo zu vergraben, um später zurückzukehren und sie zu bergen. Doch ich drängte derlei kindische Phantasien beiseite und entschied, daß sie im Praetorium am besten aufgehoben war. Hier war sie gut bewacht, und ich hatte Vinius' andere Habseligkeiten bereits hierherbringen lassen.

Aber wie sicher war das Praetorium? Zunächst einmal war es nicht sicher vor mir. Noch nie war ich derart in Versuchung geführt worden. Mich beschlich das bittere Gefühl, daß ich genauso korrupt sein könnte wie all die Senatoren, die ich aus eben diesem Grunde verachtete. Vielleicht hatte sich ihnen nur früher eine Gelegenheit geboten. Dann dachte ich an Burrus und die übrigen Männer seines Contuberniums. Hätte ich der Versuchung vielleicht nachgegeben, wenn nicht das Leben von Männern, an deren Unschuld ich glaubte, in meinen Händen gelegen hätte? Bis heute denke ich nur ungern darüber nach.

Doch was war mit den anderen? Es war ziemlich wahrscheinlich, daß Paterculus, der Lagerpräfekt, in die zwielichtigen Machenschaften verwickelt war. Wußte er von der Truhe? Und wenn ja, was konnte ich deswegen unternehmen? Verdammt wenig. Wenn irgendeiner dieser brutalen Militärs die Truhe haben wollte, wäre ich gut beraten, sie ihm zu überlassen, wenn ich nicht selbst mit dem Gesicht nach unten in einem Teich enden wollte.

Und was war mit Caesar? Erstaunlicherweise war dies in all den Jahren, die ich ihn kannte, eine der seltenen Gelegenheiten, in denen ich ihn nicht ernsthaft verdächtigte. Zum einen hatte er erst vor zwei Monaten das Kommando über die Zehnte übernommen, während Vinius' verdächtige Transaktionen mindestens ein Jahr zurückreichten. Es war zwar möglich, daß Vinius Caesar an irgendwelchen Geschäften beteiligt hatte, doch das bezweifelte ich. Und wenn Caesar etwas zu verbergen hatte, hätte er mich bestimmt nicht mit dieser Ermittlung betraut, weil er mich als leidenschaftlichen Schnüffler kannte.

Zu guter Letzt schleppte ich die unfaßbar wertvolle Truhe nach draußen und verstaute sie unter der Plane, die Molon über Vinius' andere Sachen gebreitet hatte. Entweder war sie dort sicher oder eben nicht; ich hatte jedenfalls vor, unverletzt und lebendig zu bleiben. Doch die Versuchung nagte noch immer an mir. Der plötzliche Anfall von Gier, der mich übermannt hattte, hinterließ ein unschönes Gefühl. Fast hätte ich Männer wie Crassus beneidet, die ihre ganze Karriere auf blanke Gier gegründet hatten und sich trotzdem absolut prächtig fühlten. Jedenfalls taten sie in der Öffentlichkeit so. Vielleicht wachten sie ja wie viele Männer mit schlechtem Gewissen nachts schreiend auf, im Traum von Furien gehetzt.

Unter derart beunruhigenden Gedanken verließ ich das Praetorium und stieß mit einem weiß berobten Mann zusammen, der draußen vorbeiging. Ich wollte gerade eine Entschuldigung stammeln, als ich erkannte, daß es der jüngste der drei Druiden war, die ich bei dem Treffen der gallischen und germanischen Gesandten mit Caesar gesehen hatte. Ich wechselte vom Lateinischen ins Griechische, eine Sprache, die er vermutlich eher verstehen würde.

»Verzeihung, mein Herr. Ich war mit meinen Gedanken woanders.«

Er führte eine Hand an seine Brust und riß seinen Stab mit einer würdevollen Geste zur Seite. »Der Fehler lag ganz bei mir«, sagte er in einem stark gallisch eingefärbten, aber verständlichen Griechisch. »Ich habe die Standarten bewundert und nicht auf den Weg geachtet.« Er wies mit dem Kopf auf den Adler und die niederen Standarten, die in glänzender Pracht dastanden, bewacht von Männern, gehüllt in Löwenfelle, unweit der Grube, in der die vorläufig verurteilten Männer darauf warteten, daß ich sie rettete.

»Ich bin Decius Caecilius Metellus der Jüngere«, informierte ich ihn und streckte meine Hand aus. Er ergriff sie unbeholfen wie jemand, dem diese Geste unvertraut ist. Seine Hand war weich wie die einer patrizischen Dame. Diese Druiden führten offenbar ein sehr angenehmes Leben.

»Caecilius Metellus? Ist das nicht eine der bedeutenden römischen Familien?«

»Wir sind nicht ohne eine gewisse Vornehmheit«, bestätigte ich großsprecherisch.

»Ich bin Badraig, Novize der Singenden Druiden«, stellte er sich vor.

»Bist du zum Gerichtstag hergekommen?« erkundigte ich mich.

»Ja. Wir hatten erwartet, Caesar hier anzutreffen«, erklärte er verärgert. Offenbar hatte Labienus recht gehabt, was Caesars List anging.

»Gaius Julius kann unberechenbar sein«, sagte ich mitfühlend.

»Ich habe gedacht, er würde uns etwas mehr schätzen. Während der Verhandlungen hat er uns mehrfach einzeln eingeladen, um sich über unsere Religion und unsere Gebräuche zu informieren.« Er begriff offensichtlich nicht, daß Caesar nur Material sammelte, das er später gegen sie verwenden konnte.

»Sei nicht erzürnt. Bei Abwesenheit des Prokonsuls hat sein Legatus alle Vollmachten. Was immer er entscheidet, wird der Senat unterstützen. Was habt ihr Druiden denn vor Gericht zu tun, wenn du mir die Frage erlaubst?«

»Es gibt etliche Grenzschwierigkeiten zu klären, die unsere Anwesenheit erforderlich machen.«

»Ich kenne mich nicht gut aus mit euren Sitten und Gebräuchen, aber ich dachte immer, Druiden dürfen kein Land besitzen.« Er schloß sich mir auf meinem Weg zum Zelt an, und ich hatte gegen solch ungewöhnliche und interessante Gesellschaft nichts einzuwenden. Außerdem würde er meine Gedanken von dieser leidigen Truhe ablenken.

»Das dürfen wir auch nicht, obwohl wir die Heiligen Orte unseres Volkes verwalten. Doch nach alter Sitte müssen Druiden zugegen sein, wenn eine Entscheidung in Grenzstreitigkeiten gefällt wird. In den Zeiten vor der römischen Präsenz in dem Gebiet, das ihr die Provinz nennt, hätten solche Entscheidungen in unserer Hand gelegen.« In seinem Ton lag mehr als nur eine Spur von Unwillen.

»Na, dann habt ihr jetzt um so weniger Ärger«, tröstete ich ihn. »Ah, da sind wir. Dies ist mein Zelt. Leistest du mir bei einer Erfrischung Gesellschaft?«

»Es wäre mir eine Ehre«, erklärte er mit einer weiteren eleganten Geste. Wie immer die anderen Gallier sein mochten, ihre Druiden waren gut erzogen.

»Molon! Einen Stuhl für meinen Gast!«

Molon trat aus dem Zelt und starrte den Druiden mit offenem Mund an. »Sofort, Herr«, sagte er und eilte davon, um in einem Nachbarzelt einen Stuhl auszuleihen. Kurz darauf kehrte er zurück, und er und Freda schickten sich an, ein Mittagessen aufzutragen. Sie betrachtete den jungen Priester mit derselben kühlen Verachtung, mit der sie das gesamte männliche Geschlecht zu strafen schien. Wie Lovernius angedeutet hatte, kannten die Germanen wenig Respekt vor den Druiden und ihren heiligen Riten.

»Unsere Weinvorräte gehen zur Neige«, verkündete sie.

»Na, das geht aber nicht, oder?« Ich griff in meine Börse und gab ihr ein paar Münzen, eine Ausgabe, die mich im stillen reute. Aber wenn ich es mit dieser Truhe heil nach Rom zurück schaffte, mußte ich mir um Geld keine Sorgen mehr machen, sinnierte ich. Ich schob den bösen Gedanken beiseite, wohl wissend, daß er nur zu bald wiederkehren würde. »Lauf zum Forum«, trug ich Freda auf. »Dort hat garantiert ein Weinhändler seinen Stand aufgeschlagen. An einem Gerichtstag versammelt sich immer eine durstige Menschenmenge.«

Kommentarlos drehte sie sich um und ging weg. Badraig schaute ihr nicht nach. Diese Druiden sind eben nicht von dieser Welt, dachte ich.

Molon hatte einen genießbaren Hasen zubereitet, doch Badraig verzichtete zugunsten von Obst und Brot. Auch den Wein lehnte er dankend ab und hielt sich statt dessen an Wasser. Dann bleibt um so mehr für mich, dachte ich.

»Das ist ein interessanter Stab«, bemerkte ich. Er lehnte gegen den Tisch, und ich bewunderte sein kunstvolles Schnitzwerk. Der Stab war etwa mannshoch und aus knorrigem Holz. »Gehört er zu den Insignien eines Druiden wie der Lituus eines Auguren?«

»Ja, jeder Druide trägt stets einen solchen Stab bei sich. Er wird verwendet, um heilige Grenzen zu markieren und Gewässer zu weihen. Du darfst ihn gern in die Hand nehmen.«

Das tat ich, um erstaunt festzustellen, daß er schwerer war, als er aussah. Er war von oben bis unten mit verwirrenden und verschlungenen Schnitzereien verziert, doch die knorrige Spitze war am faszinierendsten. Aus einer natürlichen Verdickung des Holzes hatte man den Kopf einer Gottheit geschnitzt, die drei Gesichter hatte, die in drei verschiedene Richtungen blickten. Die Augen quollen grotesk hervor wie meistens bei gallischen Kunstwerken. Ich habe mich oft gefragt, warum die Gallier, an sich großartige Kunsthandwerker, die menschliche Gestalt stets in dieser grotesken, kindischen Form darstellen.

»Ist das ein Gott oder drei?« fragte ich den Druiden.

»Man sieht drei Götter, doch sie sind eins«, erwiderte er kryptisch.

»Drei oder einer, was denn nun?« beharrte ich.

»Die meisten unserer Götter haben ein dreifaches Wesen«, erläuterte er, »und über allen thront die große Dreifaltigkeit: Esus, der Gott des Totenreiches, Taranis, der Göttervater und Gott des Donners, und Teutates, Gott des Krieges.«

»Also doch drei Götter«, meinte ich.

»In gewisser Weise schon. Und doch sind sie eins.«

Ich hoffte, daß sich das Ganze nicht in der Art vagen, mystischen Hokuspokus' verlieren würde, an dem Ausländer solchen Gefallen finden. Obwohl sich der Druide selbst übertreffen müßte, wenn er es an Langweiligkeit mit den ägyptischen Priestern aufnehmen wollte.

»Jeder von ihnen wird zu unterschiedlichen Zeiten im Jahr mit eigenen Ritualen und Opfern geehrt. Trotzdem sind alle drei ein Gott, nur daß jeweils ein Aspekt seines Wesens eine Jahreszeit beherrscht.«

»Euer Jahr hat drei Jahreszeiten?«

»Aber sicher: Herbst, Winter und Sommer. Der Herbst beginnt mit dem Fest der Lughnasa, der Winter mit dem Fest des Samain und der Sommer mit dem Fest des Belatin, zu dem die großen Freudenfeuer entzündet werden.« Offenbar waren die Gallier Menschen, die ihr Leben in Dreiereinheiten organisierten.

Ich brach eine Keule von dem gerösteten Hasen ab und tunkte sie in eine Schale mit Carum-Sauce. Badraig wich unwillkürlich ein wenig zurück. Offenbar fanden die meisten Gallier Carum-Geruch unerträglich. Ich beschloß, jeden Takt fahrenzulassen.

»Stimmt es, daß ihr bei diesen Feiertagen auch Menschenopfer bringt?« fragte ich.

»Aber natürlich«, erwiderte er, als ob an dieser Praxis absolut nichts Seltsames wäre. »Welche anderen Opfer wären der großen Drei würdig? Taranis etwa opfern wir Kriegsgefangene, die in heiligen Bildnissen aus Korbgeflecht nach einem feierlichen Ritual in Brand gesetzt werden.«

Meine Frage bereuend, kniff ich mir mit Daumen und Zeigefinger in die Nase. »Ja, ich habe etwas Derartiges schon gehört.«

»Die Opfer für Esus«, begann er, sich für das Thema erwärmend, »werden ...«

In diesem Moment rettete mich Fredas Rückkehr vor weiteren Offenbarungen. Sie trug einen großen Weinkrug auf der Schulter und wies mit dem Daumen auf Badraig, als sie näher kam. »Er wird vor Gericht verlangt«, sagte sie kurz angebunden.

»Etwas mehr Respekt, wenn ich bitten darf«, sagte ich. »Dieser Herr ist nicht nur ein Priester von hohem Rang, sondern außerdem mein Gast.«

Sie musterte ihn verächtlich über ihre lange Nase. »Für mich sieht er aus wie jeder andere Gallier auch.« Mit diesen Worten stolzierte sie zurück zum Zelt. Ich starrte ihr nach, vor Wut kochend und aufs neue erstaunt, daß Vinius sie nie geschlagen hatte. In mir weckte sie jedenfalls ganz entschieden das Bedürfnis, sie zu schlagen.

»Ich bitte tausendmal um Vergebung. Diese Wilde ist erst vor kurzem gefangengenommen worden und noch nicht richtig erzogen.«

Er winkte mit einem breiten Lächeln ab. »Sie ist eine Germanin bis in die Knochen und wird sich nie ändern. Du wärest gut beraten, sie entweder freizulassen oder an einen Händler zu verkaufen, der nach Süden reist. Die Sorte ist immer viel gefährlicher als nützlich.«

»Ich werde es ernsthaft in Betracht ziehen«, versicherte ich.

Er erhob sich und nahm seinen Stab. »Doch jetzt muß ich gehen. Wahrscheinlich soll ich mich zu einem juristischen Präzedenzfall äußern. Ich möchte mich ganz herzlich für deine Gastfreundschaft bedanken.«

»Du warst mir eine höchst angenehme Gesellschaft.«

»Du zeigst ein ungewöhnliches Interesse an unserer Religion«, bemerkte er. »Würdest du gerne einmal an einer unserer Feiern teilnehmen?«

Ich war baß erstaunt. »Ihr erlaubt Fremden, an euren Ritualen teilzunehmen?«

»Nicht alle Rituale sind große feierliche Anlässe. Ich werde dich benachrichtigen, wenn eine Zeremonie ansteht. Und ich verspreche dir: keine Menschenopfer.«

»Das ist ein großzügiges Angebot«, erwiderte ich, »doch es herrscht Krieg, und ich bin durch die Pflicht gebunden.«

Er lächelte erneut. »Man kann nie wissen. Im Krieg erwartet einen stets mehr als nur der Kampf. Ich wünsche dir einen guten Tag, Decius Caecilius Metellus der Jüngere.«

»Das wünsche ich dir auch, Badraig der Druide«, erwiderte ich und bedauerte, keinen der Ehrentitel zu kennen, die er seinem Namen zweifelsohne anfügte. Es ärgert mich stets, von Barbaren an Höflichkeit übertroffen zu werden.

IX

Ich verbrachte den restlichen Tag damit, Offiziere und Legionäre über den Aufenthaltsort und die Aktivitäten von Titus Vinius in jener schicksalshaften Nacht zu befragen. Seltsamerweise konnte sich niemand im Lager genau daran erinnern, ihn nach der Konferenz in Caesars Zelt noch gesehen zu haben. Ich mußte wohl oder übel außerhalb des Lagers weiterfragen.

Das unbefestigte Lager der vom Unheil verfolgten Ersten Centurie war wie eine Miniatur des Hauptlagers korrekt und ordentlich aufgebaut worden. Nach ihrer kurzen Nacht sahen die Männer ein wenig müde, ansonsten aber absolut fit aus. Die Wachen standen einen Speerwurf von ihren Zelten entfernt auf ihre Schilde gestützt. Ich nannte die Parole, obwohl sie mich problemlos erkennen konnten, und sie ließen mich mit mürrischen Mienen passieren.

Ich fand den Optio Aulus Vehilius am Feuer in ein Gespräch mit seinen Decurionen vertieft, während ein Sklave in einem Topf Pulsum rührte. Ich konnte den Essiggestank schon auf zwanzig Meter Entfernung riechen. Der Optio musterte mich mit jenem inzwischen vertrauten Blick ärgerlichen Widerwillens, als ich abstieg.

»Wie war die Nacht?« fragte ich höflich.

«Wir leben noch, oder?« gab er zurück.

»Meinen herzlichen Glückwunsch. Ich muß einige Fragen zu den letzten Stunden von Titus Vinius stellen.«

»Versuchst du etwa immer noch, deinen kostbaren Klienten und seine Kameraden zu retten?« meinte ein Decurio. »Sie sitzen sicher im Lager, während wir hier draußen ausharren müssen. Warum werden sie bevorzugt?«

»Sie sind diejenigen, die von einer grausamen Hinrichtung bedroht sind«, bemerkte ich.

»Wenn die Gallier einen halbwegs konzentrierten Angriff starten, werden wir noch vor ihnen sterben«, warf ein anderer ein.

»Nun hört mir mal gut zu, ihr undankbaren Bauerntölpel«, sagte ich umgänglich, »wenn es nach mir geht, muß niemand sterben. Ich glaube genausowenig, daß Vinius von den Männern dieses Contuberniums ermordet wurde, wie ich diese Centurie in irgendeiner Weise für seinen Tod verantwortlich mache. Ich bin mir sicher, daß Vinius sein eigenes Ende herbeigeführt und auch vollauf verdient hat. Doch das muß ich erst einmal beweisen. Caesar perönlich hat mich mit diesen Ermittlungen betraut, und ich habe das Recht, jeden innerhalb seines Imperiums zu befragen. Wenn ihr etwas dagegen habt, könnt ihr euch bei seiner Rückkehr bei ihm beschweren. Aber ich an eurer Stelle würde in ihm keinen verständnisvollen Zuhörer erwarten.«

Das schien sie ein wenig zu ernüchtern, während ich mir

gleichzeitig klarmachte, das sie verängstigte Männer waren. Die römischen Soldaten sind die besten der Welt und tapfer wie die Löwen, aber das hat sehr viel damit zu tun, daß sie sich mit ihren Legionen und Adlern identifizieren können. Ein Soldat, der von seiner Legion getrennt wird, ist ein Niemand. Ich war bloß das naheliegende Opfer ihrer Wut. Auf eine verdrehte, aber nachvollziehbare Art nahmen sie es Burrus und seinen Kameraden übel, daß die sich nicht zum Wohle der anderen einfach hinrichten ließen.

Der barsche Optio brachte sogar ein kaum wahrnehmbares Lächeln zustande. »In Ordnung, Hauptmann, schon gut. Was willst du wissen?«

»Meines Wissens wurde Vinius in jener Nacht zuletzt bei einer Verhandlung mit einigen Einheimischen in Caesars Zelt gesehen, die auf Urteile in diversen Bodenstreitigkeiten drängten. Das war direkt nach der Abendparade. Hat einer von euch ihn danach noch gesehen?«

»Du weißt, daß wir in jener Nacht Wachdienst am Nordwall hatten«, sagte Vehilius. »Wir sind direkt nach der Parade losmarschiert, um unsere Posten zu beziehen.«

»Die ganze Centurie?«

»Ja. Die Verdoppelung der Wachen bedeutet, daß jedesmal zwei ganze Centurien abgelöst werden, und ich bin für die Erste verantwortlich.«

»Und Vinius hat die Wachposten nie inspiziert?« fragte ich.

»Nur äußerst selten«, antwortete der Optio und bestätigte damit, was ich bereits gehört hatte. »Wenn er überhaupt Kontrollgänge machte, dann zum Ende eines Dienstes, um die Wachen schlafend zu ertappen.«

»Und daß das nicht passieren würde, wußte er«, bemerkte ein Decurio, »bei all dem Lärm, den die Barbaren gemacht haben.«

Ich spürte, daß hier irgend etwas nicht zusammenpaßte, aber ich konnte nicht sagen, was. Vielleicht dachte ich einfach zu unmilitärisch, um den Widerspruch zu entdecken.

»Dann war da noch sein merkwürdiger Aufzug«, bemerkte ich. »Hat irgend jemand von euch ihn jemals in einer groben, dunklen Tunika gesehen?«

»Die Centurionen der Zehnten tragen weiße Tuniken, wie du bemerkt haben wirst«, sagte der Optio.

»In Ausübung ihres regulären Dienstes gewiß«, bestätigte ich. »Aber möglicherweise war Vinius in der betreffenden Nacht in einer Spähmission unterwegs. Das habe ich in Spanien auch getan und aus naheliegenden Gründen dunkle Kleidung und keine Waffen getragen.«

»Dann mußt du Offizier bei den Luxilia gewesen sein«, stellte Vehilius zutreffend fest. »Jede Legion, von der ich je gehört habe, setzt für solche Aufgaben die Kavallerie und Späher ein. Das ist nur vernünftig – ein Mann, der jahrelang in voller Legionärsmontur herumgetrampelt ist, wird sich schwer tun, geräuschlos durchs Dunkel zu huschen. So etwas hätte Titus Vinius nie gemacht.«

Wieder eine Sackgasse. Ich wagte es nicht, diese Männer nach Vinius' überraschendem Reichtum zu fragen. Trotz ihrer Isolierung würde sich die Neuigkeit binnen weniger Stunden im ganzen Lager verbreitet haben.

»Wenn du wissen willst, was er in jener Nacht gemacht hat«, sagte ein Decurio, »warum fragst du nicht seinen häßlichen Sklaven, diesen Molon? Er ist eine verlogene kleine Schlange wie alle Sklaven, aber wenn du ihn eine Weile auspeitschst oder seine Fußsohlen mit einem glühenden Eisen bearbeitest, erzählt er dir vielleicht, was du wissen mußt.«

Dieser Rat war Ausdruck des allgemeinen römischen Glaubens, daß Sklaven hartnäckige Lügner seien. Selbst unsere Gerichte ließen nur Zeugenaussagen von Sklaven zu, die vorher gefoltert worden waren, weil man annahm, daß nur die Folter einen Sklaven dazu bewegen konnte, die Wahrheit zu sagen. Ich habe die Logik dieses weitverbreiteten Vorurteils nie begriffen, weil meiner Erfahrung nach niemand, weder Sklave noch Freier, die Wahrheit sagt, wenn er auch nur den geringsten Vorteil in einer Lüge wittert.

»Vielleicht versuchst du es mal bei dem germanischen Mädchen«, wagte ein anderer vorzuschlagen, »obwohl es eine Schande wäre, eine derartige Schönheit fürs Leben zu zeichnen.« Die Runde quittierte die Anregung mit einem Ausdruck kollektiver Geilheit.

»Die Mühe kannst du dir sparen«, sagte wieder derjenige, der die Folterung Molons vorgeschlagen hatte. »Die wird dich bloß anspucken, wenn du ihr mit Daumenschrauben oder dem Brenneisen drohst. Die Germanen sind so.«

»Wie kommt es, daß du soviel über die Germanen weißt?« fragte ich ihn.

»Es ist das, was ich gehört habe«, meinte er, als ob damit alles erklärt wäre. Soldaten setzen enormes Vertrauen in jedwedes Gerücht, und das ist vermutlich nicht nur bei römischen Legionären so. Bei der Belagerung von Troja war es wahrscheinlich genauso gewesen. Unser gesamtes auguriales System mit seinen Omen und Weissagungen war ein einziger Versuch der Gerüchtekontrolle. Bevor wir militärisch aktiv werden, achten wir zunächst auf Omen, ob die Götter uns gewogen sind. Wenn die Zeichen günstig sind, fühlen sich alle besser. Wenn sie ungünstig sind, ziehen wir in der Regel trotzdem in den Kampf. Falls wir dann verlieren, können wir den General dafür verantwortlich machen, weil er die schlechten Vorzeichen nicht beachtet hat. Das mag einem seltsam erscheinen, aber es funktioniert.

»Hat sich Vinius' Verhalten in den letzten Monaten spürbar verändert?« fragte ich und beobachtete in ihren Mienen, wie die Männer mit dieser ungewohnten Vorstellung zu ringen hatten.

»Vor ein paar Wochen hat er etwas Merkwürdiges gesagt«, erinnerte sich der Optio schließlich. »Ich habe ihn darauf angesprochen, daß er im nächsten Jahr nach Paterculus' Pensionierung den Posten des Lagerpräfekten übernehmen könnte, wenn er nicht in eine andere Legion versetzt würde. Weißt du, was er gesagt hat?«

»Was denn?« drängte ich freundlich nickend.

»Er hat nur mit den Achseln gezuckt und gesagt: ›Den kann meinetwegen jemand anders haben.‹«

»Das hat er gesagt?« frage ein Decurio ungläubig.

»Das ergibt doch keinen Sinn«, fand ein anderer. »Ich meine, Erster Speer ist ein prima Posten, aber als Lagerpräfekt hat man die Chance, noch einmal groß abzuräumen und sich den Ruhestand zu versilbern. Was soll denn ein vierundzwanzigjähriges Soldatenleben, wenn man am Ende den glorreichen und einträglichen Endpunkt seiner militärischen Karriere ausschlägt?«

»Damals dachte ich, er würde vielleicht darüber nachdenken, sich versetzen zu lassen«, sagte der Optio. »Crassus bietet jedem Centurio satte Prämien an, der ihm hilft, Legionen aufzustellen und auszubilden, die er für seinen Krieg gegen Parthien braucht. Aber darauf kann er sich eigentlich nicht bezogen haben. Caesar meint es garantiert ernst, wenn er von einem großen und langen Krieg gegen die Gallier spricht, und er hat ein fünfjähriges Imperium. Die einzige Art, sich aus dieser Legion versetzen zu lassen, ist die Reise mit dem Fährmann.«

»Crassus' Agenten strecken bereits ihre Fühler aus?« fragte ich. »Der Senat hat dem Krieg gegen Parthien doch noch gar nicht zugestimmt.«

»Vermutlich glaubt er, sich diese Zustimmung kaufen zu

können«, sagte Vehilius. »Die Leute sagen, Crassus könne sich alles kaufen, auch seine eigenen Legionen.«

Letzteres war in der Tat wahr. Crassus machte immer alles im großen Stil. Doch er sollte eigentlich Legionen für Caesar ausheben und nicht seine eigenen. Darüber mußte ich nachdenken.

Und das tat ich dann auch auf dem Rückweg zum Lager. Crassus war schon seit Jahren eifersüchtig auf Pompeius' militärischen Ruhm, und Ruhm galt viel in der römischen Politik. In all den Jahren, in denen Pompeius einen Feind nach dem anderen unterworfen hatte, war Crassus' einzige militärische Leistung der Sieg über Spartacus, der mittlerweile zwanzig Jahre zurücklag. Zugegeben, Spartacus war gefährlicher gewesen als all die anderen Feinde zusammengenommen, doch ein Sieg über Sklaven brachte herzlich wenig Ruhm, und selbst in diesem Kampf hatte sich Pompeius an sein übliches Muster gehalten und war im letzten Moment hinzugeeilt, um die Überreste der bereits geschlagenen Sklavenarmee niederzumachen und sich anschließend als Triumphator des gesamten Krieges feiern zu lassen.

Kein Wunder, daß Crassus vernarrt war in die Aussicht auf einen Krieg gegen Parthien. Die Parther waren damals der einzige ernst zu nehmende Feind an unseren Grenzen. Sie waren ein relativ zivilisiertes Volk, militärisch mächtig und hielten vor allem die Kontrolle über die Seidenstraße, ein Quell unschätzbaren Reichtums.

Crassus wurde langsam alt und war sich dieser Tatsache nur zu bewußt. In letzter Zeit hatte er jedem, der ihm zuhörte, wegen des drohenden Krieges gegen Parthien in den Ohren gelegen, obwohl die Parther selbst wenig unternahmen, uns zu provozieren. Und der Krieg in Gallien würde unsere Energien noch eine ganze Weile in Anspruch nehmen. Handelte es sich also bloß um das senile Geschwätz eines frustrierten Politikers? Durchaus nicht. Sein Reichtum machte ihn zu einem Machtfaktor, den man nicht unterschätzen durfte, egal, wie verrückt er geworden war.

Aber Gallien lag ein gutes Stück von Rom entfernt, und mir fiel es schwer zu glauben, daß Crassus' Reichtum so weit reichte. Trotzdem hatte Vinius auf irgendeine Weise Summen gescheffelt, die selbst die großzügigsten Bestechungsgelder, auf die ein Centurio hoffen durfte, bei weitem überstiegen.

Ich wußte, daß mir wie stets in derartigen Fällen Beweise fehlten. In Wahrheit erhält man nie alle Beweise, aber man braucht ein gewisses Minimum, um überhaupt irgendwelche Schlüsse ziehen zu können. Die Tatsache, daß ich auf barbarischem Territorium unter Soldaten ermittelte, die mir nur geringfügig weniger feindlich gesonnen waren als die Barbaren selbst, war auch nicht gerade hilfreich.

Ich traf Paterculus in seinem Zelt im Praetorium unweit Caesars Generalszelt an. Der Lagerpräfekt ging gerade mit einem Sekretär irgendwelchen Papierkram durch. Als ich eintrat, musterte er mich mit der ganzen Wärme und Herzlichkeit eines Felsens. »Was kann ich für dich tun, Senator?« Einem Mann wie ihm gelang es mühelos, diesen bürgerlichen Ehrentitel wie einen Schimpfnamen auszusprechen.

»Ich wüßte gern mehr über den letzten Abend des verstorbenen Titus Vinius«, sagte ich mit aller adeligen Arroganz, die ich aufbringen konnte, und die war nicht unbeträchtlich. Es wurde Zeit, dieses rüpelhafte Rindvieh in seine Schranken zu weisen.

»Das letzte Mal habe ich ihn bei der Abendparade gesehen. Ist das alles?« Soviel zum Thema Einschüchterung.

»Wohl kaum. Hast du an dem anschließenden Treffen bei Caesar teilgenommen, bei dem Gallier aus der Provinz auf eine Entscheidung in ihren Landstreitigkeiten gedrängt haben?«

»Warum sollte ich?« gab er zurück. »Ich mußte mich um meine Pflichten kümmern, die Wachen inspizieren, Offiziere an den Toren stationieren und dergleichen. Ich bin für die Sicherheit des Lagers verantwortlich. Glaubst du, ich könnte es mir leisten, herumzufaulenzen wie ein Tribun?«

Ich ließ diese Unverschämtheit unkommentiert. »Dann nehme ich doch an, daß auch der Aufenthalt und die Bewegung von Zivilpersonen zum, im und aus dem Lager in deinen Aufgabenbereich fallen?«

»So ist es. Du redest wie ein Anwalt.«

»Eine Eigenschaft, die ich mit unserem Oberbefehlshaber und Prokonsul teile«, erinnerte ich ihn. »Wann müssen Ausländer das Lager verlassen?«

»Beim Trompetensignal zum Sonnenuntergang, es sei denn, ich, der Prokonsul oder der Legatus haben eine Sondergenehmigung erteilt, die mir in jedem Fall zur Bestätigung vorgelegt werden muß.«

»Wurden an jenem Abend Sondergenehmigungen erteilt?«

»Ja, an die Delegation, die wegen der Landstreitigkeiten hier war. Caesar glaubte, daß sich die Angelegenheit bis weit nach Sonnenuntergang hinziehen könnte, und hat mich beauftragt, die Ausweise auszustellen.«

»Wurden alle Teilnehmer der Delegation namentlich aufgeführt?«

»Nein, natürlich nicht. Die Genehmigung galt für die Delegation als Ganzes. Es waren vierzig bis fünfzig Personen.«

»So viele?« fragte ich erstaunt. »Davon hat niemand bei dem Treffen etwas erwähnt.«

»Nach hiesigen Maßstäben handelt es sich bei den Galliern um bedeutende Männer«, erklärte er. »Landbesitzer, die mit ihren eigenen Wachen, Reitknechten, Sklaven und so weiter unterwegs sind. Die meisten haben während des Treffens auf dem Forum oder bei den Viehgehegen gewartet.«

»Wer nahm die Sondergenehmigung für die Gruppe in Empfang?«

Er sah mich verblüfft an. »Warum, um alles in der Welt, willst du das wissen?«

»Es hat beträchtlichen Einfluß auf meine Ermittlung«, erklärte ich mit ernstem und weisem Gesichtsausdruck, um meine Verwirrung zu überspielen.

»Die Druiden, wie es hier Sitte ist. Die Gallier halten die Schrift für eine Form der Magie. Man könnte sie ja auch mit einem Fluch belegen, wenn man ihnen ein beschriebenes Papyrus übergibt. Sie glauben, daß ihre Druiden gegen bösen Zauber geschützt sind.«

»Weißt du, welcher Druide den Passierschein an sich genommen hat?«

»Der jüngste von ihnen hat ihn mir am Tor gezeigt, aber es hätte auch jeder andere sein können.«

»Dürfen Zivilisten jedes der Lagertore benutzen?« fragte ich.

Er schüttelte den Kopf. »Nur die Porta praetoria.«

»Und wer war in jener Nacht der diensthabende Offizier an der Porta praetoria?«

Er wandte sich an seinen Sekretär. »Gib mir den Dienstplan.«

Der Sekretär trug eine Rüstung, war also offenbar ein Soldat mit besonderem Auftrag. Er machte sich nicht die Mühe, nach dem Dienstplan zu suchen. »Das war die neunte Nacht nach Vollmond«, sagte er, »also war es der Tribun der Neunten Kohorte.«

»Das ist Publius Aurelius Cotta«, ließ Paterculus mich wissen.

»Hat er die ganze Nacht am Tor Dienst getan?«

Paterculus sah mich an, als hätte ich ihn tödlich beleidigt. »Kein Wachoffizier verläßt seinen Posten, bis er ordentlich abgelöst wird. Wenn doch, würde ich persönlich dafür sorgen, daß er vor der gesamten Armee enthauptet wird, egal, was für einen alten und ruhmreichen Namen er tragen mag!« Offenbar war ich auf das empfindliche Hühnerauge seiner Autorität getreten.

»Sehr gut, Präfekt. Weiter so.« Ich drehte mich zackig um und schritt aus dem Zelt. Dabei stellte ich mir vor, wie er hinter mir vor Wut kochte.

Während ich mich auf die Suche nach Aurelius Cotta machte, sinnierte ich über die Merkwürdigkeiten des Militärs. Soldaten konnten problemlos über brutale Grausamkeiten und massive Verrohung hinwegsehen, sich jedoch gleichzeitig über minimale Verstöße gegen Disziplin und Ordnung maßlos ereifern. Für einen Centurio auf Inspektionsgang war ein Rostfleck auf einer Schwertklinge oder ein loser Stiefelriemen praktisch gleichbedeutend mit einer militärischen Niederlage: Beides durfte nicht geschehen und mußte deswegen bestraft werden. Über beides konnte er sich gleichermaßen aufregen.

Und derselbe Centurio konnte zusehen, wie seine Soldaten ein feindliches Dorf einnahmen, alles niedermetzelten, vergewaltigten und zerstörten, und das Ganze mit einem Spruch wie »daß die Jungs nur ein bißchen über die Stränge schlugen« kommentieren. Der fundamentale Unterschied zwischen einer militärischen und einer zivilen Geisteshaltung liegt meines Erachtens in einem völlig voneinander abweichenden Sinn für Maß und Proportion.

Ich fand ein paar Tribunen, die sich unter einem Unterstand bei den Ställen die Zeit mit Würfeln vertrieben. Als von der centurionischen Versammlung gewählte Offiziere hatten sie das Privileg, ihre eigenen Pferde mit ins Feld nehmen zu dürfen, so daß sie die Ställe als Teil ihres Territoriums begriffen. Ihre momentane Beschäftigung war typisch für Tribunen, denen es meistens an sinnvollen Pflichten mangelt. Im übrigen bin ich der Meinung, daß man das Leben aller Soldaten beträchtlich erleichtern würde, wenn man einfach sämtliche Würfel aus einem Legionärslager verbannen würde.

Ich schlich mich von hinten an meinen Vetter Knubbel an und stieß ihn mit meinem Zeh an. »Wo sind die Hundert, die du mir schuldest?« Es war meine obligate Begrüßungsformel geworden.

»Meinst du, ich würde versuchen, mir ein bißchen Trinkgeld zu erspielen, wenn ich reich wäre?« knurrte er. »Außerdem hat kein Mann, dem man dieses germanische Weibsstück geschenkt hat, irgendeinen Grund zur Klage.«

»Ich sag' dir was«, schlug ich vor. »Du gibst mir diese Hundert und kannst dafür noch Molon haben.«

»Ich würde mein Pferd und meinen persönlichen Sklaven gegen das germanische Mädchen eintauschen.«

»Vielleicht wird dein geschäftlicher Scharfsinn der Familie eines Tages doch noch etwas nutzen. Ich suche Aurelius Cotta. Hat ihn jemand gesehen?«

Einer der Tribunen blickte von den Würfeln auf. »Ich habe ihn vor einer Weile beim Waffenschmied gesehen.«

»Danke.« Ich wandte mich zum Gehen. Knubbel erhob sich und schloß sich mir an.

»Hör mal, Decius«, begann er zögernd, »ich weiß, daß Caesar dich zum Ermittler ernannt hat, aber das war doch nur reine Formsache, meinst du nicht auch? So wie ein Praetor in einem belanglosen Fall einen Judex ernennt, um der verfassungsgemäßen Form Rechnung zu tragen.«

»Knubbel, ich weiß, daß du mir auf deine ermüdende Art etwas mitteilen willst. Warum also sagst du es nicht geradeheraus?«

»Decius, du machst dir hier eine Menge Feinde, wenn du

Offiziere und Centurionen wie gemeine Straftäter verhörst. Ich finde, du solltest aufhören damit.«

Ich blieb stehen und sah ihn direkt an. »Was geht das dich an?« wollte ich wissen.

»Auch ich bin ein Caecilius Metellus. Alles, was du tust, fällt auch auf mich zurück.«

»Niemand stinkt nach anderer Leute Mist«, sagte ich. »Dir kann es doch im Grunde egal sein – du bist in keiner Weise in die Sache verwickelt. Hat dich jemand auf mich angesetzt? Jemand, der in die Machenschaften der fraglichen Nacht verstrickt ist?«

»Nein, niemand«, sagte er, doch er wich meinem Blick aus und schien etwas ungeheuer Interessantes an meinem Ohr entdeckt zu haben. »Ich kriege wegen deines Benehmens nur eine Menge Druck von den anderen.«

Ich trat einen Schritt auf ihn zu und sah ihn eindringlich an. »Knubbel, wehe dir, wenn ich erfahre, daß du mir etwas verschweigst. Wenn der Sohn meines alten Faktotums mit Stöcken zu Tode geprügelt wird, weil du mir Informationen vorenthalten hast, wirst du dir noch wünschen, du wärest mit ihm ums Leben gekommen.«

Er lachte nervös. »Nun reg dich doch nicht so auf, Decius! Schließlich gehören wir zu einer Familie. Ich würde dich nie an der Ausübung deiner Pflichten hindern, und wenn der Junge ein Klient der Caecilii ist, verdient er unsere Hilfe. Ich bitte dich ja nur, nicht so hart vorzugehen. Du hast eine Art, die Leute zu befragen, die diese Soldaten empört. Vornehme Abstammung, Ämter und Bildung sind ihnen egal. Das einzige, was sie respektieren, ist ein besserer Soldat, und das bist du nicht.«

»Denk einfach an das, was ich dir gesagt habe!« Ich drehte mich um und stolzierte davon. Sein Rat war nicht ganz von der Hand zu weisen. Dies war ein denkbar ungeeigneter Ort für Überheblichkeit, doch es war eben nicht leicht, eine in fünfzig Generationen anerzogene Arroganz zu unterdrücken. Außerdem wußte ich ganz genau, daß er mir nicht die Wahrheit sagte. Niemand tat das.

Cotta ließ gerade sein Schwert schleifen, ein sicheres Anzeichen für flatternde Nerven. Der Waffenschmied machte großartige Geschäfte mit dem Schärfen von Tribunenschwertern, als ob sie viel Gelegenheit bekämen, sie zu benutzen. Und Grünschnäbel auf ihrem ersten Feldzug sind ständig mit zwei Dingen beschäftigt: Sie verbringen den ganzen Tag damit, an ihren Waffen herumzumachen, und die Nacht mit dem Aufsetzen von Testamenten.

»Ich hätte dich gern einen Moment gesprochen, wenn du nichts dagegen hast, Publius Aurelius«, sagte ich.

»Sicher«, sagte er, ohne den Blick von den Händen des Schmiedes zu heben. Der Mann führte die Klinge in kleinen Kreisen an einem sehr großen Wetzstein entlang, der in einer langen, ölgefüllten Holzkiste montiert war. Seine Bewegungen waren langsam und präzise. Die Schneide eines römischen Schwerts wird weniger geschliffen als vielmehr poliert. Mit einer solchen Schneide geht es erstaunlich einfach, einem Gegner die grausamsten Wunden zuzufügen.

»Ich denke, du kannst den Mann ruhig mit seiner Arbeit allein lassen«, sagte ich. »Er wird dich bestimmt nicht enttäuschen.«

»Oh... ja, natürlich.« Widerwillig löste er sich. »Wie kann ich dir helfen?«

»Paterculus hat mir erzählt, daß du in der Nacht, in der Titus Vinius getötet wurde, befehlshabender Offizier an der Porta praetoria warst.«

»Ich hatte Dienst«, bestätigte er, während seine Augen zurück zu seinem Schwert wanderten.

»Publius, ich bitte um deine Aufmerksamkeit. Die Gallier

sind noch weit weg, und Caesar wird mit Verstärkung zurück sein, lange bevor sie angreifen können.«

Er sah mich beschämt an. »Tut mir leid.«

»Ist nach dem Trompetensignal zu Sonnenuntergang noch jemand durch die Porta praetoria gegangen?«

»Etwa zwei Stunden nach dem Trompetensignal kam eine Gruppe Einheimischer, die eine Genehmigung des Prokonsuls vorzeigten, bestätigt vom Lagerpräfekten, also habe ich sie durchgelassen«, antwortete er.

»Versuche die Gruppe zu beschreiben«, sagte ich.

Er überlegte. »Nun, die Männer waren bedeutend, das konnte man an dem üppigen Goldschmuck sehen, den sie trugen, sie hatten auch gute Pferde. Es waren etwa sieben oder acht plus die drei Druiden, die sich in den letzten Tagen im Lager aufgehalten haben. Einer der älteren Druiden hat mir die Genehmigung überreicht.« Badraig hatte also nicht als Unterhändler in Sachen Schrifttum fungiert.

»Und wie sahen die anderen aus?« wollte ich wissen.

»Es war ein gutes Dutzend Wachen dabei, nach gallischer Manier bewaffnet mit langen Schwertern und schmalen Schilden. Niemand trug eine Rüstung, einer oder zwei einen Helm, man konnte erkennen, daß sie aus der Provinz stammten. Sie waren weder von oben bis unten angemalt, noch trugen sie ihr Haar wie die wilden Männer.«

»Sonst noch jemand?« fragte ich.

Er runzelte verwirrt die Stirn. »Tja, sonst war da niemand. Nur ein paar Sklaven.«

»Beschreibe die Sklaven!«

Er sah mich an, als ob ich schwachsinnig geworden wäre. »Sie sahen aus, wie Sklaven eben aussehen: dunkle Kleidung, einige von ihnen trugen Lasten, einige führten Pack- und Ersatzpferde. Ich habe nicht besonders darauf geachtet.« Natürlich nicht. Wer beachtete schon Sklaven?

»Und außer dieser Gruppe hat nach Sonnenuntergang niemand das Lager durch die Porta praetoria verlassen?«

»Nicht, solange ich Dienst hatte.«

Ich klopfte ihm auf die Schulter. »Danke, Publius, du warst mir eine große Hilfe. Du kannst jetzt wieder nach deinem Schwert sehen.«

»Ja, sicher. Wenn ich dir irgendwie behilflich sein kann.« Er hielt mich ganz offensichtlich für einen Volltrottel, doch ich war überaus zufrieden. Wieder hatte ich ein weiteres kleines Teilchen des großen Rätsels in der Hand, und ich ging mit ein wenig fröhlicherem Herzen davon.

Wer beachtet schon Sklaven? Ein ganzes Leben lang sind wir von ihnen umgeben, und doch benehmen wir uns, als wären sie nicht da. In ihrer Gegenwart sprechen die Menschen so vertraulich, als hätten Sklaven keine Ohren. Adelige Damen, die sich in der Öffentlichkeit nie ohne Stola und Schleier zeigen würden, paradieren daheim nackt vor ihnen, als wären sie keine Männer.

Die Hochgeborenen tragen in der Hauptsache weiße, fein gewebte Kleidung mit dem einen oder anderen Farbtupfer. Menschen von niederer Herkunft tragen so farbenprächtige Gewänder, wie sie es sich leisten können. Und Sklaven tragen dunkle, grobe Gewänder.

Jetzt wußte ich, wie Vinius das Lager unbemerkt verlassen hatte. Gewandet in jene dunkle, grobe Tunika, wahrscheinlich mit einer Last auf den Schultern, die sein Gesicht zusätzlich verbarg, war er einfach durch das Tor spaziert, wohl wissend, daß ihn niemand beachten würde.

Doch was war dann geschehen, draußen in der Heide? Jedenfalls nicht das, was er erwartet hatte, soviel war sicher. Was für ein Spiel er auch ein Jahr oder länger getrieben haben mochte, es war auf ihn zurückgeschlagen.

Ich mußte mich dringend mit diesen Druiden unterhalten.

Doch es war spät, und ich war hungrig und hatte keine Ahnung, wo sie sich aufhalten könnten. Die Bewohner der Provinz mit ihren Landstreitigkeiten waren mittlerweile wahrscheinlich schon auf halbem Weg zurück nach Massilia. Also eins nach dem anderen.

Vor meinem Zelt ließ ich mich in meinen Klappstuhl fallen und pochte mit der Faust auf den Tisch. »Hermes! Molon! Wo bleibt mein Abendessen?«

Hermes kam aus dem Zelt. »Ißt du jetzt nicht mehr mit den anderen Offizieren zu Abend?«

»Labienus' Tafel ist nicht so großzügig wie Caesars, außerdem werde ich sowieso wie eine Art Aussätziger behandelt«, erwiderte ich.

»Ganz wie Zuhause, was? Ich werde etwas auftreiben.«

»Wo ist Molon? Ich möchte ihm ein paar Fragen stellen.«

»Du findest ihn hinter dem Zelt«, sagte Hermes. »Viel Glück mit deinen Fragen.«

»Was soll das nun wieder heißen?« Ich stand auf und ging um das Zelt, hinter dem Molon lag und selig schnarchte. Er stank nach Wein, und als ich ihn trat, murmelte er nur ein paar unverständliche Worte, schmatzte und gab andere ähnlich widerliche Geräusche von sich. Ich ging wieder nach vorn und ließ mich in meinen Stuhl fallen.

»Wußtest du, daß er sich aus meinen Weinvorräten bedient?« wollte ich von Hermes wissen.

»Natürlich. Ich habe ihm gesagt, er solle damit aufhören, doch er meinte nur, ich solle mich um meine eigenen Angelegenheiten kümmern.«

»Und du hast meinen Wein nicht geschützt? Wo bleibt dein Pflichtgefühl?«

»Warum sollte ich? Du kannst dir doch jederzeit neuen Wein kaufen.«

»Erinnere mich daran, ihn morgen zu schlagen. Und vielleicht auch dich. Wo ist Freda? Hat sie mich etwa auch im Stich gelassen?«

»Ich bin hier«, sagte sie, den Vorhang vor dem Zelteingang zurückschlagend. Sie trug einen Korb, gefüllt mit Brot, Öltöpfen und Honiggefäßen.

»Na ja, wenigstens hast du dich nicht auch über meine Weinvorräte hergemacht.«

»Ich trinke keinen Wein«, erklärte sie und stellte den Korb auf dem Tisch ab. Sie sagte es, als verliehe ihr diese Abstinenz eine besondere Art von Überlegenheit.

»Seid ihr Germanen etwa Biertrinker?« fragte ich. Ich hatte das Gebräu in Ägypten probiert und fand es absolut ungenießbar.

»Manchmal«, gab sie zurück. »Doch wahre Krieger berauben sich nicht ihrer eigenen Sinne.«

Aus irgendeinem unerfindlichen Grunde piekste mich diese Bemerkung. »Betrunken oder nüchtern, die Römer sind sowieso besser als alle anderen.« Und wie zum Beweis nahm ich einen großen Schluck aus dem Becher, den Hermes mir gefüllt hatte.

»Ihr habt nie gegen echte Männer gekämpft«, sagte sie abfällig. »Nur Griechen, Spanier und Gallier, wertloser Abschaum, alle miteinander. Wenn ihr in der Schlacht auf germanische Krieger trefft, wird das etwas ganz anderes sein.«

»Für eine Sklavin bist du über Nacht ganz schön kampfeslustig geworden!« beschwerte ich mich. »Warum diese Loyalität für ein Volk, das dich einem Römer zum Geschenk gemacht hat?« Ich hielt Hermes meinen Becher hin, um mir Wein nachschenken zu lassen.

»Das war nicht mein Stamm«, sagte sie, als ob das einen Unterschied machen würde.

»Vielleicht solltest du einen Happen essen, bevor du weitertrinkst«, murmelte Hermes beim Eingießen.

»Feiern wir die Saturnalien, oder was?« fuhr ich ihn an. »Wenn ich mich nicht irre, ist es bis dahin noch ein paar Monate!« In Wahrheit konnte ich mir dessen nicht völlig sicher sein. Caesar hatte als Pontifex maximus den Kalender derartig verludern lassen, daß ungefähr jeder Feiertag täglich ins Haus stehen konnte. »Ihr beiden haltet jetzt den Mund und laßt mich in Ruhe essen.« Sie wahrten ein selbstgefälliges Schweigen, wofür ich ihnen nur zum Teil dankbar war. Mittlerweile waren sie nämlich so ziemlich die einzigen Menschen im Lager, die überhaupt noch mit mir redeten. Wahrscheinlich trank ich zuviel.

Als schließlich die Abendtrompete durchs Lager hallte, erhob ich mich und ließ mir von Hermes aus meiner Rüstung helfen. Ich schleppte mich ins Zelt, drehte mich jedoch im Eingang noch einmal um und rief: »Freda, komm her! Ich möchte mit dir reden.«

Diesmal lächelte sie, als sie das Zelt betrat. «Bist du sicher, daß du dazu noch Kraft hast?«

Ich setzte mich und zog meine Stiefel aus. »Ich habe gesagt reden, sonst nichts.«

»Natürlich«, meinte sie spöttisch.

»Ich brauche Informationen«, begann ich, fest entschlossen, ihr zu beweisen, was für ein Monument an Selbstbeherrschung und Rechtschaffenheit ich war. Ich ließ mich auf meine Pritsche zurückfallen, wobei mein Kopf heftiger aufschlug, als ich erwartet hatte.

»Informationen. Ich verstehe.«

»Ja, Informationen. Zunächst einmal, wie heißt dein Stamm?«

»Die Bataver. Wir leben weit im Norden am kalten Meer. Jedenfalls würdet ihr es wahrscheinlich kalt finden. Römer sind einfach zu kälteempfindlich.«

»Du willst mich wohl provozieren, was? Wie bist du in den

Besitz von Titus Vinius gelangt? Molon hat es mir bereits erzählt, aber ich möchte auch deine Version hören.«

Sie setzte sich unaufgefordert neben mich. Ich ließ ihr diese kleine Unbotmäßigkeit durchgehen. Sie roch unglaublich verführerisch.

»Mein Stamm hat gegen die Sueben gekämpft, und ich wurde gefangengenommen. Cimberius, einer der suebischen Könige, hat mich aus der Beute ausgewählt. Er hatte die erste Wahl, und ich war das bei weitem begehrenswerteste Beutestück.« An Selbstbewußtsein mangelte es ihr wahrlich nicht. Beiläufig legte sie eine Hand auf mein Knie.

»Aber Molon sagt, es wäre sein Bruder Nasua gewesen, der dich Vinius geschenkt hat.« Ich spürte, wie sich die Hitze von der Stelle, wo ihre Hand lag, in meinem ganzen Körper ausbreitete.

»Nasua hat mich beim Spiel gewonnen.«

»Was für ein Spiel?« Mir war, als würde ich eine winzige Streichelbewegung ihrer Hand wahrnehmen.

»Ringen.«

»Bei den Germanen ringen die Könige? Das ist selbst für Barbaren ein völlig unwürdiges Benehmen.«

»Mein Volk schätzt alles Männliche«, sagte sie, jetzt definitiv streichelnd. »Die beiden Brüder wußten, daß sie nie aufhören würden, sich meinetwegen zu streiten, also einigten sie sich darauf, mich einer bedeutenden Person zu schenken.«

»Und warum dann Vinius und nicht der Prokonsul?«

»Sie wissen eben, wer die Legion in Wirklichkeit führt.«

»Oh.« Soviel zum herausragenden Amt des Prokonsuls.

Sie stand auf und begann, ihre Felltunika abzulegen. »Du hast mich doch nicht gerufen, um zu reden, oder? Römer interessieren sich nicht für das Leben von Sklaven.« Sie entblößte phantastische Brüste, zwei Halbkugeln aus festen Muskeln, nicht die üblichen weichen, wabbeligen Milchspender, die den weiblichen Körper gemeinhin zieren. Als nächstes legte sie einen leicht gewölbten Bauch frei, der aussah, als könne er problemlos einen Fausthieb empfangen, ohne daß sie sich vor Schmerzen krümmte. Sie zog die Tunika über ihre runden, festen Hüften und stand vor mir wie eine Venusstatue, nur sehr viel erreichbarer, wärmer und besser duftend.

Sie beugte sich über mich und begann, mir meine Tunika vom Leibe zu zerren. »Sind alle Römer so faul wie du?« Ich fummelte an meiner Kleidung herum, stellte mich dabei jedoch reichlich ungeschickt an. Aber sie widmete sich dieser Aufgabe mit großer Entschlossenheit und hatte mich wenig später bestiegen wie ein Kavalleriepferd. Mit einem gutturalen Knurren ließ sie sich auf mich herabsinken.

»Und jetzt«, sagte sie, »wollen wir mal sehen, aus welchem Holz die Römer geschnitzt sind.«

X

Wie es mittlerweile schon fast zum Brauch geworden war, versuchte irgend jemand, mich mitten in der Nacht aus dem Schlaf zu reißen. Zunächst glaubte ich, es sei Freda, die mich für eine weitere Runde wecken wollte.

»Hauptmann, mein Süßer! Wach auf, Geliebter!« Es war Indiumix.

»Was ist denn los?« fragte ich, meinen Kopf schüttelnd. »Sind die Barbaren da?« Vor dem Zelt stand ein weiterer meiner Gallier und hielt eine Fackel.

»Der Legatus verlangt nach dir, Hauptmann. Labienus persönlich. Er und Hauptmann Carbo sind drüben bei unserem Lager.«

Ich richtete mich auf und zog meine Stiefel an. »Was hat das zu bedeuten?«

»Ich weiß es nicht. Ein Kurier kam vom Lagerpraefekten herübergerannt und sagte, wir sollten die Pferde satteln und uns zum Ausritt bereithalten. Er sagte auch, daß wir dich wecken sollten.«

Ich sah mich nach Freda um, doch sie war nicht im Zelt. Hermes wankte schlaftrunken herein und half mir im Licht der flackernden Fackel in meine Rüstung.

»Wo sind Freda und Molon?« fragte ich ihn.

»Keine Ahnung. Was willst du denn von ihnen?« Er schnallte mir meinen Schwertgürtel um.

»Gar nichts, aber sie sollten nicht mitten in der Nacht draußen herumspazieren.« Doch meine Gedanken waren anderweitig beschäftigt. Welche neue Katastrophe hatte sich ereignet? Eines war sicher: Caesar war weg, und wenn Labienus nach mir verlangte, mußte es etwas Schlimmes sein. Hermes reichte mir meinen Helm, und ich duckte mich unter dem Zelteingang, setzte den Metalltopf auf meinen Kopf und befestigte den Gesichtsschutz unter dem Kinn, während wir uns zum Quartier der Reiterei begaben.

Das ganze Lager lag in tiefem Schlaf – zumindest im Sinne eines Armeeverständnisses. Mindestens ein Viertel der Männer war auf den Beinen und stand die ganze Nacht Wache. Hier und da glommen Wachfeuer, und über allem hing ein Gestank von Qualm. Der Himmel war verhangen, so daß man keine Sterne sehen konnte, doch ich schätzte, daß es kurz nach Mitternacht war. Mit dem Fackelträger als Vorhut schaffte ich den ganzen Weg, ohne über eine Zeltleine zu stolpern.

Labienus, Paterculus und Spurius Mutius, der amtierende Erste Speer, standen mit Carbo und Lovernius an einem Wachfeuer. Ihre Gesichtszüge verrieten eine Mischung aus

Wut, Angst, Verzweiflung und Verwirrung, die in dieser Armee mittlerweile fast schon zur offiziellen Ausstattung gehörten wie Scutum und Gladius.

»Was gibt's?« fragte ich fröhlich, obwohl mir kein bißchen fröhlich zumute war.

»Carbos Männer haben etwas gefunden, das du dir ansehen solltest«, erwiderte Labienus.

»Diese verdammten Barbaren«, murmelte Mutius. »Warum können sie sich nicht benehmen wie zivilisierte Menschen?«

Die Antwort erschien mir unglaublich naheliegend, doch Soldaten muß man gelegentlich auf das Offensichtliche hinweisen. »Weil sie keine zivilisierten Menschen sind«, erklärte ich ihm. »Was haben sie denn diesmal angestellt?«

»Ich werde es dir zeigen«, sagte Carbo. »Je weniger im Lager darüber geredet wird, desto besser. Die Sache wird unsere Verbündeten aus der Provinz auch so genug gruseln.«

»Metellus«, sagte Labienus, »morgen früh beim Offiziersappell erwarte ich deinen vollständigen Bericht. Und sprich mit niemandem darüber, bevor ich deinen Bericht erhalten habe.«

»Ihr kommt diesmal nicht mit uns?« fragte ich.

»Der Präfekt darf das Lager nicht verlassen, und Caesar hat mir befohlen, mich bis zu seiner Rückkehr nicht über den Damm zu wagen.«

»Über den Damm?« fragte ich mit einem flauen Gefühl im Magen.

»Ich werde dir unterwegs alles erzählen«, sagte Carbo ungeduldig. »Los. Ich will vor Tagesanbruch zurück sein.«

Während wir noch konferierten, hatte sich meine Ala versammelt. Jeder der Männer hielt eine brennende Fackel und hatte ein Ersatzbündel am Sattel befestigt.

»Heute nacht werdet ihr wohl sicher sein«, sagte Labienus.

»Aber solltet ihr doch gefangengenommen werden, haltet den Mund und sterbt wie Römer.«

Mit diesen rührenden Worten der Ermutigung ritten wir durch die Porta decumana aus dem Lager. Im freien Feld konnte ich nur die Wachfeuer der einsamen ersten Centurie in ihrem offenen Lager im Nordosten sehen. Ich hätte sie fast beneidet. Zumindest hatten sie noch den Schutz des großen Damms im Norden.

»Was, im Namen aller Götter, geht hier eigentlich vor, Gnaeus?« verlangte ich zu wissen.

»Etwas so Merkwürdiges, daß mein erster Gedanke war, dich rufen zu lassen«, erwiderte Carbo. »Heute nacht haben wir unsere Patrouille früh beendet. Kein einziger Helvetier war zu entdecken. Doch die Wachen auf dem Damm haben ungewöhnliche Aktivitäten in den dicht bewaldeten Hügeln im Nordwesten beobachtet. Man konnte flackernde Lichter erkennen, als ob eine Menge Männer mit Fackeln herumliefen, außerdem einen hellen Schein wie von einem großen Scheiterhaufen. Sie haben auch Geräusche gehört – Getrommel und Gesänge.

Ich dachte, daß sich die Barbaren im Schutz der Wälder möglicherweise zu einem Angriff versammeln würden. Es ist nicht weit von hier, und die Gallier lieben es, ihre Gegner zu überrennen. Wenn sie sich im ersten Morgengrauen und im Schutz des Morgennebels aus den Wäldern schlichen, könnten sie den Damm erreichen, bevor irgend jemand auch nur ahnt, daß sie da sind.«

»So weit, so klar«, versicherte ich ihm.

»Also habe ich einen Kurier losgeschickt, um den Legatus zu informieren, daß ich eine Mission in das Gelände jenseits des Dammes unternehmen wollte, um nachzuschauen, ob dort eine gallische Armee aufgezogen ist.« Er sagte das, als habe er einen Arbeitstrupp zur Ausbesserung eines Grabens geführt. Und aus genau diesem Grund zollte die ganze Welt Rom Tribut und nicht umgekehrt.

»Was habt ihr entdeckt?« fragte ich. »Ich nehme nicht an, daß ihr mir bloß ein paar bemalte Wilde zeigen wollt, die im Wald rumtanzen und sich für den bevorstehenden Angriff in Stimmung bringen.«

»So einfach ist es nicht«, sagte er. »Du wirst schon sehen.«

Wir ritten zu einem Ausfallstor, das gerade weit genug war, um jeweils einen Reiter passieren zu lassen. Die Ein- und Ausgänge waren von schweren, mit Eisendornen besetzten Pfählen blockiert. Die Auxilia, die das Tor bewachten, zogen die Stämme zur Seite, und wir ritten hindurch. Auf der anderen Seite erwartete uns eine wüst aussehende Abordnung von Carbos Spähern, die eher an Jagdhunde als an menschliche Wesen erinnerten. Unter ihnen erkannte ich auch Ionus, den Mann, der Vinius' Leiche entdeckt hatte.

»Auf geht's«, sagte Carbo. Die Späher liefen los. Auf dem unebenen Boden rannten sie eher in hüpfenden Sätzen als mit den langen Schritten eines zivilisierten Läufers. Vornübergebeugt und die Arme zur Unterstützung des Gleichgewichts leicht vorgestreckt, sahen sie aus, als würden sie einer Fährte folgen. Sie hielten ihren Vorsprung mühelos, obwohl wir in schnellem Trab ritten.

Als wir uns vom Damm entfernten, empfand ich jene fröstelnde Angst, die die meisten Soldaten überkommt, wenn sie von ihren Legionen getrennt werden. So mühselig das Lagerleben auch sein mag, so beruhigend ist es, sich von sechstausend Schilden umgeben zu wissen, hinter denen sechstausend entschlossene römische Schwertkämpfer stehen. Selbst der primitive Schutz eines palisadengekrönten Erdwalls kommt einem uneinnehmbar vor wie eine befestigte Stadt, wenn man sich allein in feindliches Gebiet begibt.

Ein kurzer Ritt über die grasbewachsene Ebene brachte

uns an den Fuß der dicht bewaldeten Hügel. Die Helvetier mit ihrer primitiven Landwirtschaft machten sich nicht die Mühe, das hügelige Gelände zu roden, um die Hänge zu bestellen. Sie lebten in Tälern und Ebenen, wo das Land ihren hölzernen Pflugscharen wenig Widerstand entgegensetzte. Die große Mühe, die mit der Rodung der steilen Hänge verbunden war, schreckte die Gallier ab; sie hielten dergleichen für Sklavenarbeit. In Wirklichkeit waren die meisten gallischen Bauern selbst kaum mehr als Sklaven, doch auch sie fanden keinen Gefallen an harter Arbeit.

Am Fuße des ersten Hügels erwartete uns eine kleine Gruppe von Carbos Plänklern. »Irgendein Zeichen vom Feind?« fragte Carbo sie.

»Nicht ein einziges Haar«, erklärte ein Decurio.

»Von hier aus gehen wir zu Fuß weiter«, sagte Carbo und stieg von seinem Pferd. »Die Plänkler sollen sich von den Reitern ein paar Fackeln besorgen. Lovernius, du kommst mit uns. Die anderen warten hier. Macht euch auf eine hastige Flucht gefaßt, aber reitet nicht los, bevor wir zurück sind.«

»Bist du sicher, daß das eine gute Idee ist?« erkundigte ich mich nervös. Der Gedanke, mich von meinem Pferd zu trennen, gefiel mir gar nicht. Wenn ich schon fliehen mußte, dann möglichst schnell. In voller Rüstung und in Nagelschuhen hatte ich keine Chance, einer Horde halbnackter Gallier zu entkommen. Es mußte nicht einmal eine ganze Horde sein. Zwei oder drei würden völlig reichen. Vielleicht auch nur einer. Ich hatte eine anstrengende Nacht hinter mir.

»Für Reiter sind die Wälder zu dicht«, meinte Carbo teilnahmslos. »Los.«

Unter der Führung der Späher bewegten wir uns den Hang hinauf. Ich fragte mich, wie Helvetier, die uns möglicherweise beobachteten, unsere Aktivitäten deuten mochten. Unsere fackelbeleuchtete Kavallerie-Prozession mußte meilenweit zu sehen gewesen sein, und die fackeltragenden Plänkler wirkten wahrscheinlich wie leuchtende Zielscheiben.

Unser Aufstieg ging in Totenstille vonstatten, man hörte nur das leise Klimpern von Kettengliedern gegen Schwertklingen sowie das Zischen und Knacken der Fackeln. Nachttiere verschwanden vor uns in der Dunkelheit. Die Szenerie wirkte ungeheuer bedrückend und beängstigend.

Wir Römer mögen die Wildnis nicht. Wir mögen offenes, kultiviertes Land, von Menschenhand bearbeitet. Die Wüste stößt uns ab, Berge sind nichts als Hindernisse, und Wälder mit ihren wilden Tieren und den Schwärmen gemeiner Geister waren uns unangenehm. Nur die Sänger pastoraler Idyllen gaben vor, die Natur zu lieben, dabei waren ihre von Nymphen und stattlichen Schäfern bevölkerten Haine in etwa so realistisch wie ein Wandgemälde. Die wahre Natur ist chaotisch und gnadenlos.

Bald sah ich vor uns ein schwaches Glimmen. »Wir sind fast da«, sagte Carbo. Selbst einem eisenharten Mann wie ihm ging der Atem schwer. Das war immerhin schon sein zweiter Aufstieg in dieser Nacht.

Plötzlich standen wir am Rand einer Lichtung. Die Späher blieben stehen, bis die Plänkler und schließlich Carbo, Lovernius und ich zu ihnen aufgeschlossen hatten. Die Bäume endeten an einer kreisrunden, moosbewachsenen Fläche von etwa dreißig Schritten Durchmesser. Große, grobe Felsbrocken ragten gen Himmel, und obwohl sie seltsam geformt waren, schienen sie ein Werk der Natur zu sein, Spuren von Hammer und Meißel waren nicht zu erkennen. Riesige Eichen markierten den Rand der Lichtung, und ihre verzweigten Äste bildeten eine Art Dach darüber.

Diese Einzelheiten waren im Licht der glimmenden Überreste eines vormals offenbar riesigen Scheiterhaufens nur undeutlich zu erkennen; jetzt war nur noch knisternde Glut übrig, aus der Rauchschwaden emporstiegen. Es war ein unheimlicher Ort, und ich hatte das unangenehme, aber sichere Gefühl, daß ich etwas betrachtete, was die Griechen Temenos nennen, einen heiligen, den Göttern geweihten Ort.

Carbo betrat die Lichtung und ging auf das Feuer zu. Ich atmete tief ein und folgte ihm. Lovernius und die anderen blieben zurück, bis Carbo sich umdrehte und sie ungeduldig heranwinkte.

»Kommt, bringt die Fackeln mit. Was immer hier geschehen ist, es ist vorbei.«

Voller böser Vorahnungen trat ich ans Feuer. Zu meiner Erleichterung schien es gewöhnliches Holz zu sein, kein Weidengeflecht. Auch entdeckte ich keine halbverkohlten Knochen, wie ich befürchtet hatte. Ich blickte mich auf der Lichtung um. Alles, was ich sah, waren die bedrohlich düsteren Bäume.

»Ich kann nichts entdecken«, sagte ich gleichzeitig erleichtert und enttäuscht.

»Das liegt daran, daß du in die falsche Richtung guckst«, sagte Carbo. Er hatte den Kopf in den Nacken gelegt und blickte direkt nach oben.

Die Kopfhaut unter meinem Helm kribbelte und mir lief es eiskalt den Rücken hinunter. Zunächst sah ich in der Dunkelheit nur die verwirrend verwobenen Äste, die im flackernden Licht der Fackeln seltsame Schatten warfen. Dann entdeckte ich drei Silhouetten, die an drei kräftigen Ästen baumelten und sich langsam drehten, als wehte dort oben ein Windhauch, den ich hier unten nicht spüren konnte. Die Gestalten trugen lange weiße Roben, die auf der Brust mit kunstvoller goldener Stickerei verziert waren. Ihre Gesichter waren verzerrt, doch ich erkannte sie trotzdem, zwei alte, ein junges.

»Die Druiden!« rief ich sehr viel lauter als ich wollte.

Lovernius ergriff ein Amulett, das um seinen Hals hing, und begann mit einem Ausdruck abergläubischer Panik im Gesicht eine Art Fluch oder Gebet zu stammeln. Die Plänkler waren genauso erregt. Ich faßte seinen Arm.

»Lovernius«, sagte ich streng, »du bist ein zivilisierter Mensch mit einer römischen Erziehung, kein abergläubischer Wilder. Beherrsche dich!« Allmählich beruhigte er sich wieder.

»Was hat das zu bedeuten?« wollte ich wissen. »Wer opfert Druiden? Ich dachte, sie wären diejenigen, die für Opferungen zuständig sind!« Ich hegte keinen Zweifel, daß es sich um Ritualmorde handelte. Gewöhnliche Hinrichtungen finden nicht an so entlegenen Orten und unter derart bizarren Umständen statt; der Hain, die Steine, das Feuer, all das roch nach barbarischen religiösen Praktiken.

»Ich weiß nicht!« sagte Lovernius mit zitternder Stimme. »Ich habe noch nie etwas Vergleichbares gesehen oder auch nur davon gehört. Manchmal ... manchmal wird ein Druide gopfert, wenn dem Volk eine schreckliche Katastrophe droht, eine Hungersnot oder so. Doch dann wird der zu opfernde Druide durch das Los bestimmt, und es gibt ein großes Fest. Außerdem stirbt nur einer, und seine Leiche wird in den heiligen Sümpfen versenkt.«

»Hast du eine Idee, Decius?« fragte Carbo.

»Absolut keine, Labienus gegenüber werde ich das natürlich nicht zugeben, aber es mangelt mir so sehr an Antworten wie den Bruttiern an Tischmanieren. Du könntest genausogut einen Ägypter auffordern, in einer Schlacht Mut zu zeigen.«

»Nein, das erzählst du Labienus wohl besser nicht«, stimmte er mir zu. »Zeig ihm einfach dein überhebliches Grinsen und tu so, als ob du mehr wüßtest, als du zugibst.« Carbo kannte mich sehr gut.

»Früher oder später werde ich es herausbekommen«, versicherte ich ihm. »Was die Sache erschwert, ist nur, daß wir es mit Barbaren zu tun haben.«

»Deswegen habe ich dich ja hierhergeführt, damit du es dir ansiehst.«

»Und was machen wir jetzt?« fragte ich. »Wir können sie doch nicht einfach da hängen lassen.« Ich glaubte nicht ernsthaft, ihre Geister würden uns verfolgen, wenn sie nicht anständig begraben werden würden, aber ich war nicht in der Stimmung, irgendwelche Risiken einzugehen.

»Nein, wir sehen zu, daß wir hier verschwinden. Es wird bald hell sein. Wenn es die Helvetier nicht waren, werden sie bald eigene Ermittlungen anstellen. Auf diesem Hügel sah es von weitem die ganze Nacht lang aus wie am ersten Abend der Saturnalien. Die Druiden waren Gallier, sollen sich auch die Gallier darum kümmern.«

Das war ein ungemein vernünftiger Vorschlag, den wir unverzüglich befolgten. Unsere kleine Gruppe rannte zwar nicht direkt den Hügel hinab, doch wir bewegten uns sehr flink. Wir fanden die Stelle, an der wir unsere Pferde zurückgelassen hatten, und stiegen auf. Wir ritten in gemächlichem Tempo zurück, weil Carbo die Plänkler nicht abhängen wollte, ein schätzenswerter Beweis seiner Loyalität, der mir persönlich nicht ganz so wichtig war.

»War sonst noch jemand dabei, als ihr den Ort entdeckt habt?« fragte ich ihn unterwegs, während ich mich ständig nach einer uns verfolgenden Armee umsah.

»Keine Menschenseele. Obwohl diejenigen, die diese Tat begangen haben, die Stelle erst kurz vorher verlassen haben müssen. Das Feuer brannte noch hell, so daß ich keine Fackel gebraucht habe, um sie hängen zu sehen.«

»Ich wünschte, ich könnte bei Tageslicht dorthin zurückkehren, um den Tatort zu untersuchen«, sagte ich. »Aber das werde ich nur tun, wenn Labienus mir die ganze Legion als Schutzwache stellt. Wenn der Hügel komplett umstellt ist, kann ich mich vielleicht auf meine Arbeit konzentrieren.«

»Damit würde ich nicht rechnen«, meinte Carbo. »Was glaubst du denn, dort finden zu können?«

Ich zuckte mit den Schultern. »Ich weiß nicht, aber irgend jemand läßt immer was fallen. Vielleicht würde ich einen Hinweis darauf entdecken, wer es getan hat und warum.«

»Brauchen die Barbaren immer einen Grund, um etwas zu tun?« fragte er.

»Immer«, versicherte ich ihm. »Es ist durchaus möglich, daß wir ihn nicht verstehen, aber es muß einen Grund geben.« Die Gallier und die Druiden und Titus Vinius. Irgendwie waren sie durch das Gold in jener Truhe miteinander verbunden, und irgendwie hatte das zu diesen bizarren Morden geführt.

Wir erreichten das Lager, als sich am östlichen Horizont das erste Licht des Tages zeigte. Wie üblich war die Legion zu dieser Stunde längst auf den Beinen. Nach den Ereignissen der vergangenen Nacht wirkte das Geklapper und Getriebe regelrecht beruhigend.

»Irgendwelche feindliche Aktivitäten in der Nacht?« rief ich dem Torwächter zu.

»Kein Mucks«, erwiderte er. »Kommt einem irgendwie komisch vor.« Jede Unterbrechung ihrer Routine kommt Soldaten bedrohlich vor, selbst wenn es eine Verringerung der Gefahr oder eine ausbleibende Belästigung ist.

»Es ist wohl zwecklos, deinen Männern zu befehlen, den Mund zu halten«, sagte Carbo, als wir abstiegen. »Meine werden es jedenfalls bestimmt nicht tun.«

»Wir stehen alle loyal zu Rom!« beharrte Lovernius.

»Natürlich. Aber unsere Lage ist auch schon riskant genug, ohne daß sämtliche unserer gallischen Hilfstruppen nervös werden. Sie sind keine gebildeten Männer wie du, und unsere eigenen Soldaten sind bestimmt so abergläubisch wie ein Haufen alter Bauernweiber.« Die Trompete blies zum Offiziersappell. »Laß uns dem Legatus Bericht erstatten.« Er drehte sich um und marschierte Richtung Praetorium davon. Ich gab Indiumix meine Zügel und wollte ihm folgen, doch Lovernius hielt mich am Arm zurück. Ich blieb stehen und sah ihn an.

»Decius Caecilius, reite mit uns zur Morgenpatrouille aus, wenn du vom Praetorum zurückkommst.«

Ich wollte ihn nach dem Grund fragen, doch an seiner Miene erkannte ich, daß ihn einige schmerzliche Gedanken bewegten. Er wollte offensichtlich mit mir reden, doch es war ebenso augenscheinlich, daß er es nicht hier und jetzt tun wollte. Was ich mehr als alles andere wollte, waren ein paar Antworten, egal von wem, solange es nur jemand war, der ein weiteres Teil des Rätsels in der Hand hielt. Ich wandte mich wieder an Indiumix.

»Halte mein Pferd zum Ausritt bereit.« Er nickte ernst.

Als ich zum Offizierstreffen kam, ließ Labienus Carbo gerade über die Ereignisse der vergangenen Nacht berichten. Die anderen Offiziere starrten ihn ungläubig an. Diese Geschichte überstieg ihren Erfahrungshorizont bei weitem.

»Irgendwelche Schlußfolgerung, Decius Caecilius?« fragte Labienus.

Hart gegen mich selbst unterdrückte ich den Drang, ihn um eine Sechstausend-Mann-Eskorte für eine eingehendere Untersuchung des Tatorts zu bitten. »Ich habe das sichere Gefühl, daß dieses Ereignis und der Mord an Titus Vinius irgendwie zusammenhängen.«

»Du klammerst dich aber wirklich an alles, was deinen Klienten retten könnte«, sagte Paterculus. »General, in meinem fünfundzwanzigjährigen Soldatenleben habe ich noch nie erlebt, daß so viele seltsame Dinge auf einmal passieren. Aber was hat das damit zu tun, daß wir einen Krieg zu führen haben? Von mir aus können sie an jedem Baum von hier bis ans nördliche Meer einen Druiden aufknüpfen. Das ist die Sache der Eingeborenen und geht uns nichts an. Wir sollten uns auf die Dinge konzentrieren, die einen Sinn ergeben und unmittelbar Auswirkungen auf unsere momentane Situation haben.« Unter den versammelten Offizieren erhob sich ein zustimmendes Gemurmel.

»Das würde ich auch sagen, wenn wir hier draußen nicht festsäßen und auf unsere gallischen Verbündeten angewiesen wären«, erklärte der Legatus. »Sie mögen einen Treueid auf Rom geleistet haben und die Helvetier verabscheuen, doch sie haben einen religiösen Tick wie die Ägypter. Sie sind schon seit Tagen nervös, und ein derartiges Ereignis könnte eine Massendesertion auslösen. Der Gedanke an exemplarische Hinrichtungen ist mir mehr als unangenehm, aber im Notfall werde ich nicht zögern, sie anzuordnen. Sorgt dafür, daß das jeder weiß. Und nun, Offizier der Nachtwache, dein Bericht.«

Nach der Zusammenkunft hielt mich Labienus für ein Gespräch unter vier Augen zurück. »Du hast also nichts herausgekriegt, wie?« meinte er.

»Ich habe zahlreiche Informationen gesammelt, aus denen es nun Schlüsse zu ziehen gilt«, erklärte ich ausweichend. »Und bis zum Mittag hoffe ich, von einem vertrauenswürdigen Informanten einige Antworten zu bekommen.« Ich fand, das klang ziemlich beeindruckend.

»Das will ich hoffen. Ich bin dieser Geschichten mehr als überdrüssig und wünsche mir ihre Beendigung fast so sehnlich, wie ich Caesars Rückkehr mit den Nachschub-Legionen erwarte.«

Vom Praetorium begab ich mich zu meinem Zelt, um zu

frühstücken, bevor ich mit der Morgenpatrouille ausritt. Hermes war zu seinem Waffendrill gegangen, und auch Molon und Freda waren nicht da. Wenn man sie einmal wirklich braucht, schaffen Sklaven es immer, sich irgendwo zu verkriechen. Grummelnd fand ich die Vorräte und nahm mir ein wenig Brot und Käse, die ich mit klarem Wasser hinunterwürgte.

Ich war schlecht gelaunt, als ich zum Quartier der Reiterei ging. Ich hatte den Eindruck, daß Schlafmangel und der karge Speiseplan des Armeelebens kühle Berechnung waren. Die Gallier sollten sich vorsehen, wenn dieser Haufen auf sie losgelassen wurde. Nur ein paar Tage unter Legionären hatten mich schon in eine mordlüsterne Stimmung versetzt, und diese Männer lebten jahrelang so.

Ich fand meine kleine Schwadron der Ala ausrittbereit auf ihren Pferden. Die Stimmung in den praetorianischen Quartieren war gedrückt; die Männer, die für gewöhnlich lustige Gesellen waren, sprachen leise miteinander, Sorgenfalten im Gesicht. Die Nachricht vom Mord an den Druiden hatte sich bereits verbreitet. Ich konnte mir lebhaft ausmalen, welche Stimmung im Lager der Auxilia herrschen mußte.

Wir verließen das Lager durch die Porta principalis sinistra im Ostwall und ritten, bis wir außer Sicht sowohl des Lagers als auch des Damms waren. Dann ließ Lovernius unweit einer kleinen Baumgruppe halten.

»Heute morgen gibt es hier bestimmt keine Helvetier zu jagen«, sagte er und stieg ab. »Wir wollen es uns bequem machen.«

»Klingt gut«, meinte ich. Ich konnte die Plagen der vergangenen Nacht in allen Knochen spüren, als ich mich aus dem Sattel hievte. Lovernius hatte vorausschauend einen dicken Schlauch mit hiesigem Wein mitgebracht, den wir im Kreis herumzureichen begannen.

Als die Reihe an mir war, lehnte ich mich gegen einen Baumstamm und ließ den blassen Strom in meinen Mund sprudeln. Für einen einheimischen Wein war er hervorragend, oder aber mein Geschmackssinn verrohte. Ich wollte nicht drängeln. Der Boden unter mir war weich und bequem. Lovernius würde mir erzählen, was er zu sagen hatte, wenn er soweit war, und mir waren ohnehin die Leute ausgegangen, die ich mit meinen Fragen behelligen konnte.

»Ich möchte nicht, daß du denkst«, sagte Lovernius schließlich, »wir als Roms loyale Streiter empfänden in irgendeiner Weise Mitleid mit den Helvetiern.«

»Das würde ich nie annehmen«, versicherte ich ihm, und das war nicht geheuchelt. Während wir Römer die Gallier immer als einen großen Haufen sahen, hatten sie in Wahrheit nur ein höchst rudimentär entwickeltes Nationalgefühl. Ein Mitglied eines anderen gallischen Stammes war ihnen so fremd wie einem Römer ein Syrer.

»Wir lassen uns nicht von den Druiden beherrschen wie die Helvetier und die anderen«, erklärte er. »Doch wir behandeln sie mit Respekt.«

»Durchaus verständlich.« Ich nahm einen weiteren Schluck Wein. Ich reichte den Schlauch an Lovernius weiter, weil ich das Gefühl hatte, daß seine Zunge noch ein wenig gelöst werden mußte. Er war fast schon an dem Punkt, sich mir zu öffnen. Er nahm einige große Schlucke, reichte den Schlauch weiter und saß eine Weile schweigend da. Dann ergriff er mit erkennbarer Überwindung erneut das Wort.

»Titus Vinius wurde dreifach getötet.«

Ich wußte, daß ich endlich eine heiße Spur hatte. »Was soll das heißen?«

»Weißt du noch, wie du mir erzählt hast, Vinius sei erdrosselt, erstochen und mit einer Axt auf den Kopf geschlagen worden?«

»Wahrscheinlich eher mit einem Knüppel, aber ja, das weiß ich noch.« Ich erinnerte mich auch, wie entsetzt seine Männer reagiert hatten. Damals hatten sie behauptet, es wäre wegen der Entweihung eines heiligen Teiches.

»Nun, da ist die Sache mit den Druiden. Es gibt Opferungen, bei denen das Opfer dreifach getötet wird. Es kann erhängt oder erdrosselt werden, jedenfalls bleibt die Schlinge um den Hals liegen. Dann kann man das Opfer entweder erstechen oder ihm die Kehle durchschneiden, bevor man ihm den Schädel einschlägt und es in einem Teich oder Sumpf versenkt. Manchmal wird es auch nur erhängt und erstochen oder niedergeschlagen, wobei dann das Ertrinken als dritter Tod gilt.«

Der dreiköpfige Gott auf Badraigs Stab fiel mir ein, genau wie die gallische Sitte, alles in Dreiereinheiten zu tun. »Glaubst du, die Druiden haben Titus Vinius als Opfer getötet?«

»So muß es gewesen sein! Wer sonst hätte es tun sollen, und warum?«

»Das Warum ist die entscheidende Frage«, sagte ich, während meine Gedanken zur Abwechslung einmal rasten. »Aber ich weiß, daß Vinius einige Nebengeschäfte getätigt hat. Er hat unglaubliche Reichtümer angesammelt. Und die stammen bestimmt nicht aus der Armee. Hat er vielleicht irgendwelche Geschäfte mit den Druiden gemacht? Wenn er sie betrogen hätte – und das würde zweifelsohne zu ihm passen –, könnten sie ihn aus Rache erledigt haben.«

»Ganz ohne Fest für das Volk?« wandte er ein. »Das wäre äußerst eigenartig.«

»In Kriegszeiten müssen wir unsere religiösen Rituale oft vereinfachen«, sagte ich. »Vielleicht haben sie dasselbe getan. Gehe ich recht in der Annahme, daß Druiden keine Waffen benutzen?«

»Sie benutzen sie nur anläßlich einer Opferung. Es würde sie verunreinigen.«

»Also«, sagte ich, meine Hände ausbreitend, »was spricht dagegen? Schwert und Speer dürfen sie nicht verwenden, also haben sie benutzt, was sie bei sich hatten.« Diese Theorie beantwortete längst nicht alle meine Fragen, doch ich fand, daß sie sich ganz gut anhörte.

»Nun ja, schon möglich«, sagte er, noch immer verlegen.

»Doch da ist noch etwas, oder?« bohrte ich weiter.

»Ja. Was wir vergangene Nacht gesehen haben.«

»Das sah auch aus wie ein Opfer«, meinte ich, »doch du hast gesagt, daß Druiden nie und nimmer auf diese Art geopfert würden.«

»So ist es auch«, bestätigte er und nahm einen weiteren Schluck aus dem Weinschlauch.

»Dann sag mir eins, Lovernius: Wer tötet seine rituellen Opfer durch den Strick?«

»Die Germanen!« sagte er heftig. »In ihren heiligen Hainen erhängen sie ihre Opfer an Eichen. An einem wichtigen Feiertag, den sie nur alle zwölf Jahre begehen, opfern sie zwölf von jedem lebenden Wesen: Männer, Tiere, sogar Vögel und Fische. In einem riesigen Eichenhain unweit des nördlichen Meeres hängen Hunderte von Leichen.«

»Das muß ja abartig stinken«, sagte ich. »Hast du das mit eigenen Augen gesehen?«

»Nein, natürlich nicht. Die einzigen Gallier, die die Riten zu sehen bekommen, sind die, die geopfert werden. Aber ich habe davon gehört. Wie jeder von uns.«

»Ich verstehe.« Wieder mußte ich mich auf Gerüchte verlassen. Doch diese hatten wahrscheinlich einen wahreren Kern als das Hörensagen von Soldaten in einem fremden Land. »Hast du irgendeine Ahnung, was diese seltsamen Geschehnisse zu bedeuten haben?«

Er schüttelte entschieden den Kopf. »Ich weiß nur, daß solche Dinge nicht geschehen sollten. Ist dies ein Krieg der Menschen oder der Götter?«

»Beides scheint durcheinanderzugeraten«, erklärte ich. »Doch ich habe den Eindruck, daß diese mystische Verwirrung nur dazu dienen soll, zutiefst menschliche Missetaten zu verbergen.«

»Wie meinst du das?« fragte er ernst.

Wie sollte ich meine Gedankengänge einer Gruppe von Galliern erklären, selbst wenn sie halbzivilisiert waren? Ich hatte genug Schwierigkeiten, mich meinen eigenen Landsleuten verständlich zu machen, die mit der griechischen Logik aufgewachsen waren und über einen angeborenen gesunden Menschenverstand verfügten. Ich unternahm einen Versuch, und die Gallier lauschten mir gebannt und mit ernsten Gesichtern. Sie suchten genauso verzweifelt nach Antworten wie ich.

»Lovernius, die Menschen neigen dazu, ihre Handlungen mit sehr vielen, großen Worten zu erklären, wobei sie sich selbst allerlei noble Motive zuschreiben. Sie behaupten beispielsweise, von Vaterlandsliebe oder Hingabe an die Götter geleitet zu sein oder im Interesse des Volkes oder aus Loyalität zu einem König oder sonst einer hehren Sache zu handeln. Für gewöhnlich lügen sie. Viel häufiger sind ihre Motive niedriger Natur. Sie sind hinter Macht, Reichtum oder der Frau eines anderen Mannes her.«

»Das verstehe ich«, sagte Lovernius, »doch hier geht es um religiöse Fragen.«

Ich hielt pedantisch den Finger hoch, und der Wein verlieh mir trotz all meiner wirren Gedanken eine erstaunliche Eloquenz. »Jedesmal, wenn Menschen unwürdige Taten begehen und sich mit hochtrabenden Worten und pompösem Getue rechtfertigen wollen, suche ich nach dem schäbigen, dem niederträchtigen Element, das alles verbindet. Vor ein paar Tagen habe ich entdeckt, daß Titus Vinius gewaltige Reichtümer aus einer geheimen Quelle gescheffelt hat. Das Gold ist der Schlüssel. Ich bin mir sicher, daß ich, wenn ich herausfinde, woher es stammt und für wen es bestimmt war, damit alle in diese Angelegenheit verwickelten Parteien zusammenfügen kann wie die Glieder einer Kette, einer Kette aus Gold.« Ich war richtiggehend begeistert von meinem eigenen geistreichen Wortspiel und mußte mich ermahnen, meinen Weinkonsum so früh am Tage zu mäßigen.

Die Gallier mit ihrer Liebe für blumenreiche Rhetorik hielten meine Rede indes keineswegs für überwältigend. Allerdings wirkte Lovernius regelrecht erleichtert, die Sache offen angesprochen zu haben. Er war loyal gegenüber Rom, doch abergläubische Furcht hatte ihn bewogen, sein Schweigen über die dreifache Tötung zu wahren. Die dreifache Erhängung war dann zuviel für ihn gewesen. Doch jetzt hatte er den Eindruck, daß ich in der Lage wäre, die Angelegenheit prompt aus der Welt zu schaffen. Ich hoffte, daß sein Vertrauen in mich nicht völlig ungerechtfertigt war.

XI

Mittags ritten wir ins Lager zurück, als die Trompeten fröhlich schallten und sich die Männer zur Essensausgabe versammelten. Es spricht für unsere Soldaten, daß sie sich selbst auf derart spartanische Kost freuen können. Ich ließ mein Pferd bei der Ala und ging zu meinem Zelt, wo Hermes gerade mein Mittagsmahl auftischte. Es war ihm gelungen, einen Topf in Honig eingelegter Früchte und eine geröstete

Ente aufzutreiben, und ich hatte nicht vor, ihn zu fragen, wie er dieses mittlere Wunder vollbracht hatte.

»Wenn du so weitermachst, laß ich dich vielleicht frei, wenn du zu alt bist, um noch nützlich zu sein«, erklärte ich, als ich mich in meinen Stuhl fallenließ und über mein Essen hermachte. Er gab mir einen Becher mit gewässertem Wein, obwohl ich den bestimmt nicht mehr brauchte. »Wo sind Molon und Freda?«

»Ich habe sie den ganzen Tag noch nicht gesehen«, sagte er. »Ich dachte, du hättest sie auf einen Botengang geschickt.«

Die Nachricht raubte mir einen Teil des Vergnügens am Essen. Sklaven sollten nicht nach Belieben in der Gegend herumstreunen, nicht einmal solch exzentrische Exemplare wie diese beiden. Sie benahmen sich mehr und mehr wie Freie, eine Vorstellung, von der ich sie schleunigst zu kurieren gedachte. »Wann hast du sie zuletzt gesehen?«

»Molon hat gestern abend betrunken hinter dem Zelt gelegen, und ich habe nicht mehr nach ihm geschaut. Als in der Nacht die Gallier kamen, um dich abzuholen, habe ich keinen von beiden gesehen, genausowenig wie heute morgen, obwohl ich auch nicht direkt nach ihnen gesucht habe. Sie müssen hier irgendwo sein. Sie würden es nicht wagen, einen Fuß vor das Lager zu setzen.«

»Das wäre in der Tat töricht«, stimmte ich ihm zu, doch die Sache gefiel mir nicht. Es war eine weitere Sorge, und Sorgen hatte ich schon mehr als genug.

Nachdem ich mein Mahl beendet hatte, erhob ich mich, um mit Hermes im Schlepptau nach meinen vermißten Sklaven zu fahnden. Ich brauchte dringend Schlaf, doch ich wußte, daß ich bestimmt keine Ruhe finden würde, auch wenn ich mich jetzt hinlegte. Zu viele Gedanken gingen mir durch den Kopf. Während wir das Lager durchquerten, berichtete ich Hermes von den neuesten Entwicklungen. Er war weit davon entfernt, ein brillanter Konversationspartner zu sein, doch ich hatte schon vor langer Zeit gelernt, daß es zum Entwirren eines gedanklichen Durcheinanders sehr hilfreich ist, mit jemandem zu reden.

»Wenn die Germanen die Druiden erhängt haben«, sagte er, »dann müssen sie doch hier irgendwo in der Nähe sein, stimmt's?«

»Deine logische Auffassungsgabe ist phänomenal«, bemerkte ich.

»Nein, ich meine, es müssen sehr viele sein, richtig? Mehr als die beiden, die wir neulich abends gesehen haben.«

»Nicht notwendigerweise.« Ich hatte bereits über genau dieser Frage gebrütet. Der Junge war wirklich nicht dumm. »Die beiden Germanen waren riesenhafte, kräftige Krieger, zwei der Druiden waren ältlich, und kein Druide ist an den Waffen ausgebildet. Diese beiden Schläger Eintzius und Eramanzius hätten die gallischen Priester problemlos überwältigen können.«

»Trotzdem«, sagte er skeptisch, »sie den ganzen Berg hochzuschleppen, einen riesigen Scheiterhaufen zu errichten und sie an den Bäumen aufzuknüpfen – das klingt nach einer Menge Arbeit für zwei Männer.«

»Nun, sie haben doch behauptet, von königlicher Abstammung zu sein. Sie sind sicher nicht ohne Begleiter unterwegs. Aber wegen ein paar Dutzend Germanen muß man sich keine Sorgen machen.«

»Solange es keine Armee von Germanen ist.« Hermes hatte sich der allgemeinen Stimmung im Lager angepaßt; jeder Schatten ließ ihn zusammenfahren, unsere zahlenmäßige Unterlegenheit und die ungeschützte Lage machten ihm angst. Und seine Befürchtungen waren wie die aller anderen keineswegs unbegründet.

Eine gründliche Suche nach unserem flüchtigen Paar auf

dem Forum und allen anderen mehr oder weniger öffentlichen Plätzen blieb ergebnislos. Auch die Centurien konnten uns nicht weiterhelfen. Selbst ein Lager von sechstausend Mann ist eine überschaubare Gemeinde, und Freda war die auffälligste Kreatur im Umkreis von Hunderten von Meilen. Ein Elefant hätte nicht mehr Aufmerksamkeit erregen können.

»Vielleicht sind sie ins Lager der Auxilia gegangen«, sagte Hermes. »Sklaven und Ausländer können die Tore bei Tageslicht ziemlich ungehindert passieren.«

»Ich weiß zwar nicht, was sie da wollen könnten, aber vielleicht lohnt es sich trotzdem, dort einmal nachzusehen«, grummelte ich. Also ging es erneut durch die Porta sinistra, durch die ich schon heute morgen ausgeritten war. Niemand am Tor konnte sich erinnern, sie gesehen zu haben, doch die Wachposten waren erst seit kurzer Zeit im Dienst.

Das andere Lager war nur zwei Bogenschüsse entfernt, so daß zwischen den beiden Lagern kein Feind vor Geschossen sicher sein konnte. Die Verteidigungsanlagen des zweiten Lagers waren weniger aufwendig, weil die Auxilia sich im Falle einer echten Gefahr einfach ins Legionärslager zurückziehen würden, um die regulären Truppen zu verstärken. Da ein Großteil der Hilfstruppen aus Reitern bestand, erstreckte sich das Lager über eine größere Fläche als das der Legionäre, und jeden Tag wurden Trupps mit Sicheln losgeschickt, um Futter für die Tiere zu schneiden.

Ich traf Carbo außerhalb des Lagers bei der Ausbildung seiner Speerwerfer an, während seine Späher herumlungerten und versuchten, gewichtige Mienen zur Schau zu stellen, auf daß niemand auf die Idee kam, sie zu derart stumpfsinniger Plackerei heranzuziehen.

»Für Barbaren sieht das doch schon ganz gut aus«, bemerkte ich.

»Strenger Drill ist die Sache der Gallier nicht«, erwiderte er, »aber sie werden es noch lernen. Wenn sie erst einmal gesehen haben, wie leicht disziplinierte Truppen mit johlenden, schwertfuchtelnden Barbaren fertig werden, kommen sie schon auf den Geschmack.«

»Wenn sie nicht vorher massakriert werden«, bemerkte ich.

Er zuckte mit den Schultern. »Gegen eine gewaltige Überzahl kann man nicht viel ausrichten. Eine einzelne Legion kann es mit der doppelten Anzahl von Wilden aufnehmen. Drei Legionen zusammen kommen gegen die zehnfache Übermacht an. Und zehn Legionen können jede beliebige Menge an Feinden schlagen. Wichtig ist vor allem, die Legionen hierher zu bekommen.«

»Das ist ein Problem. Ach, übrigens, hast du heute zufällig mein germanisches Mädchen gesehen?«

Er zog eine Braue hoch. »Erzähl mir nicht, daß du sie verlegt hast?«

»Ich habe sie nicht mehr gesehen, seit... nun ja ziemlich spät in der letzten Nacht, bevor die ganze Aufregung losging. Ich war so beschäftigt, daß ich bisher noch keine Gelegenheit hatte, nach ihr zu sehen. Molon ist auch verschwunden.«

»Das ist kein großer Verlust. Aber das Mädchen – ein derartiger Hauptpreis fällt nicht jedem Soldaten in den Schoß. Nein, ich habe sie nicht gesehen.« Er befragte seine Männer, die eine Weile unter sich berieten, laszive Gesichter zogen und mit den Händen die Formen des weiblichen Körpers andeuteten. Offenbar war Freda unter den Hilfstruppen ebenso berühmt wie unter den Legionären.

»Nein, sie haben sie auch nicht gesehen«, erklärte Carbo. »Und glaub mir, sie hätten sie bestimmt nicht übersehen. Vielleicht versuchst du es mal im Lager.«

»Das habe ich vor. Ich bin im übrigen auf weitere Informationen gestoßen, doch du solltest sie noch eine Weile für dich behalten.« Ich gab ihm eine kurze Zusammenfassung meines Gesprächs mit Lovernius.

»Dann stecken die Germanen jetzt also auch noch mit drin, was? Meinst du, das Mädchen wäre zu dem Hügel gelaufen, um sich ihren Landsleuten anzuschließen?«

»Ich wüßte nicht, warum«, gab ich zurück. »Sie war bei ihnen nur eine Sklavin, warum sollte sie also dorthin zurückkehren? Kein Sklave der Welt hat ein bequemeres Leben als ein römischer Haussklave. Warum sollte sie das gegen ein Dorf eintauschen, in der die von Flöhen zerstochene Frau eines Häuptlings sie mieser behandeln würde als einen Hund?«

»Das klingt logisch, aber wer weiß, was im Kopf einer Barbarin vor sich geht? Vielleicht ist ihr miese Behandlung in vertrauter Umgebung lieber?«

»Das würde noch immer nicht das Verhalten Molons erklären. Der Gauner weiß bestimmt, wessen Stiefel besser schmecken, weil er schon diverse geleckt hat. Er würde das vergleichsweise süße Leben, das er bei mir führt, bestimmt nicht gegen eines auf der anderen Seite des Rhenus eintauschen. Und wenn er schon weglaufen wollte, warum hat er es nicht bei Vinius getan? Der hat ihn geprügelt wie einen Hund.«

»Gute Frage. Ich hoffe, du findest sie, Decius. Wenn du das einzige Gut in ganz Gallien verloren hast, nach dem sich alle die Finger lecken, wirst du als eine noch größere Witzfigur dastehen.«

»Wie wahr«, pflichtete ich ihm bei. »Die Götter lieben mich nicht, Carbo. Ich werde dich jetzt deinem Drill überlassen. Komm, Hermes.«

Wir gingen ins Lager und begannen, es systematisch zu durchkämmen. »Ich sehe, daß du etwas sagen möchtest, Hermes«, bemerkte ich, als wir durch eine Straße kamen, in der mindestens drei verschiedene Sprachen gesprochen wurden.

»Du und dein Freund redet, als wüßtet ihr alles über Sklaven, dabei wart ihr nie selber welche«, sagte er mürrisch.

»Dann sollte ich vielleicht einen Experten konsultieren. Was hältst du von der Sache?«

»Ich denke, daß sie nicht zu den Germanen oder Galliern geflohen sind, sondern in die andere Richtung, den Fluß hinunter.«

»Richtung Massilia? Warum, um alles in der Welt, sollten sie das tun?«

Er verzog verzweifelt das Gesicht. »Warum? Bist du noch nie auf den Gedanken gekommen, daß jeder Sklave in der Armee weiß, daß die Gallier praktisch täglich einfallen und uns vernichten können? Und diejenigen, die nicht bei dem Gemetzel umkommen, werden wahrscheinlich hinterher geopfert.«

»Du übertreibst den Ernst der Lage«, tadelte ich ihn. »Römische Armeen werden nur äußerst selten von Wilden ausgelöscht. Im schlimmsten Fall treten wir den geordneten Rückzug flußabwärts an und halten Massilia, bis die Verstärkung eintrifft.«

»Oh, das ist ja beruhigend! Ich habe nicht sehr viel Erfahrungen mit der Armee, aber ich wette, daß sie auf der Flucht keine lästigen Kleinigkeiten wie Packesel, Gepäck und Sklaven mitnimmt.«

»Ich kann verstehen, daß du diese Aussicht ein wenig irritierend findest«, räumte ich ein.

»Ich kann dir versichern, daß eine Menge Sklaven hier darauf vorbereitet sind, Hals über Kopf zu fliehen.«

»Ich nehme doch nicht an, daß du zu dieser hasenfüßigen Truppe gehörst«, sagte ich.

»Meine Loyalität dir gegenüber ist unerschütterlich«, erklärte er in jener aufrichtigen und ehrlichen Art, die das Zeichen des wahrhaft begabten Lügners ist.

»Ausgezeichnet«, bemerkte ich. »Was du sagst, ist nicht völlig unplausibel, aber wie sollten sie entkommen?«

»Massilia ist eine ziemlich große Stadt, und Molon würde als Einheimischer durchgehen. Außerdem ist es eine Hafenstadt. Sie könnten eine Passage irgendwohin lösen. Das nötige Geld würde sich Molon an einem Vormittag zusammenklauen.«

»Wenn es das ist, was ihnen vorschwebt, haben sie Pech gehabt«, erklärte ich ihm. »In der Stadt wimmelt es jetzt von Sklavenhändlern. Sie strömen immer dorthin, wo gerade römische Armeen kämpfen, weil sie nach einer erfolgreichen Schlacht Sklaven zum Spottpreis erwerben können. Und diese Aasgeier erkennen einen entflohenen Sklaven selbst in einer mondlosen Nacht.«

»Daran hatte ich nicht gedacht«, meinte er. »Aber sie vielleicht auch nicht.«

»Molon müßte das wissen.«

In Wahrheit wollte ich nicht glauben, daß sie geflohen waren. Den Verlust Molons würde ich nicht betrauern, und er würde zweifellos jede sich bietende Gelegenheit ergreifen, seine Lage zu verbessern. In dieser Sache machte ich mir wenig Illusionen. Aber Freda ... ich hatte geglaubt, daß wir in der vergangenen Nacht eine Art gegenseitiges Verständnis entwickelt hatten und daß sie auf ihre rohe und ungebildete Art eine gewisse Zuneigung für mich empfand.

War das Ganze eine kaltblütige List gewesen? Hatte Molon seinen Vollrausch nur vorgetäuscht, während Freda es übernommen hatte, mich zu erschöpfen, damit ich nicht aufwachte, wenn sie zu ihrer heimlichen Flucht aufbrachen? Das wollte ich nicht glauben, doch mir war klar, daß das eine rein gefühlsmäßige Reaktion war. Die streng logische Abteilung meines Verstandes sagte mir, daß sie genau das getan hatten. Doch meine Hermes gegenüber geäußerten Einwände waren ebenso gültig. Wie konnten die beiden annehmen, ihre Lage durch eine Flucht zu verbessern?

Auch unsere Suche im Lager der Auxilia verlief wie erwartet ergebnislos. Ich versuchte, eine fröhliche Miene aufzusetzen, als ich ins Legionärslager zurückkehrte, doch ich war niedergeschlagener, als ich es seit meiner Ankunft in Gallien je gewesen war. Wenn das Glück sich mir nicht bald gewogener zeigte, würde ich am Ende noch zusammen mit Burrus und seinen Freunden hingerichtet werden.

»Willst du eine Nachricht aushängen, daß sie geflohen sind?« fragte Hermes, als wir zu meinem Zelt zurückkehrten.

»Nein, ich bin fürs erste genug gedemütigt worden. Außerdem würde es einen schlechten Eindruck machen, einen Aufstand wegen zwei entlaufener Sklaven anzuzetteln, während das ganze Land kurz vor einem Krieg steht.«

»Wenn du meinst«, sagte er skeptisch.

»Das heißt aber nicht, daß ich nicht die Wachen loshetzen würde, falls du fliehen solltest. Das wäre etwas anderes.«

»Du vertraust mir nicht!« entrüstete er sich.

»Ich kenne dich nur allzugut.« Müde und mit bleischweren Knochen öffnete ich mein Zelt und trat ein. »Ich werde ein wenig schlafen. Weck mich nur im Notfall oder falls die beiden zurückkommen.«

Ich legte meine Rüstung und meine Stiefel ab und ließ mich auf die Pritsche fallen, die ich verlassen hatte, als ich geweckt worden war, um in die Berge zu reiten. Selbst durch den Nebel meiner Müdigkeit beschäftigten mich die jüngsten verwirrenden Entwicklungen. Ich konnte den Gedanken nicht verdrängen, daß Molon und Freda nach wie vor zwei Hauptverdächtige für den Mord an Titus Vinius waren. Wenn sie befürchtet hatten, entlarvt zu werden, war ihre Flucht ein logischer Ausweg. Doch wenn sie es gewesen waren, warum dann der Druiden-Hokuspokus? Und wie hing das Ganze mit den drei erhängten Männern zusammen? Wenn beides überhaupt etwas miteinander zu tun hatte.

Es war die ärgerlichste Situation meiner keineswegs ereignisarmen Karriere. Was war bloß aus den Politikern geworden, die sich gegenseitig aus absolut vernünftigen und nachvollziehbaren Motiven umbrachten? Warum mußten sich noch Armeen, Barbaren der unterschiedlichsten Sorte sowie Priester mit ihren widerlichen Opferritualen einmischen?

Ich warf mich unruhig hin und her, todmüde, aber unfähig einzuschlafen. Mir war klar, daß ich etwas unternehmen mußte, bevor ich Ruhe fand. Aus meiner langen Erfahrungen wußte ich, daß es, wenn die Dinge erst einmal bis zu diesem schrecklichen Punkt gediehen waren, nur eine Möglichkeit gab. Ich mußte etwas kolossal Törichtes tun.

Ich stand auf, kramte herum, bis ich ein Wachstäfelchen fand, und klappte es auf. Mit einem Stilus kratzte ich meine Nachricht hinein und rief Hermes.

»Lauf und bring das zu Lovernius. Sag ihm, daß er damit sofort einen seiner Männer zu Carbo schicken soll.« Er mußte irgend etwas in meinem Gesicht gelesen haben.

»Was hast du vor?«

»Ich werde heute nacht ausgehen und möglicherweise getötet werden. Wenn du deinen Botengang erledigt hast, solltest du auch versuchen, ein wenig zu schlafen. Du kommst nämlich mit.«

Ich ließ mich zurück auf meine Pritsche fallen, selbstmörderisch mit mir versöhnt. Endlich hatte ich eine Entscheidung getroffen, und bald darauf war ich eingeschlafen.

Als ich meine Augen wieder aufschlug, war es draußen dunkel. Ich fühlte mich gestärkt wie sonst nur selten direkt nach dem Aufwachen. Dann fiel mir mein Plan wieder ein, und mir wurde klar, daß es die schiere Angst war, die mich so munter machte. Hermes lag friedlich schnarchend auf seiner Pritsche, und ich stieß ihn an, um ihn zu wecken. Dann schickte ich ihn los, mir eine Schüssel Wasser zu holen.

Währenddessen suchte ich mein Schwert und band ein Stück Stoff um die Scheide, damit die Aufhängungsringe beim Gehen nicht klimperten. Dann steckte ich noch meinen Dolch ein und legte meinen Schwertgürtel an. Ich zog ein Paar Zivilisten-Sandalen an, weil Nagelschuhe nicht nur eine Menge Lärm machen, sondern beim Gehen auf Fels auch Funken schlagen, die in einer dunklen Nacht weithin sichtbar sind. Ich rollte meinen Kapuzenumhang zusammen und warf ihn über die Schulter. Die Nacht würde wahrscheinlich sehr kühl werden, und in diesen Breiten regnete es häufig.

Als Hermes mit der Schüssel zurückkehrte, trug ich ihm auf, seinen Umhang zu nehmen und sein Schwert in gleicher Manier zu bedecken. »Wir unternehmen einen kleinen Aufklärungsspaziergang«, erklärte ich ihm. Er folgte meinen Anweisungen mit der aufgeregten Begeisterung, die nur die Jugend und Narren empfinden, wenn Gefahr droht. Ich hatte mich gerade fertig gewaschen, als Carbo in Begleitung von Ionus auftauchte.

»Da ist er. Was für eine Tollheit planst du jetzt wieder, Decius?«

»Ich gehe nochmals zu dem Hain, Gnaeus. Ich möchte ihn mir morgen bei Tageslicht ansehen.«

»Ich wußte, daß es sich um irgendeine Dummheit handeln würde. Wenn du schon dorthin mußt, warum nimmst du nicht deine Reiter mit?«

»Was würde das nutzen? Wir wären nur leichter zu entdecken. Als ich sagte, daß ich mich nur unter dem Schutz einer ganzen Legion sicher fühlen würde, habe ich nicht gescherzt. Entweder wir bleiben unsichtbar und damit sicher, oder wir werden entdeckt und getötet. Komm, Hermes.«

Wir gingen zur Porta decumana, und Hermes versuchte, nicht zu stolzieren, während seine Finger über den Griff seines Schwertes zuckten. Er hatte jetzt einige Unterrichtsstunden hinter sich und hielt sich für einen Meister des Schwertkampfs. Am Tor informierte ich den wachhabenden Offizier, daß ich zu einer nächtlichen Mission aufbrechen wolle. Er starrte mich ob der verwegenen Idee mit offenem Mund an, wagte jedoch nicht, mich aufzuhalten.

Während wir uns in sinnlosem Geschwätz ergingen, ließ ich meinen Blick über die Krone des Walls wandern, merkte mir, wie die Wachen postiert waren, und fragte mich, ob ein paar entschlossener Sklaven entkommen konnten, wenn sie die Brüstung erkletterten und über die Palisade sprangen. Ich entschied, daß das möglich war. Die Wachen waren in beträchtlichem Abstand voneinander postiert, die Nächte waren dunkel, und alle Aufmerksamkeit richtete sich auf eine von außen drohende Gefahr, nicht auf das, was im Rücken der Posten geschah. Man mußte nur eine späte Stunde abwarten, wenn die Wachen bereits erschöpft waren, und sehr leise sein, dann würde eine Flucht kaum Probleme bereiten. Sie waren weg. Ich konnte meine Augen nicht länger vor dieser Tatsache verschließen. Aber wohin waren sie geflohen?

»Wann kommst du zurück?« fragte Carbo.

»Solange es hell ist, müssen wir in den Hügeln bleiben. Sobald es morgen dunkel wird, kehren wir zurück. Ich komme nicht so schnell voran wie deine Späher, doch wir sollten auf jeden Fall vor Sonnenaufgang zurück sein.«

„Wenn nicht, werde ich bei Morgengrauen die Reiterei aussenden, die Gegend zu durchkämmen«, erklärte Carbo.

»Wenn ich bis dahin nicht zurück bin, werde ich wahrscheinlich überhaupt nicht zurückkommen, aber nur zu. Es wird bestimmt nicht schaden.«

»Dann erfolgreiche Jagd«, sagte er und klopfte mir soldatisch mit der Hand auf den Rücken, als wäre ich ein tapferer Mann und kein lebensmüder Narr.

Wir gingen durch das Tor auf den großen Damm zu. In dieser Nacht hörten wir keine übereifrigen gallischen Krieger, die die Männer auf den Wällen reizen wollten. Es war eine angenehme Nacht, ein sichelförmiger Mond und eine Unzahl von Sternen standen am Himmel. Man hörte das Zirpen nächtlicher Insekten, und ein lauer Wind raschelte durch das Gras und das Schilf in den Teichen.

Beim Ausfallstor am Damm wiederholte ich meine Geschichte vor dem Offizier der Auxilia, der nicht besonders überrascht wirkte, sondern lediglich meinen Namen und die Anzahl der mich begleitenden Personen notierte. Wir passierten das Tor, und nach ein paar Schritten ließ ich halten.

»Hast du Tarnfarbe?« fragte ich Ionus. Er nahm einen kleinen Topf aus einem Beutel an seinem Gürtel und gab ihn mir. Ich tunkte meinen Finger in die übelriechende Paste und beschmierte Gesicht, Arme und Beine, bevor ich den Topf an Hermes weiterreichte.

»Schmier dich damit ein. Unsere einzige Chance, diese Mission zu überleben, ist, ungesehen zu bleiben. Ionus, woraus besteht diese Farbe?«

»Nur aus Ruß und Bärenfett.«

»Gut. Waid- und Walnußsaftflecken gehen wochenlang nicht wieder ab. Hermes, einen Bogenschuß weit vom Damm entfernt, und wir befinden uns ganz auf uns allein gestellt im Feindesland. Jeder, der uns sieht, wird uns auf der Stelle töten wollen. Bleib dicht hinter mir, aber nicht so dicht, daß du mich dauernd anrempelst. Wir müssen genug Abstand halten, um im Notfall unsere Waffen ziehen zu können. Wenn du zurückfällst, melde dich, aber brüll nicht. Hast du verstanden?« Er nickte dumpf und mit ängstlicher Miene. Auf einmal war das Ganze kein spannendes Abenteuer mehr.

»Ionus, gib uns ein gutes Tempo vor, aber denk daran, daß wir keine erfahrenen Viehdiebe sind, die wie du im Dunkeln sehen können. Und nun laßt uns losgehen.«

Ionius lief los, und ich ließ ihm zehn Schritte Vorsprung. Wir bewegten uns nicht direkt im Laufschritt über die dunkle Ebene, aber auch nicht in jenem gleichmäßigen schwerfälligen Militärtrott, sondern in breitbeinigen Sätzen, um auf dem unebenen Grund nicht das Gleichgewicht zu verlieren. Der Boden war weich, und ich war froh über das harte Training, zu dem Caesar mich verdonnert hatte, denn ich empfand unseren Marsch eher als eine Belebung denn als die erschöpfende Tortur, die er sonst hätte sein können.

Nach etwa einer Stunde machten wir an einem kleinen Bach halt, fielen auf die Knie und leckten das kühle Wasser wie durstige Hunde.

„Wie weit noch?« fragte ich.

»Noch einmal genauso weit«, erwiderte Ionus.

»Das hatte ich befürchtet«, meinte Hermes. Er atmete schwer, schien jedoch in besserer Form zu sein als ich. Er war längst nicht mehr der verweichlichte Stadtjunge, der Rom mit mir verlassen hatte.

»Das wird dir gut tun«, versicherte ich ihm. »Mein Vater hat mir immer erklärt, daß Leiden einen Mann adelt und daß die Jugend von heute nicht mehr weiß, was Leiden heißt, weswegen sie auch ein so degenerierter Haufen ist.«

»Wenn es dir nichts ausmacht«, sagte Hermes, »kann dein Vater meinetwegen leiden, wenn es ihm so viel Spaß macht.«

Ionus lauschte uns mit einem Ausdruck der Verwunderung. Er hatte sein ganzes Leben so gelebt. Härte bedeutete für ihn etwas ganz anderes als für uns. Er lief barfuß, trug Hosen und einen kurzen Umhang, der nur seine Schultern und den oberen Teil seines Rückens bedeckte. Solcherart gewandet, schien er sich prächtig zu fühlen.

Nach kurzer Rast gingen wir weiter. Die Nacht wurde kühl, doch die Anstrengung hielt uns warm. Ich spitzte die Ohren, um nahende Gallier oder das Husten oder Rascheln eines in einem Hinterhalt versteckt liegenden Kriegers zu hören, doch wir schienen vom Zauber der Unsichtbarkeit geschützt. Vielleicht waren die Gallier auch plötzlich zur Vernunft gekommen und hatten entdeckt, daß man nachts besser schlief, als bewaffnet im Dunkeln herumzuschleichen.

Als wir den Fuß des Berges erreicht hatten, befahl ich eine weitere Rast. »Dies ist ein harter Aufstieg, und wir wollen nicht völlig entkräftet oben ankommen«, sagte ich. »Wenn sich oben jemand aufhält, könnten wir gleich in einen Kampf verwickelt werden.«

Hermes und ich setzten uns keuchend. Ionus hockte sich nur hin, eine Hand müßig auf dem Griff seines kurzen blattförmigen Schwertes. Mit seiner Farbe und dem dichten, in alle Richtungen abstehenden Haar sah er aus wie ein Waldkobold auf Besuch.

Die nächtliche Kühle machte sich bemerkbar, und ich zog meinen Umhang über. Hermes tat das gleiche. »Warum leben Menschen an solchen Orten?« fragte er. Er konnte nicht verstehen, warum irgend jemand irgendwo anders als in Italien, genauer gesagt in Rom leben wollte, eine Ansicht, die ich weitestgehend teilte.

»Ich bin sicher, im Sommer ist es angenehmer.«

Ich ließ meinen Blick über die mondbeschienene Ebene wandern und wies auf eine Reihe von silbrigen Gipfeln, die sich vor dem Sternenhimmel abhoben.

»Einer dieser Berge dort drüben ist angeblich der höchste der Welt.«

»Ich dachte, der Olymp wäre der höchste«, sagte Hermes.

»Der Olymp ist der höchste Berg in Griechenland. Wenn die Griechen hier gelebt hätten, hätten sie geglaubt, ihre Götter würden auf diesem Berg leben. Ionus, wie nennt dein Volk diesen Berg?«

Er zuckte mit den Schultern. »Ich bin nicht von hier. Mein Volk lebt in der Ebene. Wenn es der höchste ist, ist es vielleicht der Wohnsitz des Taranis. Der macht den Donner.«

»Muß ihr Name für Jupiter sein«, murmelte Hermes in seinen Umhang.

»Das könnte sein«, sagte ich, obwohl ich das bezweifelte. Die gallischen Götter schienen sich deutlich von den uns vertrauten italischen und griechischen Gottheiten zu unterscheiden. »Trägt Taranis den Donnerschlag? Wird er von Adlern begleitet?«

»Donner ja, aber keine Adler«, erhielt ich zur Antwort. »Ihm gehört das Rad, mit dem das heilige Feuer geschürt wird. Wir entzünden das Feuer des Beltain immer mit einem Rad.«

Ich erinnerte mich an die kleinen Räder, die ich als Verzierung auf den Helmen so vieler Gallier gesehen hatte, obwohl es mir ein seltsames Werkzeug zum Feuermachen zu sein schien.

»Dann ist er auch nicht Jupiter«, erklärte Hermes mit der Gewißheit eines Pontifex. »Für das Entzünden von Feuern ist Vesta zuständig.«

»Was wären die Götter ohne uns, die wir ihnen ihre Pflichten zuweisen?« sagte ich, mich erhebend. »Kommt, genug des philosophischen Geplauders. Vor uns liegt eine Menge Arbeit. Hermes, von jetzt an gehen wir langsamer und bleiben dichter zusammen. Wenn du etwas sagen mußt, tippe mir auf die Schulter und flüstere. Wir betreten jetzt die Wälder, und Feinde können, ohne daß wir sie sehen, ganz in der Nähe lauern. Wir haben keine Eile, es dämmert erst in etwa einer Stunde. Es ist absolut wichtig, daß wir uns leise bewegen. Ionus, führe uns.«

Und so begannen wir unseren Aufstieg. Wie beim letzten Mal wirkte der Wald bedrückend dicht, und der Tau tropfte von den Blättern auf uns herab. Ionus ging mit lautlosen Schritten wie ein Geist voran. Dabei bewegte er sich in einer Zickzacklinie den Hügel hinauf, Hinterhalte witternd wie ein Jagdhund die Fährte des Wildes. Ich fand, daß auch ich mich recht leise bewegte, obwohl ich mich nicht mit dem Gallier messen konnte. Hinter mir schien Hermes einen unerhörten Lärm zu veranstalten. Wahrscheinlich war ich hyperkritisch, aber meine Nerven waren zum Zerreißen gespannt, und jedes Rascheln, das er verursachte, dröhnte in meinen Ohren wie Trompetenschall.

Diesmal trugen wir keine Fackeln, und auch das durch nichts begründete Selbstvertrauen, das sich in Begleitung einiger Kameraden stets einstellt, ging uns ab. Schritt für Schritt stiegen wir langsam den Hügel hinauf. Augen, Ohren und selbst die Nasen geschärft auf der Hut vor drohendem Unheil. Selbst in diesem Tempo dauerte es nicht lange, bis wir die Lichtung erreicht hatten. Ohne Fackeln und das Glimmern des Scheiterhaufens konnte ich fast nichts erkennen.

Ionus kauerte sich im Schutz der Bäume hin und spähte angestrengt auf die Lichtung. Auch ich starrte lange genug in die Dunkelheit, um zu entscheiden, daß wir noch eine Weile lang nichts von Nutzen erkennen würden, also zogen wir uns ein Stück zurück. Ich gab den anderen ein Zeichen, sich zu setzen, und wir hockten uns zum Warten hin. Ich hatte meine Kapuze hochgeschlagen, so daß die Geräusche der Nacht gedämpft klangen, mit Ausnahme der Tautropfen, die von den Bäumen auf die Wolle platschten. Hermes sah todunglücklich aus, sein Abenteuer hatte sich in öde Langeweile verwandelt, nichts als Warten in Kälte und Dunkelheit.

Nach und nach nahm ich winzige Details meiner Umgebung wahr, die ich zuvor nicht gesehen hatte. Dann hörte ich, wie ein einzelner Vogel sein Lied anstimmte. Die Dämmerung zog herauf. Langsam, fast unmerklich, wurde der Wald um uns sichtbar, bis ich Bäume in hundert Schritten Entfernung erkennen konnte. Der Himmel über uns war bleigrau. Meine beiden Begleiter waren eingedöst, und ich stupste sie an. Hermes gähnte und streckte sich. Dann wollte er etwas sagen, doch ich hielt ihm die Hand vor den Mund und schüttelte heftig den Kopf.

Ich beugte mich zu Ionus hinüber und flüsterte: »Erkunde die Lichtung für uns.« Er nickte, eilte gebückt los, schlich einmal um die Lichtung herum und kehrte wenige Minuten später zurück.

»Alles klar.«

Ich stand auf. »Komm, Hermes. Jetzt können wir sprechen, aber nur ganz leise. Und sei immer auf der Hut. Ionus schiebt Wache, während wir schauen, ob wir was finden können.«

Wir betraten die Lichtung. Der Scheiterhaufen war nur noch ein Häufchen kalter Asche. Ich blickte auf und sah, daß die Leichen samt der Stricke, an denen sie gehangen hatten, abgenommen worden waren. Das bestätigte nur meine Erwartung, doch ich war trotzdem erleichtert, daß sie weg waren. Es wäre zu unheimlich gewesen, wenn sie noch immer dort gehangen und uns stumm zugesehen hätten. Zumindest wäre es eine unerträgliche Ablenkung gewesen.

»Wonach suchen wir?« wollte Hermes wissen.

»Nach allem, was so aussieht, als wäre es nicht natürlich hier gewachsen«, erklärte ich ihm, ohne selbst eine Ahnung zu haben, was ich zu finden hoffte. Wir begannen das Gelände im zunehmenden Licht des Morgens zu durchkämmen. Der Boden war weich, moosbewachsen und von verrotteten Eichenblättern bedeckt. Außerdem war er arg zertrampelt, was nicht erstaunlich war. Für einen so kleinen und entlegenen Ort mußte hier in den letzten ein oder zwei Tagen eine Menge Verkehr geherrscht haben.

»Ich hab' was gefunden!« rief Hermes auf einmal voller Eifer.

»Nicht so laut«, fuhr ich ihn an. »Was hast du denn?« Er hielt einen kleinen gebogenen Gegenstand von bräunlicher Färbung hoch. Er sah aus wie die Spitze eines Geweihs, das man in der Mitte für einen Riemen durchbohrt hatte, entweder als Teil einer Kette oder für einen Knebelkopf.

Ionus betrachtete es. »Germanisch«, sagte er. »Um ihre Felltuniken hier oben festzumachen.« Er klopfte sich mit der Hand auf die Schulter.

»Dann war Lovernius also auf der richtigen Spur«, sagte ich ungeheuer zufrieden. »Schauen wir, was wir sonst noch finden.«

Kurz darauf rief uns Ionus, der in der Asche herumgestochert hatte, zu sich. Aus den Resten ragte ein verkohltes Stück Holz, auf dem noch eine Schnitzerei zu erkennen war: drei in verschiedene Richtungen gewandte Gesichter.

»Damit kommt zu dem Mord auch noch Frevel«, sagte ich. »Sie haben die Stäbe der Druiden auf dem Scheiterhaufen verbrannt.« Denn es mußte Badraigs Stab sein oder der eines seiner Kollegen.

Die weitere Suche förderte mehr zutage, als ich erwartet hatte, doch nichts von besonderem Nutzen. Es gab einige Fäden gefärbter Wolle, wahrscheinlich von der Kleidung der Gallier, die gekommen waren, um die Leichen abzunehmen. Wir fanden auch einige Fetzen Fell, die vielleicht von den Gewändern der Germanen stammten. Hermes fand ein paar wunderbar geformte Pfeilspitzen aus Feuerstein, doch die konnten genausogut schon seit Jahrhunderten hier liegen.

Ionus erwies sich als eine ziemliche Enttäuschung. Offenbar ist die Jagd bei den Galliern dem Hochadel vorbehalten, so daß gemeine Krieger wie Ionus kein großes Talent entwickelten, Fährten und Zeichen zu deuten. Ihre Begabung waren Viehdiebstahl und Krieg. Als Söhne der Stadt stellten Hermes und ich uns natürlich noch unbeholfener an.

Mittags unterbrachen wir unsere halbherzige Suche und machten uns über unsere Vorräte her. Ich hatte ein wenig Brot und getrocknete Feigen mitgebracht. Hermes hatte vor Verlassen des Lagers ein Stück Käse in seine Tunika gestopft, und Ionus hatte ein wenig gesalzenen Fisch in seinem Beutel sowie ein paar Frühlingszwiebeln, die er einem der Bauern abgekauft hatte, die auf dem Lagerforum ihre Waren feilboten.

»Haben wir schon viel rausgefunden?« fragte Hermes schmatzend.

»Noch nicht«, erklärte ich ihm. »Doch bis zur Dämmerung haben wir noch jede Menge Zeit. Wir müssen den Boden unter den Bäumen und in der Umgebung absuchen, und vielleicht ist es auch sinnvoll, auf ein paar Bäume zu klettern.«

»Klettern?« fragte Hermes. »Wozu?«

»Irgend jemand muß hochgestiegen sein, um die Stricke zu befestigen«, erklärte ich ihm. Ehrlich gesagt, war ich mir dessen keineswegs sicher, weil ich es noch nie zuvor mit einer Erhängung zu tun gehabt hatte.

Das Essen war so trocken, daß ich die letzten Bissen nur mit Mühe hinunterwürgen konnte. Ich fragte Ionus, wo wir Wasser finden könnten.

Er wies auf den östlichen Rand der Lichtung. »Dort drüben, auf der anderen Seite, ist eine kleine Quelle.« Wir standen auf, klopften uns die Krümel von den Tuniken und folgten ihm. Ein kurzer Fußmarsch brachte uns zu einer kleinen Schlucht, in der ein Bächlein über zerklüftete Felsen sprudelte. Wir fanden eine relativ ruhige Stelle, steckten die Köpfe ins Wasser und tranken gierig. Es war köstlich, besser als jedes Wasser, das man aus einem Brunnen schöpft.

Ich weiß nicht mehr genau zu sagen, wie wir so leicht gefaßt werden konnten. Vielleicht hatte unsere Konzentration auf den Boden unsere Aufmerksamkeit für die übrige Umgebung beeinträchtigt. Vielleicht hatte das Plätschern des Baches alles andere übertönt. Wahrscheinlich lag es ganz einfach daran, daß Römer am besten in Rom bleiben. Hätte ich eine Wahl gehabt, ich hätte die Stadt nie verlassen.

Wir nahmen unsere Köpfe aus dem Wasser und holten Luft, als Ionus' Kopf plötzlich abrupt hochschnellte. »Wir sind nicht allein«, sagte er leise.

Hermes und ich rappelten uns auf die Füße, während der Gallier sich mühelos erhob und den Kopf in diese und jene Richtung wendete. Dann sah ich sie auch: schattenhafte Umrisse, die sich zwischen den Bäumen bewegten. Es waren riesige Gestalten, die in ihren Fellen eher an wilde Tiere als an Menschen erinnerten.

Mit einem einzigen Satz tauchte Ionus kopfüber ins Unterholz. Er wand sich wie eine Schlange und war im nächsten Augenblick verschwunden, ohne daß auch nur ein leises Rascheln seinen Fluchtweg verraten hätte.

»Ich wünschte, ich könnte das auch«, sagte ich.

»Er hat uns verlassen!« rief Hermes panisch.

»Hättest du etwas anderes getan?« wollte ich wissen.

Einer der nahenden Männer bellte den anderen etwas zu. Einige kamen auf uns zu, ohne sich länger um besondere Heimlichtuerei zu bemühen. Andere durchkämmten das Unterholz und stießen auf der Suche nach Ionus mit ihren Speeren ins Gebüsch. Mindestens ein Dutzend von ihnen umzingelte uns mit gezogenen Waffen. Neben mir vernahm ich ein schnarrendes Geräusch und sah aus dem Augenwinkel, daß Hermes sein Schwert gezogen hatte. Ich schlug mit der Handkante auf sein Handgelenk, und er ließ die Waffe schreiend fallen.

»Warum hast du das getan?« fragte er. »Sie kommen, um uns zu töten! Wir müssen kämpfen!«

»Beruhige dich, du Idiot«, erklärte ich ihm. »Kämpfend kommen wir hier nie raus.«

»Herausreden werden wir uns bestimmt auch nicht! Kannst du irgendeinen Zauber, der uns von hier forttragen wird?«

»Nein.« Ich setzte meine hochmütigste Miene auf und sprach die Männer an. »Meine Herren, offenbar habt ihr den Eindruck, daß zwischen uns irgendwelche Feindseligkeiten herrschen. Ich bin Senator Decius Caecilius Metellus aus Rom, und Rom wünscht nur die allerfreundlichsten Beziehungen zu dem großen germanischen Volk.« In meiner Kleidung und Kriegsbemalung muß ich absolut albern ausgesehen haben, aber wenn es an Substanz mangelt, muß bloßer Stil eben genügen.

Einer von ihnen sagte etwas in ihrer Wolfsrudel-Sprache, und die anderen lachten herzlich.

»Du hast einen guten Anschein gemacht«, sagte Hermes zittrig. Einer der Männer trat auf ihn zu und schlug ihm mit seinem Speer auf den Kopf. Ein anderer tat das gleiche bei mir, und ich taumelte seitwärts. Dann wurde ich von hinten gepackt und rasch meiner Waffen entledigt.

»Ja, es hat ganz den Anschein, als wollten sie uns nicht sofort umbringen«, sagte ich. »So weit, so gut.« Mir wurden die Hände hinter dem Rücken zusammengebunden, und jemand zerrte Hermes auf die Füße und fesselte ihn genauso.

Unsere Häscher waren große Männer, größer noch als die Gallier und von doppelt so wildem Aussehen. Die Gallier malten sich an, bleichten ihr Haar mit Limonen und frisierten es in spitzen, dornenartigen Strähnen nach oben, um bedrohlicher auszusehen. Diese Männer strahlten Wildheit und Bedrohlichkeit aus, wenn sie nur dastanden und atmeten. Ihr

Haar und ihre Bärte schienen in den verschiedensten Gelbschattierungen, und ihre Augen waren beängstigend blau.

Durch ihre schweren Felle wirkten sie noch massiger, doch sie waren keineswegs Fleischpakete wie die Gladiatoren, die uns Römern so vertraut sind. Obwohl sie ungeheuer kräftig waren, hatten sie einen Körperbau wie Wölfe oder Rennpferde, mit schlanken Muskeln und langen Knochen. Außerdem hatten sie absurd schlanke Hüften und bewegten sich trotz ihrer Größe mit Anmut.

»Oh, jetzt sind wir dran«, sagte Hermes. »Warum sind wir bloß nicht um unser Leben gerannt, als wir noch die Möglichkeit dazu hatten?«

»Wir hatten nie eine Chance«, erklärte ich ihm. »Guck dir diese Raubtiere doch an. Meinst du, mit ihnen auf den Fersen hätten wir es zurück ins Lager geschafft?«

Er musterte sie und zuckte ob ihrer haarsträubenden Bedrohlichkeit zusammen. »Wohl kaum.«

»Also beruhige dich, dann kommen wir vielleicht lebend hier raus. Noch herrscht kein Krieg zwischen Römern und Germanen. Sie sind nur nicht besonders begeistert über Caesars Reaktion auf die helvetische Wanderung. Vielleicht nehmen sie uns als Geiseln und verlangen Lösegeld.«

»Gibt es jemanden, der dafür bezahlen würde, dich zurückzubekommen?« wollte er wissen.

»Nein, aber es gibt einen besonderen Fonds für derartige Zwecke«, versicherte ich ihm, in der Hoffnung, daß es stimmte. Ich wußte, daß die Legionen im Osten einen Lösegeldfonds unterhielten, weil Lösegelder eine der Haupteinnahmequellen orientalischer Könige waren.

Ein Germane knurrte etwas und stieß mir den Griff seines Speers in die Rippen. »Ich glaube, man will uns zu verstehen geben, daß wir die Klappe halten sollen«, keuchte ich. Hermes nickte bloß. Der Junge lernte schnell.

Ein Mann legte erst mir und dann Hermes eine Schlinge um den Hals. Sie erhängen ihre Opfer, dachte ich.

XII

Wenn sie uns zurück auf die Lichtung geführt hätten, wäre ich wahrscheinlich vor Schreck tot umgefallen, doch statt dessen ging der Marsch über die Kuppe des Hügels Richtung Nordwesten. Während wir an unseren Stricken hinterdrein trotteten, musterte ich unsere Häscher genauer. Neben den üblichen Fell-Tuniken hatten die meisten von ihnen Fellgamaschen an, die bis knapp über das Knie reichten.

Sie trugen die unterschiedlichsten Waffen bei sich. Die meisten hatten ein Gurtmesser mit einem groben Griff aus Holz, Geweih oder Knochen. Einige hatten auch einen Köcher mit Pfeilen auf dem Rücken. Jeder von ihnen trug eine Lanze, die meisten zusätzlich auch eine Reihe kürzerer Wurfspeere. Am meisten erstaunte mich, über wie wenig Metall sie offensichtlich verfügten. Bei den Galliern hatten die meisten Krieger einen Speer mit eiserner Spitze, einen eisenbeschlagenen Schild, und fast jeder Mann besaß ein kurzes oder langes Schwert. Zusätzlich zu dieser waffentechnischen Grundausstattung besaßen die wohlhabenderen Krieger oft noch einen Helm aus Eisen oder Bronze, die Häuptlinge sogar ein Kettenhemd. Ganz anders diese Germanen. Außer ihren Messern trugen die meisten mit Ausnahme eines Kupferarmbands und ein paar Nieten auf ihren breiten Ledergürteln überhaupt kein Metall am Körper. Nur der Anführer des Trupps hatte eine eiserne Speerspitze, die anderen mußten sich mit Knochen oder im Feuer gehärtetem Holz zufriedengeben. Ihre langen schmalen Schilde waren aus Holzplanken gemacht, die mit Eiche beschlagen und an den Rändern mit ungegerbtem Leder zusammengebunden waren.

Auch derart primitiv ausgestattet, wirkten sie kein bißchen weniger gefährlich. Man muß einfach fester zustoßen, wenn man den Feind mit einem Holzspeer durchbohren wollte, und diese Männer sahen kräftig genug aus, um diese Aufgabe zu bewältigen. Im Vergleich zu ihnen war ein römischer Soldat eine wandelnde Schmiede, doch diese Männer sahen aus, als ob sie diesen Unterschied mit bloßer Wildheit wettmachen könnten.

Wir waren noch nicht lange marschiert, als sich uns eine weitere Gruppe von etwa zwölf Männern anschloß. Sie hatten mürrische Gesichter, und die Worte, die sie in ihrer knurrenden Sprache mit dem Anführer wechselten, waren offensichtlich keine Vollzugsmeldungen.

»Keiner von ihnen ist blutbesudelt«, murmelte Hermes. »Vielleicht ist Ionus entkommen.« Ein Krieger schlug ihm mit der Hand auf den Mund. Er schlug nicht besonders fest zu, doch aus Hermes' Mund sickerte Blut, und seine Lippen begannen anzuschwellen.

Wir überquerten die Kuppe des Hügels und stiegen durch einen engen Paß in ein dunkles, zwischen dicht bewaldeten Hängen gelegenes Tal. Ich versuchte, mich zu erinnern, in welcher Richtung der Fluß lag, doch ich hatte die Orientierung verloren. Ich wußte, daß ich, falls mir die Flucht gelang, ins Lager zurückfinden würde, doch ich hatte keine Ahnung, wo wir uns gerade befanden.

Hin und wieder flötete der Anführer leise; es klang wie ein Vogel. Jedesmal ertönte von irgendwo über uns eine Antwort. Als er das zweite oder dritte Mal flötete, blickte ich nach oben und konnte gerade noch die Gestalt eines Kriegers erkennen, der sich hoch oben zwischen das Blattwerk duckte.

Es war später Nachmittag, als wir eine große Lichtung zwischen den Hügeln erreichten. Um den Rand der Lichtung waren primitive Hütten errichtet worden, sie bestanden aus kaum mehr als gebogenen und mit Baumrinde oder Strauchwerk bedeckten jungen Baumstämmen. Eine der Hütten war etwa drei- bis viermal so groß wie die anderen. Es sah ganz so aus, als sei das kleine Dorf eine noch junge Siedlung. Über allem hing der Geruch frisch geschnittenen Holzes. Frauen sah ich keine. Dies war also eine Bande von Kriegern, kein Stamm auf der Wanderschaft.

Auf diversen Gestellen hingen Rehe und anderes Wild zum Ausnehmen bereit. Ich fragte mich, ob die Männer Jäger und nur zufällig über uns gestolpert waren, oder ob sie den speziellen Auftrag hatten, die Lichtung zu bewachen, was ich für wahrscheinlicher hielt.

In der Mitte der Lichtung stand ein hoher Pfahl, der zu einer primitiven menschenähnlichen Gestalt geschnitzt worden war. Die starrenden Augen waren aus gehämmertem Kupfer, der grimassierende Mund mit einer Reihe echter Tierzähne gespickt, und von dem grob angedeuteten Hals hing ein Wolfsfell herab. In der ebenfalls nur angedeuteten einen Hand hielt die Statue etwas, das aussah wie eine Schlinge aus geflochtenem Leder, in der anderen eine Axt oder einen Hammer. Die extrem stilisierte Darstellung erschwerte eine genauere Interpretation der Plastik, und ich war auch nicht in der Stimmung, das Kunstwerk entsprechend zu würdigen.

Der Anführer unseres Trupps rief etwas, und einige Männer kamen mit zwei schweren Pflöcken und einem großen Holzhammer. Sie schlugen die Pflöcke ein paar Schritte vor dem Holzgott – oder was immer die Figur darstellen mochte – in die Erde. Als sie fertig waren, beobachtete ich gespannt, was sie als nächstes tun würden. Wenn sie sich anschickten, die Pflöcke anzuspitzen, plante ich, dem größten und am brutalsten aussehenden Germanen ins Auge zu spucken. Vielleicht würde er mich dann auf der Stelle erschlagen. Die Vorstellung, gepfählt zu werden, gefiel mir überhaupt nicht. Es ist die Todesart, die vielleicht noch grausamer ist als eine Kreuzigung.

Zu meiner großen Erleichterung kerbten sie die Pfähle nur ein paar Zentimeter unterhalb der Spitzen ein. Dann wurden Hermes und ich zu Boden gestoßen und im Sitzen mit unseren Stricken an den Kerben vertäut. Nachdem sie sich vergewissert hatten, daß unsere Fesseln fest waren, verzogen sich die Germanen auf der Suche nach einem Abendessen oder auch einem schnellen Krug Met oder Bier oder sonst irgendeinem schrecklichen Getränk.

»Großartig«, murmelte Hermes. Als er feststellte, daß ihn niemand deswegen schlug, fuhr er mit festerer Stimme fort. »Jetzt werden wir geopfert, vielleicht sogar gefressen. Wir hätten abhauen sollen, dann wäre es zumindest schneller gegangen.«

»Nicht unbedingt«, sagte ich. »Vielleicht hätten sie uns auch nur die Fußknochen gebrochen, um uns an der Flucht zu hindern, und uns trotzdem hierher geschleift. Alles in allem haben wir die bessere Wahl getroffen.«

»Wenn Ionus es zurück ins Lager schafft und von unserer Gefangennahme berichtet«, sagte er hoffnungsvoll, »dann wird doch jemand kommen und uns retten, oder?«

»Ganz bestimmt«, sagte ich, wohlwissend, daß sich niemand die Mühe machen würde. Für einen überflüssigen Offizier und einen Sklaven lohnte es kaum, eine größere Anzahl Männer unbekannten Gefahren auszusetzen.

Den restlichen Abend versuchte ich ohne viel Erfolg, die Zahl der Germanen zu schätzen. Ständig kamen und gingen Männer, allein oder in Gruppen. Die Schlichtheit ihrer Kleidung und ihrer Habseligkeiten ließen auch keine Rückschlüsse auf ihre Ziele oder die geplante Dauer ihres Aufenthalts zu. Wahrscheinlich lebten sie Zuhause ähnlich, und ich konnte nicht einschätzen, ob es sich um vagabundierende Freischärler oder eine Armee handelte, die für den eigentlichen Feldzug zusammengezogen worden war. Obwohl die meisten der Krieger im besten Mannesalter waren, gab es einige, die kaum alt genug waren, sich zu rasieren, wenn sich die Germanen rasiert hätten, sowie eine Anzahl graubärtiger Männer von einem für diese Art Leben erstaunlichen Alter. Die Älteren wirkten genauso rüstig wie der Rest.

Manchmal sah ich Männer, die Schwerter und ein paar Verzierungen aus gehämmertem Silber trugen, aber ob sie die Anführer der Krieger oder irgendwelche Prinzen waren, wußte ich nicht zu sagen. Niemand salutierte vor irgend jemandem oder zeigte besondere Respektbekundungen, und ich begann mich zu fragen, ob diese Gesellschaft der des Goldenen Zeitalters ähnelte, in der angeblich alle gleich waren. Na ja, Gleichheit ist wahrscheinlich ein durchaus sinnvolles Konzept, wenn jeder ein ungewaschener blutrünstiger Wilder ist.

Als die Dunkelheit heraufzog, strömten Jagdtrupps und Patrouillen im Lager zusammen. Gleichzeitig sah ich eine Reihe von Männern, die meisten bartlos und jung, aufbrechen. Ich vermutete, daß sie in den Bäumen Posten beziehen würden, um die Wachen abzulösen, die ich heute nachmittag gesehen hatte.

Feuer wurden entfacht, und man begann das mittlerweile zerlegte Wild auf Spießen zu grillen. Der Bratenduft trieb über die Lichtung, so daß mein Magen knurrte und mir das Wasser im Mund zusammenlief.

»Man könnte doch erwarten, daß sie uns etwas zu essen bringen«, beschwerte sich Hermes, als sich die Krieger mit Wolfszähnen über ihre Portionen hermachten.

»Es läßt einen gewissen Mangel an Höflichkeit erkennen«,

pflichtete ich ihm bei. »Aber immer noch besser als selbst der Braten zu sein.« Die Germanen speisten wie Figuren bei Homer, dessen Helden offenbar auch nie etwas anderes essen als Fleisch. Diese Männer von jenseits des Rhenus waren in der Lage, es bei einem Mahl gleich pfundweise zu verschlingen, ohne einen Happen Brot oder ein wenig Obst zur Abwechslung. Sie warfen die Knochen ins Feuer und wischten sich ihre fettigen Hände am Boden pingelig sauber.

Einige von ihnen hoben zu einer Art kollektivem Brummen an, das möglicherweise ein Lied darstellen sollte.

Niemand schenkte uns auch nur die geringste Beachtung, wofür ich verhalten dankbar war. Doch zu diesem Zeitpunkt schien selbst ein schneller Tod eine unverantwortlich optimistische Vorstellung. Je weniger diese schrecklichen Gestalten Notiz von mir nahmen, desto besser. Erschöpft von der langen, schlaflosen Nacht und den Ereignissen des Tages, begann ich einzudösen, als das allgemeine Gemurmel plötzlich erstarb, was mich sofort wieder hochschrecken ließ.

»Jemand kommt aus der großen Hütte«, stöhnte Hermes geradezu. »Was jetzt?«

Auf der Schwelle der größeren Hütte nahm ich einen Schatten wahr. Jemand trat aus dem Eingang und ging auf die Stelle zu, wo wir gefesselt saßen. Der Gang kam mir irgendwie bekannt vor. Mein Blick wanderte an den langen, schlanken Beinen und dem üppigen, fellbekleideten Körper hoch und verharrte zuletzt auf jenem unvergleichlichen Gesicht.

»Hallo, Freda! Nett, dich hier zu treffen! Das Ganze ist bloß ein Mißverständnis, nicht wahr? Warum bindest du uns nicht los, und dann machen wir es uns bequem und ...« Wenn ich meine Zunge nicht blitzschnell zurückgezogen hätte, als sie mir unter das Kinn trat, hätte ich sie mir wahrscheinlich abgebissen. Die Krieger quittierten diese Demonstration gepflegten Humors mit brüllendem Gelächter.

»Gut, daß sie barfuß ist, was?« meinte Hermes. Eine Spur von Befriedigung lag in der Stimme des kleinen Mistkerls. Bis jetzt hatte er alle Prügel abbekommen.

Es gelang mir, mich wieder in eine sitzende Position zu bringen, und ich blinzelte, bis die Sternchen vor meinen Augen verschwunden waren. Als ich wieder klar sehen konnte, loderten die Feuer hoch. Freda stand über mir, aber ihre mürrische Miene war verschwunden. Sie lächelte fröhlich, offensichtlich entzückt darüber, mich in ihrer Gewalt zu haben.

Doch nicht nur ihr Gesichtsausdruck hatte sich verändert. Sie trug zwar nach wie vor eine Fell-Tunika, doch diese war ein wenig schicklicher und statt aus gemeinem Fuchsfell aus kostbaren Pelzen, wahrscheinlich Zobel. Über die Schultern hatte sie einen kurzen Hermelinumhang mit herabhängenden Schwänzen geworfen. Sie trug eine schwer gallische Goldkette und Armreife um Handgelenke und Oberarme.

»Du scheinst dich gesellschaftlich verbessert zu haben«, sagte ich. »Meinen Glückwunsch.«

Sie bedeckte ihren Mund und kicherte mädchenhaft, dann rief sie etwas, und ein Krieger brachte ihr einen dicken, gut einen Meter langen Riemen aus geflochtenem Leder. Damit prügelte sie auf mich ein, bis ich fast bewußtlos war.

»Dafür hattest du keinen Grund, Freda«, sagte ich, als ich wieder dazu imstande war. »Ich habe dich stets mit tadelloser Freundlichkeit behandelt.«

»Du hast mich wie eine Sklavin behandelt, Römer.«

»Du warst eine Sklavin«, bemerkte ich und machte mich auf weitere Schläge gefaßt. Zum Glück schien diese spezielle Art der Belustigung ihren Reiz für sie verloren zu haben.

»Ich bin nie irgendeines Mannes Sklavin gewesen«, erklärte sie mir.

»Wenn das so ist«, sagte ich, »bist du nicht die einzige, die mich in letzter Zeit angelogen hat.«

Jemand näherte sich ihr von hinten, und ihr wohlgeformter Fuß erhob sich erneut. Ich machte mich auf einen weiteren Tritt gefaßt, doch sie setzte ihn nur sanft, fast zärtlich auf meine Schulter und begann, mich zu Boden zu drücken.

»Auf dein Gesicht, Römer.« Ich drehte mich auf die Seite und weiter auf den Bauch; ich legte den Kopf zur Seite, um mein Gesicht möglichst wenig zu beschmutzen. Freda drückte es in den Schlamm, und es war keine rein symbolische Geste. Die Frau legte ihr ganzes Gewicht auf den Fuß, bis ich sicher war, das mein Hals brechen müßte. Ich konnte kaum Luft holen, und alles, was ich vor meinen schmerzhaft hervorquellenden Augen sehen konnte, war ein Paar riesiger Füße in weichen, mit einem goldenen Draht vernähten Lederschuhen.

Eine Stimme, die fast zu tief war, um noch menschlich zu sein, sagte etwas, und der Fuß wurde zurückgezogen. Eine andere Stimme, männlich und seltsam vertraut, übersetzte: »Deine Huldigung ist akzeptiert. Du darfst dich wieder aufrichten.«

Ich rappelte mich aus meiner Bauchlage wieder in eine sitzende Position hoch, was mit auf den Rücken gefesselten Händen kein leichtes Unterfangen ist. Ich fürchte, daß mein verbleibender Rest an Würde darunter litt. Deswegen bemühte ich mich, zumindest ein möglichst unbewegliches Gesicht zu machen, eine perfekte Maske römischer Dignitas und Gravitas. Und das war gut so, denn als ich wieder aufrecht saß und klar sehen konnte, erblickte ich das erschreckendste menschliche Wesen, dessen ich je ansichtig geworden war.

Gut zwei Meter groß stand er breitbeinig auf Beinen wie Baumstämmen, zwei Fäuste so groß wie mein Kopf waren in seine Hüfte gestemmt. Im Gegensatz zu den Germanen, die ich bisher gesehen hatte, war er selbst für seine Größe noch unverhältnismäßig breit, sein Leib wie ein Faß, sein Hals so dick, daß sein Kopf direkt auf seinen meterbreiten Schultern zu sitzen schien.

Sein Haar war so blond, daß es fast weiß war, sorgfältig gekämmt fiel es bis auf seine Hüften. Sein Vollbart war lockig und von ungewöhnlicher Feinheit, sorgfältig gestutzt im Gegensatz zu der ungepflegten Barttracht der anderen. Seine Gesichtszüge waren zerklüftet und wurden von blaßgrauen Augen dominiert, wie sie passenderweise unter den buschigen Brauen eines Wolfes hätten hervorstarren müssen. Und doch entdeckte ich in diesem wilden und ausgeprägt männlichen Gesicht einige vertraute Züge. Überrascht stellte ich eine gewisse Ähnlichkeit mit Freda fest.

Seine kurze ärmellose Tunika war aus filzartigem Stoff und mit stilisierten Tier- und ineinander verflochtenen Pflanzenmustern bestickt. Sie war weder gallisch noch germanisch, sondern sah vage sarmatisch aus. Er trug schweren Gold- und Juwelenschmuck, und an seinem korallenbesetzten Gürtel hing ein Schwert, das so überdimensioniert war wie der Mann selbst, augenscheinlich eine spanische Wertarbeit.

Ich schlug meinen förmlichsten und offiziellsten Ton an: »Senator Decius Caecilius Metellus der Jüngere von der Republik Rom grüßt Ariovistus, den König von Germanien.« Denn um niemanden sonst konnte es sich handeln. Meine Worte wurden von derselben vertrauten männlichen Stimme übersetzt. Der germanische König war ein derart überwältigender Anblick, daß ich erst jetzt Molon sah, der leicht versetzt hinter ihm stand. Auch er war verwandelt. Er trug eine Tunika aus edler gallischer Wolle, purpur gefärbt, teure, importierte Sandalen und eine massive Silberkette sowie silberne Armreife um beide Handgelenke. Doch sein schräges, spöttisches Grinsen war ganz das alte, während er die knurrenden Laute des Germanen übersetzte.

»Du sprichst wie ein Botschafter, Römer, doch du bist ohne Gesandtschaft gekommen. Du bist als Spion in mein Gebiet eingedrungen.«

»Der Senat und das Volk Roms erkennen dieses Land nicht als germanisch an«, erwiderte ich kühn. »Unter dem Konsulat von Caesar und Bibulus bist du vom Senat zum ›König und Freund‹ erklärt worden, doch das bezog sich auf dein Herrschaftsgebiet östlich des Rhenus. Rom befindet sich im Krieg mit den Helvetiern, und ich war auf einer Spähmission in helvetischem Gebiet unterwegs.«

Er verbreitete sich eine Weile, bevor die Übersetzung folgte. »Titel, die eine Körperschaft in einem fremden Land verleiht, bedeuten wenig. Besetztes Land bedeutet alles. Durch das Recht der Eroberung besitze ich Land westlich des Rhenus und habe inzwischen einhundertfünfzigtausend Männer diesseits des Flusses. Alle sind Krieger, Männer, die seit Jahren nicht unter einem festen Dach geschlafen haben. Verwechselt uns nicht mit den Galliern, die in der Hauptsache Sklaven und Bauern sind. Bei uns sind alle Männer Krieger.«

»Die mannhafte Tapferkeit der Germanen ist auf der ganzen Welt berühmt«, sagte ich in der Annahme, daß dies ein guter Zeitpunkt für eine Schmeichelei war. »Genau wie der Kampfgeist Roms. Zwischen unseren Nationen herrscht kein Zwist, König Ariovistus.«

»Was bedeuten mir deine Worte?« sagte er via Molon. »Du bist nicht bevollmächtigt, mit mir zu verhandeln.«

»Du bist gekommen, mit mir zu sprechen, nicht ich mit dir«, erwiderte ich. Freda schlug mir mit ihrem Riemen ins Gesicht, doch Ariovistus lachte nur. Er drehte sich um und sagte etwas. Ein Krieger band mich vom Pfahl los, und zwei andere hoben mich unter den Armen hoch, als ob ich nicht mehr Gewicht hätte als ein toter Hase. Ich fühlte mich auch in etwa so lebendig.

»Was haben die vor?« rief Hermes, als sie mich in Richtung der großen Hütte zerrten.

»Das werde ich bald erfahren«, klärte ich ihn auf. »Lauf nicht weg.«

In der Hütte war es düster. In der Mitte brannte auf einem flachen Stein ein Feuer, dessen Rauch durch ein rundes Loch in der Decke entwich. Die einzigen Möbel waren primitive Pritschen, ein paar Krüge und einige Ochsenhörner. Offenbar gestattete sich Ariovistus auf Reisen keinen besonderen Luxus.

Die Krieger setzten mich auf dem Boden neben dem Herdstein ab und ließen mich eine Weile dort sitzen, was mir Zeit ließ, über meine wahrscheinlich sehr begrenzte Zukunft nachzudenken. Dann kam Molon durch die Tür. Er brauchte sich nicht zu ducken. Er grinste und blinzelte mir zu.

»Weiter so«, sagte er auf griechisch. »Du machst das ganz prima.« Freda bellte ihn an, als sie tief gebückt eintrat. »Sie sagt, wir sollen uns in einer Sprache unterhalten, die sie versteht«, übersetzte Molon.

Dann erschien Ariovistus. Er mußte fast vollständig in die Knie gehen, um durch den Eingang zu kommen, und schien dann die gesamte Hütte auszufüllen. Die drei setzten sich mit verschränkten Beinen um das Feuer, so daß wir einen kleinen Kreis bildeten. Der König sagte etwas zu Molon, und der kleine Mann (als meinen Sklaven konnte ich ihn kaum noch sehen) ging hinter mich und löste mit flinken Griffen meine Fesseln. Zu meiner Überraschung kam ein Krieger herein und servierte mir auf einigen großen Eichenblättern Streifen gegrillten Rehs. Molon goß eine blasse Flüssigkeit aus einem der Krüge in ein Horn und reichte es mir. Mir gelang es, das Gefäß mit meinen tauben Fingern zu fassen und, ohne etwas zu verschütten, an meine Lippen zu führen. Es war Honigmet, doch ich war so durstig, daß ich den abscheulichen Geschmack kaum bemerkte. Sobald ich meine Finger wieder bewegen konnte, nahm ich einen Streifen Fleisch, knabberte ein Stück ab und schluckte es hinunter. Die meisten Völker haben strenge Vorschriften bezüglich der heiligen Gesetze der Gastfreundschaft, und ich hoffte verzweifelt, daß sie auch unter Germanen galten.

Sie beobachteten mich mit einer Art grimmiger Belustigung, und als ich fertig war, erhob Ariovistus seine Stimme.

»Nun hast du unter meinem Dach gesessen, bei mir gegessen und meinen Met getrunken. Fühlst du dich jetzt sicher?«

»War ich in Gefahr?« sagte ich, was bei meinen Zuhörern wahre Lachsalven auslöste. An ihrem Humor war jedenfalls nichts auszusetzen.

»Ihr Römer gefallt mir«, verkündete Ariovistus. »Ihr macht nicht nur ein großes Geschrei wie die Gallier. Ihr habt wirklich Mut. Hör mir zu, Metellus. Ich möchte, daß du Caesar folgende Nachricht überbringst. Das Land der Helvetier gehört mir. Ihr könnt sie, wie von ihnen gewünscht, ziehen lassen oder alle miteinander umbringen, das ist mir egal. Wenn ihr einen Krieg wollt, seht zu, daß ihr euch hinterher wieder nach Italien verzieht. Wenn ihr weiter nach Gallien vorstoßt, müßt ihr früher oder später gegen mich kämpfen, und ich werde euch schlagen. Ich bin noch nie in der Schlacht besiegt worden, wie alle meine Feinde bestätigen werden.«

»Das ist jedenfalls hinreichend deutlich«, sagte ich. »Niemand kann dir nachsagen, du würdest deine Gedanken hinter einem Schwall verwirrender Rhetorik verbergen. Doch du irrst, wenn du glaubst, daß Rom sich von der Drohungen eines ausländischen Königs einschüchtern läßt.«

Das fand Ariovistus sehr komisch. »Rom?« gluckste er. »Ich befinde mich nicht im Krieg mit Rom.« Er wies mit dem Finger in Richtung des Sees. »Da drüben steht mir nur Caesar gegenüber! Lieben alle Römer Caesar? Ich glaube nicht.

Viele bedeutende und adelige Römer haben durch Unterhändler Kontakt zu mir aufgenommen. Sie haben mich als großen König gepriesen und mir versichert, daß mir, wenn ich Caesars Armee besiege und Caesar selbst töte, von Rom keine Rache droht. Im Gegenteil, sie haben mir große Belohnungen versprochen. Man wird mir einen stattlichen Tribut zahlen, und der Senat wird mich nicht nur als König von Germanien anerkennen, sondern auch von allen gallischen Gebieten, die ich erobern kann, mit Ausnahme eurer kleinen Provinz, versteht sich.«

Ich wußte, daß er die Wahrheit sagte. Die Soldaten hatten davon gesprochen, daß Crassus' Agenten in der Gegend unterwegs waren. Ich selbst hatte Caesar aufgelistet, wie viele seiner Feinde darauf hofften, daß er in Gallien katastrophal untergehen würde. Wie weit reichte die Korruption schon? Unterstützten Crassus und seine Verbündeten im Senat (und dort hatte Caesar auch viele Feinde, die nicht unbedingt Verbündete von Crassus waren) Ariovistus' Ambitionen am Ende tatsächlich materiell? Crassus war so reich, daß das durchaus vorstellbar war.

»Trotzdem mußt du dich noch mit den römischen Soldaten auseinandersetzen«, erklärte ich ihm, »und die kriegen Rom kaum zu sehen. Ihre Loyalität gilt ihrem General.«

»Die Loyalität der Römer kann sich jeder mit Gold kaufen«, meinte er verächtlich.

Plötzlich wußte ich, daß die Antworten greifbar nahe waren. »Nicht aller, aber einiger. Einiger weniger. War es das Gold von Crassus, Pompeius und den anderen, mit dem du den Ersten Speer der Zehnten Legion bestochen hast?«

Einen Moment lang sah er mich verblüfft an. »Titus Vinius habe ich mit meinem eigenen Gold gekauft!«

Jetzt wiederum war ich perplex. »Aber Germanien besitzt keine Reichtümer an Eisen, geschweige denn Gold«

»Das heißt noch lange nicht, daß wir arm sind«, entgegnete Ariovistus. »Land und kampfbereite Männer sind Reichtum. Wenn man das hat, kann man sich alles andere nehmen. Vor ein paar Jahren habe ich den Fluß als Verbündeter der Sequaner im Krieg gegen die Aeduer überquert. Zuerst habe ich die Aeduer zerschlagen, dann habe ich ein Drittel des Landes der Sequaner erobert.« Er gluckste und wiegte seinen massigen Oberkörper selbstzufrieden vor und zurück. »Sie schuldeten mir schließlich etwas dafür, daß ich ihren Feind besiegt hatte, oder nicht? In dem besetzten Land haben meine Jäger in einem Sumpf einen riesigen Schatz gefunden. Es war eine Opfergabe der Gallier an ihre Götter, die sie vor langer Zeit dort versteckt hatten.«

»Ich habe von dieser Sitte gehört«, warf ich ein.

»Das meiste Eisen war zu verrostet, um es noch zu bergen, und auch die Bronze war weitgehend korrodiert. Doch Silber und Gold halten ewig.« Er wies auf das Gold, das Freda trug. »Ich habe jetzt eine Menge Gold. Man wird mir sogar noch mehr geben, wenn ich Caesar töte, es sei denn, er ist so klug und kehrt nach Hause zurück. Mir ist das egal.«

»Und was hast du von Vinius gekauft?« fragte ich ihn.

»Er sollte mir verraten, wann der Zeitpunkt für einen Angriff am günstigsten wäre. Er versicherte mir, das sei kein Problem. Er würde die Wachen auf dem Wall vorher entsprechend schwächen. Ihr Römer kämpft nicht gern in der Nacht. Wir schon. Wenn der Feind mitten in der Nacht in eurem Lager steht, könnt ihr keine Schlachtformation bilden, und jeder Mann kämpft auf sich selbst gestellt. Wir würden euch niedermachen wie Schafe. Sag Caesar das. Laß ihn wissen, daß seine Soldaten ihm gegenüber lange nicht so loyal sind, wie er denkt.«

Ich wollte ihn einen Lügner schimpfen, doch das konnte ich nicht.

Vor fünfzig Jahren im Krieg mit Jugurtha hatten korrupte römische Politiker, die als Offiziere dienten, die Numidier mitten in der Nacht ins Lager gelassen für Gold. Mit dem Ergebnis, das Ariovistus beschrieben hatte. Trotz all dieser deprimierender Gedanken dämmerte mir das Licht der Erkenntnis.

»Du hast ein Heiligtum der Druiden verletzt«, sagte ich.

»Na und? Ich verachte die Druiden. Sie bereiten mir nichts als Ärger, indem sie versuchen, die Gallier gegen mich zu vereinen. Wenn Gallien erst mir gehört, werde ich sie alle in unseren Hainen aufhängen lassen.« In diesem Punkt schien er mit Caesar einig zu sein.

»Als sie irgendwie Wind von deiner Vereinbarung mit Vinius bekamen, beschlossen sie, dir einen üblen Streich zu spielen, war es so? Sie haben ihn umgebracht. Druiden dürfen zwar keine Waffen tragen, doch sie dürfen Menschenopfer darbringen.«

»Sie werden dafür bezahlen, daß sie den Hund umgebracht haben, für den ich bezahlt hatte«, gelobte er.

»Sie haben bereits bezahlt«, bemerkte ich.

»Das reicht nicht. Ich habe diese drei den Göttern zum Geschenk gemacht, auch als Warnung an die anderen, daß mir ihr Leben genausowenig gilt wie ihr heiliger Schatz.« Er schien in der Stimmung, seine Beweggründe zu erklären, was ich selbstredend auszunutzen gedachte.

»Wie haben sie von Vinius erfahren?« fragte ich.

Er verzog das Gesicht. »Ich weiß es nicht genau. Ich habe den Verdacht, daß er mit beiden Seiten Geschäfte machte. Die Ruchlosigkeit des Mannes kannte keine Grenzen, und die Druiden hatten jede Menge Gold, um ihn zu bestechen. Als Unterpfand habe ich ihm zuerst meinen Berater Molon als Übersetzer und Zwischenhändler, dann noch meine Schwester Freda überlassen. In Wirklichkeit sollten sie ihn im Auge behalten und beobachten, ob er heimlich mit den Druiden oder irgendwelchen anderen ranghohen Galliern verhandeln würde. Ich trug Molon auf, ein guter Sklave zu sein und die Prügel einzustecken, wofür ich ihn reich belohnen würde. Freda mußte er natürlich gut behandeln, obwohl er so tun sollte, als ob sie eine gefangengenommene Sklavin wäre.«

Die ganze Szene hatte etwas Entrücktes, fast Traumhaftes. Hier saß ich in einer primitiven Hütte unter behaarten Wilden und hörte von ihrem Häuptling eine Geschichte von Intrigen und Spionage, die des Großen Königs von Persien und seiner Minister würdig gewesen wäre. Durch meine Erfahrung mit Freda wußte ich bereits, daß ein Mensch, auch wenn er ein Fell trägt und keine Oden von Pindar zu rezitieren vermochte, trotzdem eine kultivierte Persönlichkeit sein konnte.

»Du schätzt deine Position falsch ein«, erklärte ich ihm, »und du unterschätzt die Entschlossenheit Roms. Wir befinden uns im Krieg mit den Helvetiern, doch viele andere gallische Stämme stehen unter unserem Schutz und sind mit uns verbündet. Außerdem überschätzt du, ausgehend vom Beispiel eines Mannes, das Ausmaß an Verrat und Korruption in unserer Armee, obwohl er zugegebenermaßen ein besonders ungeheuerliches Beispiel war.«

»Ich habe mein Vorgehen schon vor langer Zeit festgelegt und nicht die Absicht, mit dir diplomatische Angelegenheiten zu besprechen. Ich möchte, daß du Caesar meine Nachricht übermittelst. Du solltest dankbar sein, daß du mit dem Leben davonkommst. Dein Titel klingt beeindruckend, und Molon sagt, daß du den Namen einer der bedeutenden Familien trägst, doch ich weiß, daß es von euch Senatoren sehr viele gibt, jedes Jahr werden weitere ernannt, und nur wenige von ihnen sind wirklich wichtig.« Für einen Barbaren hatte er einen erstaunlich klaren Blick für die Realitäten.

»Dann werde ich deine Botschaft übermitteln«, sagte ich. »Du hast mein Wort als Römer.« Ich ignorierte sein verächtliches Schnauben. »Und nun, König Ariovistus, muß ich mit deiner Erlaubnis ins Lager zurückkehren, weil ich dort in dringenden Angelegenheiten erwartet werde.«

»Du gehst, wenn ich es sage«, erklärte er, mich wie ein wütender Bär anstarrend.

»Aber unsere Übereinkunft bedarf keiner weiteren Erörterung«, wandte ich ein, »und ich muß auf der Stelle zurück. Caesar hat mich mit der Untersuchung des Mordes an Titus Vinius beauftragt.«

»Das hat Molon mir berichtet. Na und?«

»Ein ganzes Contubernium steht unter Verdacht und ist unter strenger Bewachung eingesperrt worden. Wenn ich die Druiden nicht als Täter offenbare, werden acht unschuldige Männer einen langsamen und überaus grausamen Tod sterben.«

Er und Molon berieten sich eine Weile murmelnd. Ich vermutete, daß der Übersetzer große Probleme hatte, Ariovistus das Wort »unschuldig« zu erklären. Dann wandte sich der König mit Molons Hilfe noch einmal an mich.

»Es gibt keine unschuldigen Römer.«

XIII

Ariovistus hielt uns noch fünf Tage im Lager fest. Wir wurden nicht mehr geschlagen und regelmäßig gefüttert. Unsere Fesseln waren nicht zu eng. Doch wir standen unter ständiger Bewachung von Männern, für die das Wort »abweisend« ursprünglich geprägt worden sein muß. Trotz der fehlenden

Mißhandlung quälten uns Sorgen. Wir hatten es schließlich mit einem Barbarenkönig zu tun, der seine Meinung aus einer flüchtigen Laune heraus jederzeit ändern konnte. Niemand sprach mit uns. Manchmal kam Freda vorbei, und ich versuchte, sie in ein Gespräch zu verwickeln, doch sie hatte sogar das Interesse daran verloren, mich zu schlagen. Seltsamerweise fühlte ich mich dadurch zurückgewiesen. Vielleicht steckte am Ende doch ein kleiner Titus Vinius in mir. Auch Molon schüttelte nur den Kopf, wenn ich ihn ansprach.

In Ermangelung besserer Gesellschaft unterhielt ich mich mit Hermes, wie es Männer tun, die gemeinsam eingesperrt sind. Ich erklärte ihm, daß ich ihn nach unserer Rückkehr nach Rom bei einem Schulmeister anmelden wollte, weil ich für meine zukünftige Karriere einen Sekretär brauchte. Er meinte, daß es vielleicht doch gar nicht so schlimm wäre, bei der Armee zu bleiben und gegen Gallier und Germanen zu kämpfen.

Er versuchte, mir zu entlocken, wann genau ich ihn freilassen wollte, doch ich hütete mich, ihm zu antworten. Es war das beste, Sklaven in dieser Frage in angespannter Erwartung zu halten. Nach einer Weile hörten wir auf, über die Zukunft zu reden. Wenn man zu viel von morgen redet, erscheint einem das Heute immer unsicherer.

Am Morgen des sechsten Tages erwachten wir in einem menschenleeren Lager. Ich fuhr hoch und sah mich hektisch um. »Hermes! Sie sind weg!«

»Hä?« bemerkte er geistreich, blinzelnd und eulenhaft um sich blickend. »Wo sind sie hin?«

»Zurück nach Germanien, will ich hoffen! Los, laß uns diese albernen Fesseln lösen!« Wir unternahmen einen lächerlichen Versuch, die Fesseln des anderen aufzubekommen. Nach einer Weile gaben wir auf und versuchten, die Pflöcke aus dem Boden zu ziehen. Ebenfalls ohne Erfolg.

»Wir müssen nachdenken«, sagte ich schließlich. »Vielleicht können wir die Stricke an einem Felsen durchscheuern.«

»Hier gibt es aber keine Felsen«, sagte Hermes. »He, wo ist denn der Gott hin?«

Ich sah mich um und entdeckte ein Loch im Boden, wo zuvor das häßliche Monstrum gestanden hatte. »Sie haben es ausgegraben und das ganze Lager abgebrochen, ohne uns zu wecken«, bemerkte ich. »Diese Germanen wissen wirklich, wie man sich im Dunkeln bewegt.«

»Da kommt jemand«, sagte Hermes ängstlich. Wir beobachteten, wie sich aus den Bäumen am Rand der Lichtung eine zwergenhafte, aber vertraute Gestalt löste.

»Ich dachte, ich schleiche mich zurück und mache es euch ein wenig leichter.« Er zog unter seiner Tunika ein Messer mit kurzer Klinge hervor und durchschnitt unsere Fesseln. »Und jetzt lauft, bevor die Germanen entdecken, daß ich verschwunden bin.«

»Noch eine Frage, Molon«, bat ich ihn.

»Was?«

Ich packte seinen rechten Arm und riß ihn nach oben. »Was hat es hiermit auf sich?« Um sein Handgelenk klimperte das silberne Armband, das Titus Vinius am Tag unsrer ersten Begegnung getragen hatte. »Wie kommt es in deinen Besitz? Hast du es von den Druiden bekommen? Was für ein Spiel hast du gespielt?« Ich riß ihm die Kette vom Arm.

»Autsch!«, schrie er, seinen Arm reibend. »Wenn du es unbedingt wissen mußt, ich habe es an mich genommen, als Vinius tot war. Es lag bei seiner Paraderüstung im Zelt.«

»Aber die anderen haben behauptet, er hätte es nie abgenommen«, bemerkte ich.

»Nun, er konnte es ja schlecht tragen, wenn er den Sklaven spielte, oder? Komm schon, gib es mir zurück. Ich habe euch schließlich befreit.«

»Ich brauche es«, erklärte ich ihm. »Ich muß es Caesar als Beweisstück präsentieren, damit er diese verrückte Geschichte nicht für einen Haufen Geschwafel hält.«

»Du bist ein undankbarer Mann«, sagte Molon. »Ich habe dir gut gedient, obwohl ich nicht wirklich dein Sklave war.«

»Ja, und wie du es zum Berater von Ariovistus gebracht hast, ist bestimmt auch eine tolle Geschichte, doch ich habe leider nicht die Zeit, sie mir anzuhören. Wahrscheinlich würdest du ohnehin nur lügen.«

»Besteht irgendeine Chance, daß wir unsere Schwerter zurückbekommen?« fragte Hermes.

»Ist das dein Ernst?« entgegnete Molon. »Soviel Eisen?«

»Komm, Hermes, laß uns hier verschwinden.« Ich wandte mich ein letztes Mal an Molon. »Sage Prinzessin Freda, wenn das ihr Titel ist, daß ich sie stets in angenehmer Erinnerung behalten werde.«

»Das wird sie freuen«, erklärte er grinsend. »Ich weiß, daß sie große Stücke auf dich hält, Senator.« Wer weiß schon, wann ein Mann wie Molon die Wahrheit sagt? Er ging davon und verschwand im Wald.

Wir verirrten uns ein paarmal, doch ich hatte eine grobe Vorstellung, wo wir waren und wie wir ins Lager zurückfanden. So früh am Tag war die Luft in den Hügeln recht angenehm, und die Bedrohung durch unsere zweibeinigen Feinde war noch so präsent, daß wir uns gar nicht erst die Mühe machten, uns auch noch um Wölfe, Bären und dergleichen zu sorgen. Die Luft war frisch, wir waren frei, und unsere Wunden heilten. Vor allem jedoch hatte ich die Wahrheit über den Tod von Titus Vinius in Erfahrung gebracht und konnte Burrus und seine Freunde retten. Ich erkärte das auch Hermes, der zu nörgeln begann.

»Ach, das beste ist doch, daß die Germanen weg sind. Ansonsten bin ich nur müde, wund und hungrig.«

»Freu dich nicht zu früh«, tadelte ich ihn. »Die Helvetier bringen uns genauso um, wenn sie uns erwischen.«

»Siehst du? Es sieht eben nicht besonders gut für uns aus.«

Der Hügel, auf dem die Opferungen stattgefunden hatten, kam mir fast so vertraut vor wie die Heimat, als wir ihn am frühen Abend endlich erreichten. Danach war der weitere Weg kein großes Problem mehr: einfach bergab. Am Himmel waren erste Sterne zu sehen, als wir die Ebene erreichten.

»Jetzt ist es nicht mehr weit«, sagte ich.

»Nun, zumindest ist es hier flach«, bemerkte Hermes.

Ich hätte inzwischen wissen müssen, daß nichts an meinem Aufenthalt in Gallien wirklich angenehm oder bequem sein würde. Kurz nach Mitternacht senkte sich ein dichter Nebel über das Land. Wir marschierten weiter, wenn auch deutlich weniger selbstsicher.

»Bist du sicher, daß das eine gute Idee ist?« meinte Hermes. »Vielleicht sollten wir bis Tagesanbruch warten.«

»Ich möchte nicht hier draußen in der Ebene erwischt werden«, erklärte ich ihm. »Wir müssen uns einfach auf unsren Orientierungssinn verlassen.« Er verzog skeptisch das Gesicht. »Wir müßten den Damm bald erreicht haben. Er ist neunzehn Meilen lang, den kann man kaum verfehlen.«

»Ich habe absolutes Vertrauen in dich, Herr«, sagte er, eine Bemerkung, die zu vielerlei Deutungen einlud.

Der Tag dämmerte, ohne daß man deswegen mehr sah. Statt durch dunklen irrten wir jetzt durch weißen Nebel. Ich glaubte, die Richtung der aufgehenden Sonne erkennen zu können, doch möglicherweise täuschte ich mich auch, obwohl ich Hermes gegenüber derartige Zweifel nicht äußerte.

»Halt!« Das Kommando dröhnte mit solcher Autorität durch den Nebel, daß wir beide wie vom Donner gerührt stehenblieben. »Wer ist dort?«

»Ich bin Hauptmann der praetorianischen Reiterei, Decius

Caecilius Metellus, in Begleitung eines Sklaven. Ich muß mich sofort beim Legatus melden.«

»Wie lautet die Parole, Hauptmann?«

»Die Parole? Woher soll ich das wissen? Ich habe seit sieben Tagen an keiner Stabssitzung mehr teilgenommen! Laß uns durch! Ich habe wichtige Angelegenheiten zu erledigen!«

»Tut mir leid, Hauptmann. Ohne Parole kann ich dich nicht durchlassen. Du mußt warten, bis der Offizier der Wache kommt.«

»Das ist doch unglaublich!« brüllte ich, mir die Haare raufend. »Sag mir zumindest, wo du steckst!«

»Geht noch ein paar Schritte in dieselbe Richtung weiter.« Ich befolgte seine Anweisung und sah auf einmal den großen Damm vor mir. Direkt über den Palisaden konnte ich dicht beieinander die Umrisse zweier Helme erkennen. Der Nebel lichtete sich rasch.

»Siehst du nicht, daß ich ein römischer Offizier bin?« verlangte ich zu wissen.

»Nun, du redest wie ein römischer Offizier, aber du siehst aus wie ein Bettler.«

Ich konnte mir vorstellen, wie er auf diesen Gedanken kam. Meine Tunika war zerrissen und schmutzig, ich war ebenfalls schmutzig und unrasiert, und meine Haare standen ab wie die eines Galliers. Dann hörte ich eine weitere Person über die Planken des Holzstegs poltern und sah einen Helm mit dem querstehenden Helmbusch eines Centurio.

»Was hat dieser Aufruhr zu bedeuten, Galerius?«

»Da draußen ist jemand, der behauptet, ein römischer Offizier zu sein, obwohl er nicht so aussieht. Er hat einen Sklaven bei sich.«

»Irgend jemand hat was von einem vermißten Offizier erzählt.« Der Centurio spähte über die Palisade. »Laß deine Geschichte hören.«

»Ich wurde bei einer nächtlichen Aufklärungsmission von den Germanen gefangengenommen. Gestern ist uns die Flucht gelungen, und wir sind die ganze Nacht durch den Nebel geirrt.« Je kürzer, desto besser, entschied ich.

»Nun, du hörst dich zumindest echt an.« Er wies nach Osten, zum See hin. »Etwa eine Viertelmeile weiter ist ein Tor. Geht dorthin, und ich werde dafür sorgen, daß man euch passieren läßt.«

Wir eilten zu dem engen Ausfallstor, und eine Gruppe verwirrter Männer ließ uns auf Anweisung des Centurio durch. Ich war so erregt und frustriert, daß mir erst jetzt auffiel, daß ich Legionären und nicht Angehörigen der Hilfstruppen gegenüberstand.

»Wann haben denn Legionäre die Bewachung des Dammes übernommen?« fragte ich. Sie starrten mich nur begriffsstutzig an, und erst jetzt bemerkte ich die Sterne auf ihren Schilden. »Zu welcher Legion gehört ihr?«

»Zur Siebten!« erklärte einer von ihnen stolz.

Ich fuhr herum und umarmte Hermes, sehr zu seiner Verlegenheit. »Unsere Verstärkung! Wann seid ihr hier eingetroffen?«

»Gestern am späten Abend«, sagte ein Decurio. »Caesar kam angeritten, als wir gerade auf der anderen Seite der Alpen unser Lager aufgeschlagen hatten. Er hat uns nicht hierher marschieren, er hat uns rennen lassen!«

»In den Bergen sind sechs Männer vor Erschöpfung tot zusammengebrochen«, sagte ein anderer, als ob das eine große Auszeichnung wäre. »Caesar hat seine Liktoren am Ende des Zuges marschieren lassen mit dem Befehl, jeden zu enthaupten, der zurückbleibt.«

»Caesar ist jemand, der es mit der Befolgung seiner Befehle wirklich ernst nimmt«, sagte der Decurio respektvoll. Es war, als sprächen sie von einem Gott, nur daß sie mit Zuneigung von ihm redeten. Ich konnte es nicht glauben. Lucullus hatte versucht, in seiner Armee strenge Disziplin durchzusetzen, und seine Soldaten hatten rebelliert. Caesar verlangte geradezu unmenschliche Disziplin, und sie verehrten ihn dafür. Ich werde Soldaten nie begreifen.

Als Hermes und ich auf das Lager der Zehnten zugingen, hob sich auch der restliche Nebel, und uns bot sich der ermutigendste Anblick der Welt: Wo zuvor nur ein einsames Lager der Legion und ihrer Auxilia gestanden hatte, erstreckten sich jetzt drei komplette Legionärslager sowie drei weitere Lager der Hilfstruppen. Da die Legionen frisch für diesen Feldzug ausgehoben worden waren, waren sie noch in voller Stärke erhalten, alles in allem gut sechsunddreißigtausend Mann.

»Das sind ja genug Soldaten, um die ganze Welt zu erobern!« sagte Hermes.

»Ich bin sicher, Caesar würde genau das mit Freuden tun«, erklärte ich ihm, »doch wir sind schon einmal mit zehn Legionen gegen einen Feind marschiert und mußten trotzdem hart kämpfen. Aber diese Armee sollte in der Lage sein, es bequem mit den Helvetiern aufzunehmen.«

»Und die Germanen?«

»Caesar wird sich nicht mit beiden gleichzeitig anlegen. Vielleicht hat Ariovistus bei der Zahl seiner Krieger übertrieben, doch er mag trotzdem gut und gerne dreimal so viele Männer zusammengezogen haben wie Caesar.«

»Das klingt übel.«

»Es klingt jedenfalls nicht gut, doch Marius hat im Kampf gegen die Germanen auch einmal wider aller Wahrscheinlichkeit gesiegt. Mit Wildheit und Kampfesmut kann man zwar einiges erreichen, aber Disziplin zählt mehr, und du hast ja gesehen, wie sie bewaffnet waren. Diese mickrigen Schilde würden ein Pilum kaum bremsen, und hölzerne Speere können ein Scutum oder ein Kettenhemd nicht durchdringen. Solange die Legionen ihre Formation halten, können sie es auch mit einer größeren Überzahl als dieser aufnehmen.«

»Aber diese Germanen sind Riesen!«

»So bieten sie um so bessere Ziele«, versicherte ich ihm. »Ohne Helm und Rüstung sind sie für ein scharfes Gladius nichts weiter als Hackfleisch.« Ich hoffte selbst, daß das nicht nur Propaganda war. Auch römische Armeen waren schon zerrieben worden, und Hannibal hatte es sogar geschafft, obwohl er zahlenmäßig unterlegen gewesen war. Aber Hannibal war der größte General aller Zeiten, während Alexanders Fähigkeiten meines Erachtens stark überschätzt werden. An Kampfeskraft sind wir Römer nur selten übertroffen worden, doch gelegentlich hatte der Gegner den besseren General.

Aber ich wußte, daß diese Wilden nicht die Disziplin von Hannibals Veteranen hatten. Gleich nach dem Sieg über die Helvetier würden sich Caesars Legionen um die Germanen kümmern, mit frisch gestärkter Moral, was einen Riesenunterschied machte.

Doch möglicherweise verklärt die Erinnerung auch meine wahren Gefühle. Vielleicht war ich damals in Wahrheit weit weniger zuversichtlich und sehr viel ängstlicher und markierte nur für Hermes den starken Mann.

»Da wir gerade von Schwertern sprechen«, sagte er, »besorgst du mir ein neues?«

»Nicht, solange ich mein eigenes nicht ersetzt habe. Ich habe zwar noch mein Kavallerie-Schwert, aber ich brauche auch ein Gladius. Mal sehen, ob ich Glück beim Würfeln habe. Ich könnte auch Burrus und sein Contubernium bitten, für mich zu sammeln, um die Schwerter zu ersetzen, die wir im Einsatz für sie verloren haben. Sie sollten dankbar sein, daß ...« Dann fiel es mir mit wachsendem Entsetzen wieder ein.

»Lauf!« rief ich und rannte los.

»Warum?« rief Hermes irgendwo hinter mir. Ich verschwendete keinen Atem, es ihm zu erklären.

Das Lager der Zehnten war noch ein ganzes Stück entfernt. Ich rannte an den anderen Lagern vorbei. Die Männer waren noch mit dem Ausheben der Gräben und dem Aufschütten der Wälle beschäftigt. Unter den Augen ihrer Decurionen hielten sie inne, um dem verrückten, zerlumpten Mann nachzustarren, der vorbeirannte, als krallten sich die Furien in seinen Hintern, bis die Decurionen sie Faulpelze schalten und sie wieder zur Arbeit antrieben.

Als ich den Nordwall erreichte, sah ich, daß sämtliche Wachen nach innen gewandt standen, und betete zu Merkur, er möge meinen Fersen Flügel verleihen. Ich rannte durch die Porta decumana, während hinter mir jemand rief: »Halt! Stehenbleiben! Wie lautet die Parole?« Ich spannte meine Rückenmuskeln in Erwartung eines Pilums, obwohl ich wußte, daß es ziemlich unwahrscheinlich war, getroffen zu werden, weil es großes Unglück bringt, einen Wahnsinnigen zu töten.

Ich rannte durch die verlassenen Quartiere der praetorianischen Wachen, nur von Pferden und anderem Vieh beäugt. Als ich mich dem Forum näherte, sah ich Caesar und seine Offiziere auf der Rednertribüne stehen und etwas zu ihren Füßen beobachten. Was, das konnte ich nicht erkennen, denn die Legion hatte in Kohorten an drei Seiten des Forums Aufstellung genommen. Mit einem olympiareifen Schlußspurt rannte ich zwischen zwei Kohorten hindurch und erreichte unter überraschten Rufen den freien Platz in der Mitte.

Vor der Rednertribüne standen Caesars zwölf Liktoren. In ihrer Mitte ragte, seltsam fehl am Platze, eine bemalte Steinsäule gen Himmel. Vor dieser merkwürdigen Gruppe standen die Männer der Ersten Centurie der Ersten Kohorte, bekleidet mit Tuniken und nur mit Stöcken bewaffnet, einen erbärmlichen Ausdruck auf ihren Gesichtern. Doch ihre Mienen waren nichts im Vergleich zu der mitleiderregenden Erscheinung der acht nackten Männer, die am Ende der Doppelreihe standen. Der erste von ihnen war Burrus, der eben seinen Weg durch die Reihen antreten wollte. Die Stöcke waren bereits zum Schlag erhoben.

»Haltet ein!« brüllte ich, »sofort aufhören! Diese Männer sind unschuldig!« Ein erstauntes Getuschel erhob sich um das Forum, das auch die Befehle der Centurionen nicht zum Verstummen bringen konnten. Ich lief keuchend und röchelnd bis zur Tribüne und blieb vor der seltsamen Steinsäule stehen. Ich erkannte, daß es der Grabstein für Titus Vinius war. Er sollte, wenn auch nur symbolisch, Zeuge der Hinrichtung werden.

»Ich sehe, du hast dir deinen Hang zum Dramatischen bewahrt, Decius«, sagte Caesar. »Doch du solltest dich besser rasch erklären, wenn du deinen Freunden auf ihrem Weg nicht Gesellschaft leisten willst.«

Mein Atem ging so heftig, daß ich nicht sprechen konnte, also griff ich in meine Tunika und holte das silberne Armband hervor. Ich warf es Caesar zu, der es auffing und begutachtete.

»Damit hast du dir eine Anhörung verdient. Komm herauf, Decius.«

Mit letzter Kraft kämpfte ich mich den Wall des Praetoriums hoch bis zur Tribüne. Jemand drückte mir einen Schlauch in die Hand, und ich würgte einen Schluck stark gewässerten Weins hinunter. Der nächste Schluck ging schon leichter und der dritte noch leichter.

»Du solltest besser das Wort ergreifen, bevor du das Ding völlig geleert hast«, sagte Caesar, und dann zu den anderen: »Meine Herren, entschuldigt uns.« Die Offiziere verließen nacheinander die Tribüne, während sie mich wie eine Erscheinung aus der Unterwelt anstarrten. Als wir allein waren, sprach ich schnell und mit leiser Stimme. Caesar verzog keine Miene, als ich ihm meine Geschichte erzählte. Er wurde ein wenig blaß, als ich ihm von Vinius' Verrat erzählte, doch die furchtbare Gefahr, der ich entronnen war, schien ihn nicht weiter zu beunruhigen. Als ich fertig war, starrte er mich eine Weile schweigend an.

»Gut gemacht, Decius«, sagte er schließlich. »Ich möchte später alle Einzelheiten deines Aufenthalts in dem germanischen Lager erfahren.« Er rief seine Offiziere wieder zu sich und gab ihnen eine knappe Zusammenfassung meiner Entdeckungen. Ihre verblüfften Mienen waren ein wahrhaft denkwürdiger Anblick.

»Nun, ich habe ja immer gesagt, daß Titus Vinius ein Schwein war«, bemerkte Paterculus, eine Beobachtung, die auf die meisten Centurionen zutraf. »Aber, Prokonsul, wir haben die gesamte Legion aufziehen lassen, damit sie Zeugen einer Hinrichtung werden. Wenn wir nicht irgend jemanden töten, werden sie denken, daß etwas nicht stimmt.«

Caesar lächelte. »Oh, ich denke, wir können ihnen trotzdem ein befriedigendes Schauspiel bieten.« Er beugte sich über die Brüstung und sprach zu einem seiner Liktoren. »Lauf zum Schmied und besorg mir Hammer und Meißel.« Der Mann eilte davon, während Caesar seine Hände hob, worauf sofortige Stille eintrat.

»Soldaten! Die Götter Roms lieben die Zehnte Legion und werden nicht zulassen, daß ihr Ansehen von Ehrlosigkeit und Unrecht befleckt wird! Sie haben mir den Beweis geschickt, daß die Druiden Titus Vinius als barbarisches Menschenopfer dargebracht haben und daß ihn dieses Schicksal als gerechte Strafe für seinen Verrat ereilte! Die Erste Kohorte und ihre Erste Centurie genießen ab sofort wieder alle soldatischen Ehrenrechte!« Die Legion brach in einen gewaltigen Jubel aus, und die Morgensonne blitzte auf den Spitzen ihrer Lanzen. Die Soldaten begannen wieder und wieder Caesars Namen zu rufen, als ob er gerade einen triumphalen Sieg errungen hätte.

»Wartet hier«, sagte Caesar. »Ich bin gleich zurück.« Er verließ die Tribüne und ging zu seinem Zelt.

Burrus und seine Freunde waren vor Erleichterung so benommen, daß die Männer, die sie eben noch fast erschlagen hätten, ihnen jetzt in ihre Tuniken helfen mußten. Kurz darauf war die Erste Kohorte wieder komplett und in voller Rüstung angetreten, mit im Wind flatternden Helmbüschen und in leuchtenden Farben strahlenden Schilden. Caesar schrieb ihre Rettung allein den Göttern zu, doch ich empfand bei ihrem Anblick auch eine große persönliche Befriedigung. Es geschieht nicht oft, daß man die guten Ergebnisse seiner Handlungen so dramatisch vor Augen geführt bekommt.

Als Caesar zurückkam, hatte er seine Uniform abgelegt und trug statt dessen sämtliche Insignien seines Pontifikats, die gestreifte Robe mit Goldborte, den silbernen Reif auf seiner sich lichtenden Stirn und den Augurenstab mit der gekrümmten Spitze. Die jubelnde Legion verstummte ob dieses ungewöhnlichen Anblicks.

Er stieg zum Forum hinab und blieb vor dem Grabstein des Titus Vinius stehen. Die Steinmetze von Massilia hatten in Erwartung bevorstehender Verluste bei der Legion bereits eine Reihe halbfertiger Steine auf Lager, in die sie nur noch die Inschrift und weitere Details einmeißeln mußten, wenn ein Monument in Auftrag gegeben wurde. Für Vinius hatte man das Relief einer stehenden, männlichen Figur mit den Insignien seines Ranges verziert: der querstehende Helmbusch, die Beinschienen, die Phalerae auf dem Kettenhemd und der Stock in seiner Hand, alles in leuchtenden Farben bemalt. Das

Gesicht erinnerte nur äußerst vage an den Mann. In den Sockel waren sein Name, seine Laufbahn und seine Auszeichnungen eingraviert.

Vor diesem Monument stand Caesar mit erhobenen Händen und sprach in der archaischen Sprache des Rituals, die kein Mensch mehr wirklich versteht, eine feierliche Verfluchung. Als er den widerhallenden Fluch beendet hatte, wandte er sich an die Soldaten.

»Der Name des Titus Vinius soll aus den Annalen der Zehnten Legion getilgt werden, auf daß er, aller Ehren beraubt, auf immer vergessen werde. Sein Vermögen fällt dem römischen Staat zu, den er verraten wollte!«

Er drehte sich wieder um und betrachtete den Grabstein. Ein Liktor reichte ihm Hammer und Meißel, und er rief: »Hiermit tilge ich den verfluchten Namen von Titus Vinius aus der Erinnerung der Menschheit!« Mit raschen Schlägen meißelte er das Gesicht der Figur weg, bevor er die Inschrift in gleicher Manier löschte. Dann ließ er die Werkzeuge fallen und stieg wieder auf die Plattform.

»Es ist vollbracht! Kein Mensch soll je wieder seinen verfluchten Namen aussprechen! Soldaten, ihr wart Zeugen, wie Gerechtigkeit geschehen ist! Kehrt zu euren Pflichten zurück!« Sogleich erschallten Tuba und Cornu, und die Kohorten marschierten mit breitem Lächeln ab. Es war wieder eine fröhliche Armee. Dort draußen warteten hordenweise Gallier und Germanen, aber sie waren glücklich.

»Decius Caecilius«, sagte Caesar, als wir zum großen Zelt zurückgingen, »du hast eine Stunde, dich zu baden, zu rasieren und deine Uniform anzulegen. Danach erwarte ich dich zu einem detaillierten Bericht.« Wahrscheinlich hätte ich dankbar sein sollen, daß er mir überhaupt soviel Zeit ließ.

Eine Stunde später meldete ich mich frisch gebadet, rasiert und in voller Kampfmontur, wenngleich noch immer ein wenig mitgenommen, im Praetorium und ging die Ereignisse seit Caesars Abreise mehrmals mit ihm durch. Caesar stellte häufig präzise Fragen, und sein juristischer Scharfsinn förderte Informationen zutage, die selbst ich übersehen hatte. Nachdem mein Bericht beendet war, zogen wir die Truhe hervor, und zu meinem großen Leidwesen notierte sich Caesar jeden Grundstückstitel und jeden Goldbarren und verglich seine Aufstellung gleich zweimal mit der von mir erstellten Liste. Er war kein vertrauensseliger Mann.

»Nun«, sagte er schließlich, »damit wäre diese traurige Angelegenheit abgeschlossen. Meinen Glückwunsch, Decius. Deine Leistung hat selbst meine kühnsten Erwartungen übertroffen.«

»Was wirst du nun mit dem Schatz anfangen?« fragte ich.

»Ich habe den Mann als Verräter verurteilt. Damit fällt sein gesamter Besitz dem Staat zu.« Er klappte die Truhe zu und schloß sie ab. Ich nahm mir vor, irgendwann einmal die Unterlagen des Staatsschatzes durchzusehen, um zu überprüfen, wieviel am Ende tatsächlich übergeben worden war.

»Das verlangt nach einem Fest«, sagte Caesar. »Ich werde heute abend ein Bankett zu deinen Ehren geben. Und jetzt geh und schlaf dich aus. Heute abend feiern wir, und morgen ist wieder Krieg.«

Dazu brauchte ich keine weitere Ermunterung. Als ich zu meinem Zelt zurückging, salutierte mir jeder, der mir entgegenkam. Überall sah ich strahlende Gesichter. Hermes war im Zelteingang auf mich wartend eingeschlafen. Ich deckte ihn mit einem Umhang zu, legte meine Rüstung ab und brach wie tot zusammen.

Am Abend genossen wir Wildschwein, das die gallischen Jäger erlegt hatten, sowie einen exzellenten Wein aus Caesars privatem Vorrat. Ich wurde mit Lächeln und freundlichen Worten überschüttet. Ich war vom verhaßtesten Mann der

Legion zum Helden aufgestiegen, was ich enorm genoß, vor allem, weil ich wußte, daß dieser Zustand nicht andauern würde. Caesar schenkte mir sogar ein prachtvolles neues Schwert als Ersatz für das, welches mir die Germanen abgenommen hatten.

Nach und nach verabschiedeten sich die Offiziere, um ins Bett zu wanken oder zu ihren nächtlichen Pflichten zu eilen, und auch ich wünschte dem Prokonsul eine gute Nacht und machte mich auf den Weg zu meinem Zelt. Hermes wartete draußen, um sicherzugehen, daß ich mich nicht verirrte. Ich gab ihm eine Serviette, in die ich ein paar Köstlichkeiten für ihn eingewickelt hatte, und wir schlenderten langsam an den Offizierszelten entlang.

»Das waren ein paar wirklich hektische Tage, Hermes«, erklärte ich ihm, »aber jetzt ist das Schlimmste überstanden. Nach alldem wird der Krieg, wenn er erst ausbricht, regelrecht erholsam sein.«

Ich dachte an die Dinge, die sich ereignet hatten, seit der junge Cotta mich mitten in der Nacht geweckt und ins Praetorium gerufen hatte. Die Erkenntnis traf mich wie ein Schlag, so daß ich stolperte und fast gestürzt wäre.

»Bist du über eine Zeltleine gestolpert?« fragte Hermes.

»Nein, über eine Offenbarung.«

Er suchte den Boden ab. »Wie sieht so was denn aus?«

»Es sieht so aus, als ob ich ein Idiot wäre«, sagte ich. »Druiden! Germanen! Nichts als Ablenkungsmanöver!«

»Ich denke, du legst dich jetzt besser hin und schläfst dich aus«, meinte Hermes mit besorgter Miene.

»Schlaf ist das letzte, was ich jetzt brauche. Geh schon vor zum Zelt. Ich komme gleich nach.«

»Bist du sicher?« fragte er.

»Ich bin völlig nüchtern, und sei es nur aus Schock. Ich muß für mich sein.«

Er gehorchte, und ich war mit meinen Gedanken allein. Publius Aurelius Cotta war der diensthabende Offizier der Wache an der Porta praetoria gewesen in der Nacht, als Titus Vinius gestorben war. Was hatte Paterculus gesagt? Kein Wachoffizier verläßt seinen Posten, bis er ordentlich abgelöst wird. Doch als Cotta zu meinem Zelt gekommen war, um mich zu holen, war es noch dunkel gewesen.

Er wollte sich gerade schlafen legen, als ich vor seinem Zeit stand. »Decius Caecilius«, sagte er überrascht, »noch einmal meinen Glückwunsch. Was führt dich zu mir?«

»Nur eine kleine Frage bezüglich der Nacht, in der Vin... dieser Mann gestorben ist.«

»Beschäftigt dich die Sache noch immer?« fragte er grinsend. »Du bist der beharrlichste Mensch, den ich je getroffen habe. Was willst du wissen?«

»Du warst doch in jener Nacht diensthabender Offizier an der Porta praetoria. Du hast die Delegation aus der Provinz durchgelassen, nachdem sie dir ihren Passierschein gezeigt hatten. Trotzdem bist du in derselben Nacht zu meinem Zelt gekommen, um mich ins Praetorium zu rufen. Wie war das möglich?«

»Ich wurde kurz nach Mitternacht abgelöst mit dem Befehl, mich als Offizier vom Dienst im Praetorium zu melden. Ein paar von Caesars Liktoren waren dort und sagten, er hätte sich hingelegt. Im Zelt der Liktoren gibt es eine zusätzliche Pritsche, wo der diensthabende Offizier schlafen kann, wenn nichts los ist. Er hat einen Kurier, der die ganze Zeit wach bleiben muß. Meiner war ein Gallier, der kaum zehn Worte Latein sprach.«

»Hat man dir gesagt, warum du abgelöst und einem anderen Dienst zugeteilt worden bist?« wollte ich wissen.

»Müssen sie einem den Grund sagen?« fragte er.

»Normalerweise machen sie sich nicht die Mühe«, pflichtete ich ihm bei. »Wer hat deinen Posten am Tor übernommen?«

»Dein Vetter Lucius Caecilius Metellus.«

»Danke, Publius«, sagte ich. »Durch dich ist mir eben ein Licht aufgegangen.«

»Jederzeit gerne zu Diensten«, erwiderte er mit konsternierter Miene.

Ich machte mir nicht die Mühe, meinen Besuch anzukündigen, als ich in Knubbels Zelt platzte. Er fuhr hoch, und sein Gesicht spiegelte erst Verwunderung, dann Ekel wider.

»Decius! Hör mal, wenn es um diese hundert ...«

»Ganz so belanglos ist es nicht, Knubbel«, erklärte ich jovial, setzte mich auf seine Pritsche und klopfte ihm auf die Schulter. »Lieber Vetter, ich wüßte gerne, wen du in der Nacht, als der Centurio ermordet wurde, dessen Namen wir nicht mehr erwähnen dürfen, durch die Porta praetoria raus- und später wieder reingelassen hast.«

»Decius!« zischte er. »Laß es gut sein! Es ist vorbei. Du hast bewiesen, daß dein Klient und seine Freunde den Mord nicht begangen haben. Alle sind zufrieden mit dir. Du bist Caesars Liebling. Ich warne dich, mach nicht alles kaputt.«

Ich drückte ihn auf die Pritsche zurück, zog mein schönes neues Schwert und drückte ihm die Spitze unter das Kinn. »Wer hat das Lager verlassen, Knubbel?«

»Ganz ruhig! Steck das Ding weg, du Wahnsinniger!«

»Rede, Knubbel.«

Er seufzte, und es war, als ob alle Luft aus ihm entweichen würde. »Ich hatte Nachtoffiziersdienst im Praetorium. Paterculus befahl mir, Cotta am Tor abzulösen. Er sagte, später würde eine kleinere Gruppe durchkommen, die einen von ihm ausgestellten Passierschein hätte. Ich sollte sie raus- und wieder reinlassen und zu niemandem ein Wort darüber verlieren.«

»Und hat er dir gesagt, warum?« fragte ich, obwohl ich wußte, daß es absolut nutzlos war.

»Warum sollte er das tun? Es war seine Angelegenheit oder die Caesars.« Nein, Knubbel hatte natürlich nicht gefragt. Deswegen hatten sie ihn ja geschickt. Sie wollten einen altgedienten politischen Stiefellecker an diesem Tor, keinen unerfahrenen Jungen, der noch nicht genug wußte, um an seine eigene Zukunft zu denken. Ich stand auf und steckte mein Schwert in die Scheide.

»Knubbel, ich schäme mich, denselben Namen zu tragen wie du.«

Er rieb sich den Hals, wo mein Schwert eine kleine blutende Wunde hinterlassen hatte. »Nicht mehr lange, wenn du so weitermachst!« rief er mir nach, doch ich hatte sein Zelt schon verlassen.

Die Wachen am Eingang des Praetoriums salutierten und lächelten. In letzter Zeit lächelten mich alle an, bis auf Knubbel.

»Guten Abend, Herr«, sagte einer von ihnen.

»Ich habe vorhin etwas vergessen«, sagte ich. »Ich will es nur eben schnell holen.«

Sie drehten sich um und blickten zum Zelt. Aus dem Eingang schimmerte Licht. »Sieht so aus, als ob der Prokonsul noch wach wäre. Geh ruhig rein, Herr. Er sagt, daß jeder Offizier Zutritt hat, solange er wach ist.«

Caesar saß am Tisch, hinter ihm brannten eine Reihe von Lampen. Vor ihm lag das Silberarmband. Er blickte auf, als ich eintrat.

»Ja, Decius?«

»Die Druiden haben Titus Vinius nicht getötet«, sagte ich. »Du warst es.«

Er sah mich einen Augenblick lang wütend an, bevor er lächelte und nickte.

»Sehr, sehr gut, Decius. Wirklich, du bist ein absolut erstaunlicher Mensch! Die meisten Männer würden, nachdem sie ein Problem zu ihrer Zufriedenheit gelöst haben, nie ein weiteres Mal prüfen, ob sie etwas übersehen haben.«

»Du wärst damit durchgekommen, wenn du nicht Cotta geschickt hättest, mich zu wecken. Ich wußte, daß er in jener Nacht eigentlich Dienst am Tor und nicht im Praetorium hatte.«

»Ah, ich verstehe«, meinte er nickend. »Solche Kleinigkeiten sind oft verräterisch. Im übrigen bin ich mit gar nichts ›durchgekommen‹. Ich bin Prokonsul dieser Provinz mit uneingeschränktem Imperium. Ich bin ermächtigt, Hinrichtungen ohne Prozeß zu vollstrecken, wenn ich es für nötig halte, und niemand wird mich daran hindern oder mich dafür zur Verantwortung ziehen, nicht einmal wenn sein Name Caecilius Metellus ist.«

»Wie habt ihr es gemacht?« fragte ich. »Hat Paterculus ihn erwürgt, während du ihn erstochen hast?« Ich muß wohl ziemlich verbittert geklungen haben. Ich haßte es, der Betrogene zu sein, und gerade heute abend hatte ich mich besonders gut gefühlt.

»Nun werd' mal nicht unverschämt! Der Pontifex Maximus beschmutzt seine Hände nicht mit dem Blut eines Verräters. Die Hinrichtung wurde verfassungsgemäß nach meinen Anweisungen von meinen Liktoren vollstreckt.«

»Mit ein paar druidenhaften Verzierungen.«

Er sah mich säuerlich an. »Oh, setz dich, Decius. Dein Gerechtigkeitssinn schlägt mir auf die Verdauung. Wenn du je ein hohes Amt innehaben solltest, wirst auch du einige unangenehme Pflichten zu erfüllen haben. Und du kannst dich glücklich schätzen, wenn es nichts Schlimmeres ist als die Eliminierung eines verräterischen Schurken wie Vinius.«

Ich nahm Platz. »Aber warum? Wenn du herausgefunden

hast, was er vorhatte, warum hast du ihn dann nicht einfach entlarvt, ihm den Kopf abgeschlagen und seinen Besitz beschlagnahmt?«

Caesar rieb sich die Nase und sah auf einmal unendlich müde aus. »Decius, ich habe hier eine Aufgabe zu erfüllen, die gewaltiger ist als jede andere, die man einem Prokonsul je übertragen hat. Ich muß jedes Mittel nutzen, das sich mir bietet, wenn ich sie bewältigen will. Da draußen«, er ließ seine Nase los und wies gen Nordosten, »sind die Helvetier. Mit den Germanen hast du deine eigenen Erfahrungen gemacht und weißt, warum sie über den Rhenus kommen. Ich kann es mir nicht leisten, daß die beiden sich verbünden. Ich muß sie nacheinander bekämpfen. Ich habe eine Gelegenheit gesehen, einen Keil zwischen Gallier und Germanen zu treiben, und ich habe gehandelt.«

»Du hast diesen Druiden Badraig über ihre religiösen Praktiken ausgefragt und so von der dreifachen Tötung erfahren.«

»Genau. Ich wollte die Macht dieser Priesterschaft brechen. Und ihnen einen Mord anzuhängen, schien mir eine elegante Lösung, gleich mehrere Fliegen mit einer Klappe zu schlagen. Ich war sicher, daß sich Ariovistus an ihnen rächen würde und daß die Gallier sich wiederum nie mit jemandem verbünden würden, der Druiden tötet.«

»Warum hast du die Druiden dann nicht gleich der Tat bezichtigt? Warum hast du sie erst einer Gruppe Soldaten angehängt und mich darauf angesetzt, das Rätsel zu entwirren, während du losgezogen bist, dir deine Legionen zusammenzusuchen? Das ist selbst für deine Verhältnisse eine überaus umwegige Vorgehensweise.«

»Zumindest hat mich niemand einer Intrige verdächtigt, oder?«

»Ariovistus hat behauptet, es gäbe keine unschuldigen Römer. Vielleicht hatte er recht.« Ich fühlte mich so müde, wie Caesar aussah. »Wie hast du von Vinius' Verrat erfahren? Durch Molon?«

»Genau. Der häßlich kleine Intrigant spielt noch mehr Spiele als ich. Er hat mir Informationen zum Kauf angeboten und erzählt, daß Vinius riesige Bestechungssummen von irgendwoher hortet. Ich habe schon des öfteren die Erfahrung gemacht, daß es klug ist, einen Sklaven als Spion auf seinen Herren anzusetzen.«

»Das werde ich mir merken.«

»Ich habe ihm aufgetragen herauszufinden, wann sich Vinius das nächste Mal mit seinem Zahlmeister trifft. Bei jenem Mal war es dieser Germane Eramanzius. Er verließ das Lager mit den Provinzlern, die zu hochtrabend waren zu bemerken, daß ihnen ein zusätzlicher Sklave folgte. Vermutlich wäre er im ersten Morgengrauen zurückgekehrt, zusammen mit den Bauern, die ins Lager kommen, um ihre Waren zu verkaufen. Es wäre ganz leicht gewesen. Er hat sich draußen am See mit dem Germanen getroffen. Molon wußte, daß er dicht bei dem Teich vorbeigehen mußte, und dort haben wir auf ihn gewartet.« Er stieß mit dem Finger gegen das Armband, das vor ihm auf dem Tisch lag. »Obwohl er ein Verräter war, hat sich Vinius doch etwas von der Sentimentalität eines Soldaten bewahrt. Er hat sein Armband nie abgenommen. Wenn er das Lager verlassen hat, hat er es mit einem Verband bedeckt.«

Ich erinnerte mich an den schmutzigen Fetzen weißen Stoffs, den ich am Tatort gefunden hatte. Damit war eine weitere kleine Ungereimtheit erklärt. »Und das Armband war Molons Lohn für den Verrat an seinem Herrn?«

»Ein Teil seines Lohns. Und ich fand es recht passend. Es hat mich empört, einen Verräter diese römische Auszeichnung für Tapferkeit tragen zu sehen, selbst einen toten Verräter. Warum sollte ich es nicht seinem erbärmlichen Sklaven geben? Ich habe natürlich nicht geahnt, daß er gleichzeitig für Ariovistus gearbeitet hat.«

»Glaubst du, daß er es Ariovistus erzählen wird?«

»Er hat Ariovistus' Spion in diesem Lager auffliegen lassen. Es würde ihn den Kopf kosten, wenn er das zugeben würde. Ich denke, ihm wird an meiner Gewogenheit gelegen sein. Er hat für dich getan, was er tun konnte, als du im Lager der Germanen gefangen warst...«

Damit waren die meisten Fragen beantwortet. »Wie konntest du acht unschuldige Männer verurteilen?«

Er sah fast beschämt aus, soweit er dazu imstande war. »Ich war mir sicher, daß du die Sache bis zu meiner Rückkehr den Druiden angehängt haben würdest. Ich hätte nie gedacht, daß du etwas so Verrücktes tun würdest, wie dich hinter den Damm zu begeben und von den Germanen gefangennehmen zu lassen.«

»Doch als ich heute morgen herbeistürmte, warst du im Begriff, sie von ihren Kameraden zu Tode prügeln zu lassen.«

»Decius, hier in Gallien spielen wir ein Spiel mit dem höchsten Einsatz. Wenn man das Spiel erst einmal angefangen hat, muß man es zu Ende spielen, egal, wie die Würfel fallen.«

Ich stand auf. »Ich werde mich jetzt zurückziehen, Prokonsul. Vielen Dank für die Beantwortung meiner Fragen. Mir ist durchaus bewußt, daß du innerhalb deines Imperiums niemandem eine Antwort schuldest.«

Er stand ebenfalls auf und legte seine Hand auf meine Schulter. »Ich respektiere deine Skrupel, Decius. So etwas ist in Rom heutzutage sehr rar. Ich schulde dir zumindest das. Und, Decius?«

»Ja?«

»Ich war überaus erfreut festzustellen, daß du den Inhalt dieser Truhe nicht angerührt hast. Ich habe selbst eine Liste erstellt, bevor ich den Jungen geschickt habe, dich zu wecken. Ich wäre sehr empört gewesen, wenn etwas gefehlt hätte. Und jetzt geh und schlaf dich aus.«

Und so verließ ich das Praetorium, befriedigt, wenngleich nicht glücklich. Ich hatte diesen Badraig eigentlich recht gerne gemocht. Doch bald würden eine Menge Gallier sterben und auch eine Menge Römer. Seltsamerweise würde ich Freda vermissen. Ich würde sogar Molon vermissen, obwohl ich den Verdacht hatte, ihn nicht das letzte Mal gesehen zu haben.

Ich ging durch das abgedunkelte Lager, das bis auf die doppelten Wachen in tiefem Schlaf lag. Dies war nun eine Legion, die zum Krieg bereit war, und ich war fest entschlossen, zumindest eine ganze Nacht durchzuschlafen. Ein Soldat braucht seinen Schlaf, wenn Krieg ist. Vielleicht griffen morgen die Gallier an, und dann würde ich Ewigkeiten nicht mehr richtig zum Schlafen kommen.

Diese Begebenheiten ereigneten sich in Gallien im Jahr 695 der Stadt Rom, dem Jahr des Konsulats von Lucius Calpurnius Piso Caesoninus und Aulus Gabinius.

Glossar/Worterklärungen

(Die Definitonen beziehen sich auf das letzte Jahrhundert der römischen Republik)

Aedilen: Gewählte Beamte, die für die Ordnung auf den Straßen, die staatliche Getreideversorgung, die Aufrechterhaltung der öffentlichen Ordnung, die Verwaltung der Märkte und die öffentlichen Spiele zuständig waren. Da der Prunk der Spiele, die die Aedilen veranstalteten, oft die Wahl in ein höheres Amt bestimmte, war das Aedilenamt eine wichtige Stufe einer politischen Karriere.

Ala: Wörtlich »der Flügel«, Schwadron einer Kavallerie.

Aquilifer: Der oberste Standartenträger einer Legion, der »Adler-Träger«. Der Adler galt als halbgöttlich und die Verkörperung des Genius einer Legion.

Auguren: Beamte, die im staatlichen Auftrag Omen deuteten. Auguren konnten alle Amtsgeschäfte und öffentlichen Versammlungen untersagen, wenn sie ungünstige Vorzeichen erkannt hatten.

Auxilia: Einheiten aus Nicht-Bürgern, die die Legionen unterstützten. Bei Ableistung der vollen Dienstzeit – normalerweise zwanzig Jahre – wurden den Soldaten bei ihrer Entlassung die dauerhaften Bürgerrechte verliehen, die sie an ihre Nachkommen vererben konnten.

Ballista: Eine Wurfmaschine. Sie beruhte auf demselben

Prinzip wie das Katapult, schleuderte jedoch schwerere Geschosse, große Steine oder Balken.

Caliga (Pl. caligae): Soldatenstiefel.

Centurio: Anführer einer Centurie.

Contubernium: Ein Trupp oder eine Einheit von acht Mann. Normalerweise gab es in jeder Centurie acht Contubernia, obwohl die Zahl variierte. Jedes Contubernium teilte sich ein Zelt aus Rindsleder. Auch die Essensrationen wurden meistens in Contubernia aufgeteilt und ausgegeben.

Cornicen: Der Hornist.

Cornu: Das Heerhorn, zuerst aus Horn, später aus Metall.

Cursus honorum: Die Reihenfolge der Ämterlaufbahn. Die Laufbahn der Senatoren begann mit zehn Jahren Militärdienst, dann folgten nacheinander Quaestur, Aedilität, Praetur und Konsulat. Zwischen zwei Ämtern mußten jeweils zwei Jahre liegen, so daß man normalerweise nicht vor Erreichung des einundvierzigsten Lebensjahrs Konsul werden konnte.

Decurio (Pl. decuriones): Die Decuriones bildeten den Gemeinderat in den Provinzstädten, dienstälteste Beamte, die – wie römische Senatoren – aus den einflußreichsten Familien der einheimischen Bürgerschaft kamen.

Denar: Eine Silbermünze; ursprünglich zehn, seit der Zeit der Gracchen sechzehn As.

Druiden: Priester der Kelten.

Fasces: Ein Rutenbündel, das mit rotem Band um eine Axt gebunden war – Symbol der Magistratsgewalt, sowohl körperliche Züchtigungen vorzunehmen als auch die Todesstrafe zu vollziehen.

Fibula: Eine Spange, Schnalle oder Klammer, eine Fibel.

Forum : Ein offener Versammlungsort und Marktplatz. Das erste Forum war das Forum Romanum.

Freigelassener: Ein freigelassener Sklave. Mit der offiziellen Freilassung bekam der Freigelassene die vollen Bürgerrechte mit Ausnahme des Rechts, ein Amt innezuhaben, zugesprochen. Die inoffizielle Freilassung gab einem Sklaven die Freiheit, ohne ihn mit dem Wahlrecht auszustatten. In der zweiten, spätestens in der dritten Generation wurden Freigelassene gleichberechtigte Bürger.

Gallien: Ungefähr das Gebiet des heutigen Frankreichs, Belgiens und der Niederlande; das Land zwischen Rhein und Pyrenäen. Die meisten Bewohner waren keltischer Abstammung und sprachen keltische Dialekte.

Garum: In Salz eingelegte Innereien von Fischen, vor allem von Thunfischen und Makrelen. Dieses sehr schmackhafte Erzeugnis wurde in fast allen Mittelmeerländern hergestellt.

Genius: Die Gottheit, die das religiöse Prinzip symbolisiert, das einem Sein oder Ort innewohnt.

Gens: Ein Geschlecht, dessen sämtliche Mitglieder von einem bestimmten Vorfahren abstammen. Die Namen der patrizischen Geschlechter endeten immer auf ius. So war beispielsweise Gaius Julius Caesar Gaius vom Zweig der Caesares aus dem Geschlecht der Julier.

Gladius: Das kurze, breite, zweischneidige Schwert der römischen Soldaten.

Imperium: Das Recht, ursprünglich der Könige, Armeen aufzustellen, Ge- und Verbote zu erlassen und körperliche Züchtigungen und die Todesstrafe zu verhängen. In der Republik war das Imperium unter den beiden Konsuln und den Praetoren aufgeteilt. Gegen ihre Entscheidungen im zivilen Bereich konnten die Tribunen Einspruch erheben, und die Träger des Imperiums mußten sich nach Ablauf ihrer Amtszeit für ihre Taten verantworten.

Iudex: Der Richter.

Klient: Eine von einem Patron abhängige Person, die verpflichtet war, den Patron im Krieg und vor Gericht zu unterstützen. Freigelassene wurden Klienten ihrer vormaligen Herren. Die Beziehung wurde vererbt.

Konsul: Der höchste Beamte der Republik. Es wurden jährlich zwei Konsuln gewählt. Das Amt schloß das uneingeschränkte Imperium ein. Nach Ablauf seiner Amtszeit wurde ein Ex-Konsul zum Statthalter einer Provinz ernannt, die er als Pro-Konsul regierte. Innerhalb seiner Provinz übte er absolute Macht aus.

Legatus (Pl. legati): Zivile oder militärische Delegierte des Senats, oberste Gehilfen der Statthalter in der Provinz.

Liktor: Wächter, normalerweise Freigelassene, die die Fasces trugen und die Beamten begleiteten.

Lituus: Der Krummstab der Auguren.

Ludus (Pl. ludi): Die öffentlichen Spiele, Rennen, Theateraufführungen usw. Auch eine Gladiatorenschule, obwohl die Darbietungen der Gladiatoren keine Ludi waren.

Lustrum: Ein Reinigungsopfer, das die Censoren alle fünf Jahre am Ende ihrer Amtszeit darbrachten.

Manica: Schwere Leder- oder Bronzebänder, die Gladiatoren zum Schutz ihres Schwertarms um den Unterarm wickelten.

Manipel: Eine Legion war in Manipel gegliedert, die ursprünglich je hundert Mann unter dem Befehl eines Centurio zählte. In der Schlachtformation waren die Soldaten der ersten Linie die Hastati, die ihre Speere gegen den Feind schleuderten und dann mit dem Nahkampf begannen. Wurden sie zurückgeworfen, so zogen sie sich hinter die Principes zurück, die nun ihrerseits den Kampf aufnahmen. Während dieser Zeit bildeten die Triarii eine Art Schutzwall, hinter dem sich die geschlagenen Einheiten neu formierten. Schlug der Feind auch die Principes zurück, dann mußten die Triarii in den Kampf eingreifen.

Oppidum (Pl. oppida): Die Befestigung.

Optio: Der Assistent eines Centurio und stellvertretender Kommandeur einer Centurie.

Phalerae: Brustschmuck für Krieger, runde Medaillons. Auszeichnungen für besondere Tapferkeit, die an einem Gurtgeflecht über der Rüstung getragen wurden.

Pilum: Ein extrem schwerer Wurfspeer, eine Besonderheit der römischen Legionen. Er wurde in der Hauptsache eingesetzt, um den Gegner seines Schildes zu berauben. Es gab verschiedene Konstruktionen; einige waren so gebaut, daß der Speer beim Aufprall so beschädigt wurde, daß er nicht zurückgeschleudert werden konnte.

Pontifex (Pl. pontifices): Ein Mitglied des höchsten Priesterordens von Rom. Er hatte die Oberaufsicht über sämtliche öffentlichen und privaten Opferungen sowie über den Kalender. In der Spätphase der Republik gab es fünfzehn Pontifices: sieben Patrizier und acht Plebejer. Ihr oberster war der Pontifex maximus, ein Titel, den heute der Papst führt.

Praetor: Beamter, der jährlich zusammen mit den Konsuln gewählt wurde. In der Endphase der Republik gab es acht Praetoren. Nach Ablauf ihrer Amtszeit wurden die Praetoren Propraetoren und hatten in ihren propraetorischen Provinzen das uneingeschränkte Imperium.

Praetorium: Platz in der Mitte des römischen Heerlagers, auf dem das Zelt des Feldherrn stand.

Praetorianerwache: Vor der Regierungszeit von Tiberius Caesar (14–37 n. Chr.) war die praetorianische Wache eine Wache oder Reserveeinheit von unterschiedlicher Größe und Zusammensetzung, die nach Belieben eines Generals organisiert war.

Quaestor: Der rangniedrigste der gewählten Beamten. Er

war verantwortlich für den Staatsschatz und für finanzielle Angelegenheiten wie die Bezahlung öffentlicher Arbeiten. Er fungierte auch als Assistent und Zahlmeister der höheren Beamten, der Heerführer und Provinzstatthalter.

Primus pilus: Wörtlich »Erster Speer«, der ranghöchste und gewöhnlich älteste Offizier der Truppe. Das Ende einer Laufbahn als Centurio.

Publicani: Pächter eines öffentlichen Dienstes, vor allem Steuerpächter in den Provinzen.

Pulsum: Essigwasser.

Sagum: Ein wollener Umhang, Mantel der Militärs.

Saturnalien: Festtage zu Ehren des Saturn, die vom 17. bis zum 24. Dezember dauerten. Die Römer beschenkten sich untereinander und bewirteten ihre Sklaven.

Scutum: Der viereckige, hölzerne, fast mannshohe Langschild, mit Leder überzogen und mit Eisen beschlagen.

Signifer: Ein Standartenträger der Legion.

SPQR: »Senatus populusque Romanus«, Senat und Volk von Rom; die Formel, die die Hoheit Roms verkörperte. Sie wurde auf offiziellen Briefen, Dokumenten und öffentlichen Einrichtungen verwendet.

Statilische Schule: Ausbildungsstätte von zeitweise bis zu tausend Gladiatoren, benannt nach der berühmten Kampflehrerfamilie der Statilii.

Stilus: Eiserner, später beinerner Griffel zum Schreiben auf Wachstafeln. Geschrieben wurde mit dem spitzen Ende, korrigiert wurde durch Glattstreichen mit dem breiten Ende.

Tuba: Eine Trompete, die hauptsächlich für Signale benutzt wurde.

Tunika: Ein langes, ärmelloses oder kurzärmeliges Hemd, im Freien unter einer Toga und zu Hause als Hauptbekleidungsstück getragen. Die von Senatoren und Patriziern getragene Tunica laticlavia hatte einen breiten Streifen. Die Tunica angusticlavia hatte einen schmalen Streifen und wurde von den Equites getragen. Die von oben bis unten purpurfarbene und mit goldenen Palmen bestickte Tunica picta war das Kleidungsstück eines Generals, der einen Triumph feierte.

Usus: Die gebräuchlichste Form der Ehe, bei der ein Mann und eine Frau ein Jahr zusammenlebten, ohne drei aufeinanderfolgende Nächte lang voneinander getrennt zu sein.

Via: Eine Fernstraße. Innerhalb der Stadt waren Viae Straßen, die breit genug waren, daß zwei Wagen aneinander vorbeifahren konnten. In der republikanischen Zeit gab es nur zwei Viae: die Via Sacra, die quer über das Forum verlief und auf der religiöse Prozessionen und Triumphzüge stattfanden, sowie die Via Nova, die an einer Seite des Forums entlanglief.

Vigiles: Ein nächtlicher Wachdienst. Die Vigiles hatten die Pflicht, auf frischer Tat ertappte Straftäter zu verhaften, aber ihre Hauptaufgabe war der Brandschutz. Sie waren bis auf einen Knüppel unbewaffnet und trugen Feuereimer.

Volksversammlung: Es gab drei Arten von Volksversammlungen: die Centuriatkomitien (nach Militäreinheiten = Centurien bzw. Vermögensklassen gegliederte Volksversammlungen, Comitia centuriata) und die beiden nach Tribus gegliederten Volksversammlungen, die Comitia tributa und das Concilium plebis. Die Comitia tributa wählten die niederrangigen Beamten wie curulische Aedilen, Quaestoren und auch die Militärtribunen. Das Concilium plebis, das nur aus Plebejern bestand, wählte die Volkstribunen und die plebejischen Aedilen.